시를 쓰는 소년

MISAKI NITE NO MONOGATARI / KAIBUTSU / ISU / ASAGAO /
HINA NO YADO / SHI O KAKU SHONEN / SHIGADERA SHONIN NO KOI /
YUKOKU / MAHOBIN / SHINJU / KIPPU / KOYA YORI
by Yukio Mishima
Copyright © 1946/1950/1951/1951/1953/1954/1954/1961/1962/1963/1963/1966
The Heirs of Yukio Mishima
All rights reserved.
Originally published in Japan.
Korean translation rights arranged with The Heirs of Yukio Mishima, Japan
through THE SAKAI AGENCY and ERIC YANG AGENCY.

이 책의 한국어 판 저작권은 THE SAKAI AGENCY와 ERIC YANG AGENCY를 통해
The Heirs of Yukio Mishima와 독점 계약한 시와서 출판사에 있습니다.
저작권법에 의해 보호받는 저작물이므로 무단 전재와 무단 복제를 금합니다.

시를 쓰는 소년

미시마 유키오
박성민 옮김

시와서

차례

곶 이야기　7
시를 쓰는 소년　45
의자　65
진주　83
보온병　101
시가데라 고승의 사랑　131
나팔꽃　153
히나의 집　161
표　189
괴물　213
우국　243
황야에서　279

옮긴이 후기　301

곶 이야기

 이 성향은 마르고 쇠하기는 했지만 지금도 여전히 뿌리 깊게 남아 있는데, 유년기부터 소년기까지 나는 몽상으로 긴 하루를 보내는 것을 아까워하지 않는 성격이었다. 몽상이 내면 전체에 영향을 미치는 특별한 생활을 체험한 적이 없는 사람에게는 그것이 그저 위험으로만 보이기 마련이어서, 할머니와 아버지는 내 장래를 걱정하고 내 타고난 지능을 과대평가했기에, 그것을 일깨우기 위해서는, 어린 잠자리의 날개를 묶어 내버려두면 잠자리를 죽음에 이르게 할 수도 있는 거미줄을 없애버려, 나의 타고난 비상(飛翔)을 자유롭게 해주어야 한다고 생각한 것이다. 그들은 내 주변의 이상한 것들을 전부 치워버렸다. 가장 소중한 애독서였던 천일야화(물론 소년을 매료시킨 것은 알라딘의 램프나 신드바드의 모험 같은 것이 아니라, 샤리야르의 왕비가 저지른 불륜을 그린 중동풍의 한 장면이나 검은 섬의 왕 이야기에서 느껴지는 우울한 아름다움이었다)를 비롯해, 그림 형제의 저속한 동화집, 남태평양의 기괴한 작은 악마상(像), 내가 작은 인형을 넣고 관이라고 하며 사촌동생과 장례 행렬을 흉내 내며 놀던 흑단 보석함 등, 적어도 어른의 눈에는 건강해 보이지 않는 애장품을 모조리 몰수당한 것이다. 하지만 생각해보면, 건강한 것, 정상적인 것의 움직일 수 없는 기준이란 무엇일까. 어른에게 정상적인 것이 아이에게도 정상적이어야 하는 걸까. 또 아이의 마음속에 진정으로 정상적인 것이 어른의 눈에도 꼭 정상적으로 비쳐야 할 이유가 있을까. 이렇게 어른과 아이를 대립시키는 것은 어떤 이들의 오해를 부르기 쉽다. 그렇다, 오해——어디까지나 오해다. 왜냐하면 그들의 그런 비난은 아이의 우주를 어른이 지배한다는 것을 전제하고 있기 때문이다. 할머니도 아버지도 (오직 어머니만은 나를 이해해주었지만) 저지를 수밖에 없었던 똑같은 잘못은 나를 오진하고 잘못 치료한 것이라고 할 수 있다. 몽상은 나의 비상을 단 한 번도 방해하지 않았다. 나는 일찍이 그들이 생각하는 것과는 다른 종류의 비상을 하고 있었다. 몽상에 잠긴 겉모습만 보고서, 내가 얼마나 광활한 내면의 하늘을, 별자리에서 별자리로 날개를 펼치고 날아다니는지 알 길이 없는 그들은, 나를 휘감고 있는 반짝이는 거미줄을 억지로 걷어버렸지만, 거미줄로 보인 것은 사실 아지랑이처럼 여리고 아름다운 나의 날개였다. 나의 타고난 비상을 방해한 것은 오로지 그들이었다. 하지만 행위의 실패는 때때로 그 목적의 선함에 의해 보상받는다. 내 경우에도 효과는 있었다. 말하자면, 그때까지 수동적이기만 했던 몽상에서 벗어나, 나는 몽상을 향한 용기를 얻은 것이다. 나는 주어진 책에 의지하지 않고 나 자신의 손으로 천일야화를 써야 했다. 나는 몽상을 향한 탐닉에서 몽상을 향한 용기로 나아갔다. …… 어쨌든 탐닉이라는 과정을 거치지 않으면 얻을 수 없는 종류의 용기가 있는 것이다.

보소(房総) 반도 한 귀퉁이에 사기우라(鷺浦) (이제는 그 이름이 나타내는 백로의 군생은 볼 수 없지만) 라는 그리 알려지지 않은 해안이 있다. 비할 데 없는 곶의 풍광, 우아한 해안선, 좁지만 이루 말할 수 없는 여운을 지닌 만구(灣口)의 경치, 줄지은 곶들, 거의 나무랄 데 없는 풍경을 가졌으면서도, 그때까지 알려진 다른 여러 해안의 명성에 비하면 부당할 정도로 불우해 보이는 사기우라는, 몇몇 화가나 고요한 아름다움을 사랑하는 일부 인사들 사이에서만 알려져 있었는데, 그들 모두에게는 불우한 모습 그대로의 사기우라가 사랑의 대상이었기 때문에 사기우라를 세상에 소개하려고 애쓰는 사람은 없었고, 심지어 지인에게도 알리지 않으려고 애쓴 사람도 있었다. 하지만 사기우라가 세상에 알려지지 않은 이유는 아름다움을 보호하려는 이런 유의 사람들이 가진 비밀결사 같은 태도만이 아니라, 이곳의 풍경 그 자체에 일종의 은둔의 아름다움, 세상의 수려한 풍광을 술자리의 병풍 대신 쓰려고 찾는 사람들의 눈에는 왠지 쉽게 인정하기 힘든 그런 아름다움이 잠재되어 있기 때문은 아니었을까.

열한 살의 여름을 나는 어머니와 여동생과 함께 그곳에서 보냈다. 조숙하긴 했지만 병약하고 발육이 느린 나는 일곱 살 정도로밖에 보이지 않았다. 나는 내가 언제까지나 아이라는 것을 속상해하면서도 그것으로 응석을 부리기도 했다. —— 그해에 사기우라에 간 것은, 늘 가던 산간의 피서지를 떠나, 이를 기회 삼아 내게 수영을 가르치기 위해서였다. 오랫동안 의사는 내가 바닷가의 강렬한 햇빛을 쬐는 것을 금지했지만, 아버지가 더 이상 그 금지를 따를 수 없다고 말한 것이다. 수영 선생을 맡은 서생 오코노기 (나는 그를 오코탄이라고 불렀다) 는 어촌 출신이라 문제가 없었다. 7월 중순쯤 우리는 도쿄를 떠났다.

할 줄도 모르는 승마나 바이올린 같은 것이 꿈속에서 쉽게 가능해지는 그런 대담한 기쁨으로 나는 바다에 맞서려 했고, 헤엄칠 수 있기까지의 과정의 두려움을 뛰어넘는, 헤엄칠 수 있게 되었을 때의 미칠 듯한 기쁨이 떠올라, 나 역시 사기우라로 떠나기를 고대하고 있었다. 태어나서 처음 본 바다는 아니었지만, 산과는 달리 나는 오랫동안 마음이 이끌려, 구할 수 없었던 어떤 것의 근원을 바다에서 찾아낸 듯한 느낌이 들었다. 그것이 나를 두렵게 하고, 거부하고 초조하게 하는 만큼, 오히려 나는 매혹되고 이끌렸다. 저렇게 끓어 넘치며 가득 차 있는 가능성의 한가운데로 몸을 던질 용기가 내게는 없다. 그것은 저 푸른 가능성에 대한 모독으로밖에 여겨지지 않는다. 수영 배우기를 어떻게든 피하는 한편, 그저 바다만 바라보는 하루하루는 더없이 행복했다. 영겁의 미사를 끊임없이 노래하는 파도 소리는 바다에서 먼 산기슭 별장의 베개마저 밤마다 흔들었고, 꿈속에서는 어느새 소리도 없이 흘러온 바다가 툇마루 끝까지 밀려와, 굴에 잠긴 뜰의 채송화 위로 작고 붉은 도미 떼가 지나가는 모습 따위가 그려졌다. 집에서는 바닷가가 보이지 않고, 먼바다와 하늘과 곶이 아득히 바라다보였는데, 만 어귀 위에는 늘 몇 조각의 조각구름이 정처 없는 여행길의 한때를 조용히 반짝이며 쉬고 있었다. 곶의 평범한 초록마저도 시간에 따라 미묘하게 색이 변했다. 한낮의 초록은 오히려 고요한 감색을 띠었지만, 해가 기울면서 만 전체에 이슬의 쓸쓸한 빛이 넘칠 때, 그 초록은 생기 있게 선명했다.

── 이곳에 온 지 벌써 한 달, 뜻밖의 내 완고함에 오코탄이 수영 교습을 포기하고, 그것을 보충하려는 속셈인지 내 여름방학 과제에 전념하게 된 것에 만족하면서, 그날도 나는 어머니와 여동생, 파라솔을 든 오코탄과 함께 아침 일찍부

터 바닷가로 나갔다. 늦더위가 한창이었다. 일단 마을로 가려면, 숨 막힐 듯한 풀숲의 열기가 끼치는 오솔길을 내려가야 했다. 촉촉한 아침 이슬에도 불구하고 힘차게 솟은 여름 풀의 무성함은, 그곳에 피는 참나리의 무지개 같은 독기와 함께, 우리의 등에 땀이 배게 했다. 오늘도 빛나는 햇살이, 파도 소리 높이 울리는 바다를 찾아온 것이다.

시골스런 어촌 마을의 한 모퉁이에는 '담배'라는 두 글자만 하얗게 남기고 붉은 법랑을 입힌 작은 간판이, 낮고 어두운 처마에 걸려, 멀리 바다의 쪽빛을 갈라놓고 있었다. 마을 주변에서 바다 향기가 가슴을 울리고, 우리는 부서지는 파도의 하얀 꽃을 (바람에 흔들리는 하얀 장미가 담 너머로 어른거리듯이) 얼핏 보았다. 다리를 건너, 지저분한 바다 어귀에 갈매기가 무리 지어 있는 것을 보았다. 나는 물가로 달려갔다. "아, 위험해, 위험해" 하고 어머니가 바람 속에서 불렀다. 파도는 순식간에 찬연히 무너지고 있었다. 그리고 기묘하고 재빠른 발걸음으로 게와 수초 벌레 따위를 쫓으며 퍼져갔다. …… 바닷물은 내 주변에서 물러나고 있다. 망연히 그 물을 바라보고 있으니, 기분 좋은 허탈함이 마음속에 일었다.

파도를 보지 않을 때는 나는 파라솔 아래서 책을 읽었다. 규석질의 반짝이는 모래가 종이 위에 흩날리고, 펄럭이는 페이지를 돌로 누르며 읽어가는 《보물섬》은 말할 수 없이 재미있었다. 어머니는 그런 나를 걱정해 조용히 손을 뻗어 책장을 덮는다. 나는 먹이를 빼앗긴 개처럼 원망스럽게 어머니를 올려다본다. 어머니의 눈은 바닷가를 가리키고 있다. 나는 할 수 없이 일어섰다. 딸기 모양의 수영모는 여동생이다. 오코탄이 끄는 튜브에 탄 채, 어린 여동생은 파도 사이를 물방개처럼 미끄러져간다. 내 쪽을 보며 기분 좋게 웃었지만, 눈부신 바닷바람 때문에 보이는 건 웃음뿐이다. 나는 겁쟁이처럼 파도를 피해, 어린아이들과 모래성 쌓기에 빠져 있었다. 쌓아 올린 감시탑이 마르면서 사막의 성채처럼 보이기 시작하자, 나는 머리를 바닥에 대고 눈을 가늘게 뜬 채, 그 뒤쪽 먼바다의 구름 봉우리를 비춰 보았다. 그때 성채 꼭대기에서는 맑은 나팔 소리가 울려 퍼지는 것 같았다.

점심때였다. 파라솔 아래서 우리 넷은 샌드위치를 점심으로 먹고 있었다. "어머, 하쓰잖아!" 하고 뒤돌아본 어머니가 고운 목소리로 그렇게 말했다. 오코탄은 "예, 맞네요, 하쓰네요" 하고 샌드위치가 든 입을 우물거리며 대답했다. 집을 지키고 있던 하쓰가 촌스러운 양산을 기울여 쓴 채 다리를 건너오고 있었다.

하쓰는 겨우 찾아낸 우리 파라솔까지 오더니 여동생을 보며 "아유, 아가씨, 맛있겠네요" 하고 큰 소리로 말했지만, 어머니는 웃지 않고 "무슨 일이니?" 하고 물었다.

"예…… 다카기초의 어르신이 오셔서, …… 지금 쉬고 계신데……"

"아, 그러니" 하고 어머니는 문득 구름이 빛나는 하늘을 올려다보며 생각에 잠겼다. 딱히 이렇다 할 표정도 보이지 않는, 찰나의 어머니의 아름다움이었지만, 그 귓가 주변의 하얀 뺨과 목덜미가 내 눈에는 눈부시면서도 즐거워 보였다. 미묘하게 색이 변하고 있는 푸른 바다의 반짝임이 어머니를 수국 정령의 환영(幻影)으로 비치게 한 것이다. 어머니는 나를 향해 말했다.

"아키, 이모할머님이 오셨다는구나. 집에 돌아가겠니?"

나는 곧바로 떠올렸다. 집에 찾아오는 것을 좋아하는 늙고 살찐 미망인. 자기는 손자가 없어 언니인 내 할머니와 함께 질세라 내게 사랑을 퍼붓고, 그 사랑으로 나를 곤혹스럽게 하는 마음씨 고운 노부인. 특히 상대방의 말을 끊고, 자신의 이야기가 끊어지지 않도록 끝도 없이 남발하는 엄청난 감탄사 —— 저기, 그래, 어머, 아유, 흐흠, 아아, 아이쿠 등등. 그녀와 함께 늘 따라오는 많은 과자와 과일의 유혹에도 불구하고, 쌓아 올리고 있는 성채 쪽이 더 내 마음을 끄는 것도 당연했다. 나는 거부에 대한 핑계로 있는 힘껏 혐오를 얼굴에 드러내며 말했다.

"싫어, 난 저 성을 다 만들고 갈 거야."

—— 어머니는 나의 버릇없음에 대해, 자신이 억제할 필요가 있는 종류와 그렇지 않은 종류를 능숙하게 구별해놓았는데, 이번에는 "그래" 하고 가볍게 승낙하며 말했다.

"그럼 나중에 오너라. 되도록 빨리. …… 이모할머님은 주무시고 가시겠지만."

그리고 어머니는 오코탄에게 몇 번이고 나를 부탁하고는 여동생과 하쓰를 데리고 돌아갔다. 나는 어머니의 양산이 이따금 그녀의 어깨에서 가벼운 소리를 내며 빙글 돈다는 것을 알고 있었다. 생각에 잠긴 채 걸을 때, 어머니는 양산 손잡이를 소녀처럼 두 손으로 돌리는 버릇이 있었다. 대여섯 걸음 가더니 아름다운 양산이 휘익 한 번 도는 것을 보았다. 한 번 더 돌아라! 나는 모래 위에 엎드려 빌었다. 하지만 돌지 않은 채 양산은 다리를 건너 사라져버렸다.

"뭐 하고 있어요?" 하고 오코탄이 어이없어하며 큰 소리로 말했다. "친구들이 부르잖아요." …… 들려오는 목소리를 향해 나는 아이다운 의무를 위해 달려갔다. 파라솔 아래 오코탄 혼자 남겨둔 채, 나는 모래성 쌓기에 여념이 없었다. 바다는 하늘의 태양 아래 파인 쪽빛의 구덩이처럼 짙게 반짝이며 일렁이고 있었다. 파도가 부서지는 언저리에서 사람들은 축제처럼 뒤섞여 놀며 웃고 소리 지르고 있었다. 그것은 파도 소리에 섞여, 마치 비통한 절규가 뒤섞인 듯이 들렸다. 나는 성을 쌓다가 몇 번이나 고개를 들고, 그 비명이 물에 빠진 사람의 목소리가 아닌가 하고 색색의 파도 주변을 둘러보았다.

── 헤엄치고 싶어 파라솔 아래서 좀이 쑤시는 듯한 오코

탄의 모습을 멀리서 보고 있으니, 또다시 애처로운 의무 같은 아이다운 친절함을 어찌할 수 없어 그에게 달려갔다.

"오코탄! 오코탄!" 하고 나는 숨을 헐떡이며 말했다.

"헤엄치고 싶지 않아? 헤엄치고 와도 돼. 내가 지키고 있을게. 책 읽고 있을 테니까."

"정말요?" 하고 그는 기뻐하며 일어섰다.

"그럼, 아무 데도 가면 안 돼요. 어머니한테 야단맞으니까요. 과자는 그 통 안에 있어요. 다 먹으면 안 됩니다."

"…… 아, 나 옷 갈아입을래."

나는 생각난 듯이 말했다. 파라솔 아래서 내 몸에 붙은 모래를 꼼꼼히 털고 잽싸게 옷을 입혀주고서 오코탄은 뜨거운 모래에 튀듯이 바닷가로 달려갔는데, 그 검은 등이 순식간에 수평선 아래로 가라앉는 것이 보였다.

남겨진 나는 드러누워, 바닷바람이 흔드는 환한 파라솔 꼭대기와, 간간이 그곳에 그림자를 드리우는 높은 구름을 올려다보았는데, 그것은 마치 작은 가람(伽藍) 같았다. 바닷바람 속에는 풀꽃의 씨앗 같은 규석질의 모래가 반짝반짝 잔뜩 섞여 있어, 풍요로운 향기와 함께 사람의 뺨에 불어왔다. 그것은 사람에게 그를 유혹하는 것의 힘을 알려준다. 나는 이제 책 따위를 읽고 있을 수가 없었다. 북적임 속에 홀로 있는 이 허무한 마음의 설렘을, 나는 나를 유혹하는 자를 향한 동경으로 착각한 것은 아닐까. 어쨌든 많은 책들이 내게

준 유해한 모험심 (눈앞에 놓인 책도 마침 《표범의 눈》이라는 더없이 파란만장한 아름다운 모험담이었다!) 이 하필이면 오늘 이렇게 나를 부추기기 시작한 것은 내 수호신이 갑자기 변덕스런 출범을 했다는 뜻이 아니었을까.

나는 파라솔 밖으로 나왔다. 그리고 동쪽을 향해 아무 생각 없이 걷기 시작했다. 파라솔 무리에서 벗어났을 때쯤, 바다 향기가 새삼스레 강렬했다. 겨자풀이 하늘대는 바다 어귀의 다리를 어느새 건너기 시작하려는데, 다리 밑의 흐릿한 물에서 올려다본 내 눈에 아름다운 곶이 반짝이는 것이 보였다. 그것은 멀리서 들려오는 매미 소리 속에서 찬란하게 잠들어 있었다.

곶으로 올라가는 입구까지는 생각보다 멀었다. 해당화가 피어 있는 곳에서 불쑥 솟은 어부 집의 판자 울타리, 그 안쪽에 해풍에 맞서 해바라기가 우뚝 선 곳에서, 모래언덕은 돌담에 가로막혀 있었다. 그리고 곶으로 통하는 길은 그 돌담 앞에서부터 갑자기 험해지고, 풀숲을 가로지르는 돌계단은 산중턱의 벤자이텐*을 모신 신사 안으로 통하고 있었다. 신사는 유난히 울창한 숲으로 감싸여 있고, 나무 사이로 떨어지는 햇살 때문에 초록의 방처럼 보였는데, 신전 뒤쪽에서 곶의 정상으로 빠지는 샛길은 그것을 아는 사람에게는 무엇

---

* 인도 힌두교의 여신으로 물의 신이다. 일본에서는 재물, 예술, 학문 등에 복을 주는 칠복신의 하나로 숭배를 받는다.

보다 소중해, 그곳을 오를 때는 마치 초록 이끼와 풀고사리가 무성히 자란 우물 안을 기어 올라가다가, 사각으로 오려 낸 선명한 푸른 하늘을 올려다보는 듯한 기분이 들었다. 그것은 청명한 가을 나라에서 작열하는 여름 나라로 통하는 우물 구멍을 떠올리게 했고, 끝까지 올라가면, 모래에 달구어진 쏴아 하는 바닷바람이 '춥다'라는 착각마저 들게 하는, 소나무가 드문드문 자란 정상에 다다르는 것이었다.

그보다 더 우수에 찬 우아한 풍경을 사람은 상상할 수 있을까. 그곳에는 군데군데 소나무와 관목의 작은 군집이 보일 뿐이었다. 수많은 작은 기복들이, 곶 정상에 이르는 오솔길을 구불구불하게 만들었고, 숲과 바위 사이로 언뜻언뜻 보이는, 꽃밭과 작은 꽃문이 있는 색색의 작은 별장들의 수를 다 헤아린다는 것은 불가능이나 마찬가지였다. 왜냐하면, 문 앞에서 둘러보면 풀숲과 바위와 먼 숲 그림자만 펼쳐질 뿐 다른 집은 한 채도 보이지 않는 A 별장 문 앞에서, 겨우 백 미터쯤 떨어진 B 별장의 문 앞에 서면, A 별장의 모습은 어디에도 없고 사방에는 그저 풀과 꽃, 우뚝 솟은 바위와 먼바다의 빛만 보였기 때문이다. 이런 미묘한 지형의 비밀은 이 아름다운 곳의 풍경에 더한층 비밀과 은둔의 아름다움을 더해주는 것 같았다. A 별장의 사람은 어느새 자기 집 주변 몇 리 안에는 집도 사람도 없는 그런 곳에 살고 있는 듯한 착각에 빠져, 어느 날 우연히 산책길에서 뜻밖에 눈이 번쩍 뜨일 만큼 아름다운 장미 정원과 작은 건물을 발견하고는 자신의 눈을 의심할 것이 분명하다. 만져보니 촉촉한 잿빛 탄력이며, 초록 잎에 드리워진 선명한 그늘이며, 현실의 장미임이 틀림없어 놀라워하고 있는데, 문득 위에서 끼익 하는 경첩 소리와 함께, 열려 있는 덧문의 그림자가 움직이며, 창가에서 별장 주인이 가볍게 인사를 던지는 …… 그럴 때는 신비로운 느낌이 극에 달하리라. 이 곶 위에서 사람들은 고작 10분, 20분의 산책으로 동화 속의 나라에 갔다가 돌아오는 것이다.

나는 매미 소리에 귀가 먹먹해진 채, 내가 좋아하는 벤자이텐 사당 뒤의 돌계단을 오르고 숲속의 비탈을 빠져나가 곶 정상에 다다랐다. 풍요로운 바닷바람이 그곳을 가득 메우고 있었다. 나는 숲을 따라 바위와 풀숲의 가파른 비탈길을 천천히 걸으며 바다를 향해 내려갔다. 풀숲에서 튀어나온 투구처럼 생긴 바위에 몸을 기댄 채 바다를 바라보며 귀를 기울였다. 아득히 먼 아래쪽 바위 뿌리에 부딪히는 파도 소리는 그 멀고도 아름다운 풍경으로부터 추상되어 완전히 별개의 음악이 되고, 희미하게 울리는 먼 천둥소리처럼 하늘 한구석에서 들려왔기 때문에, 현기증이 날 듯한 절벽 아래서 하얀 부채를 접었다 펼쳤다 하는 파도의 모습과, 바위에 튀어 흩어지는 물보라와, 순간 바위 위에서 강렬히 반짝이는 물방울, 그 모든 것이 소리 없는, 섬뜩할 만큼 고요한 풍경으로 보이는 것이었다.

―― 나는 그곳에 바닷물이 밀려왔다 빠져나가는 동굴이 있다는 것을 알고 있었다. 그곳은 어부들이 잡은 물고기를 보관해두는 곳이었다. 작은 구멍이 무수히 뚫린 평평한 바위 위를 환상 속의 벌레들처럼 갯강구가 돌아다니고 있었다. 어느 날, 크게 울리는 물보라에 발을 적시며 나는 내 어린 머리로 있는 힘껏 바다에 맞서려고 해보았다. 막아낼 수 없는 바다를 막아내려고 했다. 바로 그때, 뭔가가 저기서 나를 유혹하며 불러내고 있구나, 라고 나는 진심으로 느꼈다. 그것에 마음껏 응한다는 것은 뭔가 더없이 아름다운 것이기는 하지만 인간이 해서는 안 되는 것이라는 생각이 들었다. ……

―― 나는 몽상에서 깨어났다. 나는 주위를 둘러보았다. 키 큰 엉겅퀴를 바람이 스치고 있었다. 나는 조금 전 기대고 있던 바위 뒤쪽으로 멀리, 황폐해진 작은 서양식 저택이 반쯤 풀숲에 묻혀, 하얗게 벗겨진 아스팔트 지붕도 희미한 녹색을 띠고, 집 둘레로 목장처럼 흰 울타리를 쳐놓은 것을 보았다. 그것은 내가 못 본 사이에 요정의 손이 어쩌다 그것을 거기에 놓아둔 것처럼 보였다. 일그러져 보이는 어두운 창문 아래에 묘하게 내 눈길을 사로잡은 것은, 무리 지어 핀 싸리꽃처럼 보이는 붉은 것이었다. 바람이 그곳을 끊임없이 지나가는 듯, 싸리 덤불은 무리 지은 자홍빛 새들처럼 하늘거리고, 그 날개 하나하나가 날아올랐다가 멈추고, 또 날갯짓을 하거

나 날개를 비비기도 하면서, 그 주변과 뒤섞여 활기차게 움직이며, 떠들썩하게 노래를 주고받는 듯한 느낌을 주었다.

──무언가 나는 소리를 듣고 있었다. 그 집을 발견한 순간부터, 어쩌면 그 전부터 듣고 있었던 것이 분명하다. 음악이라고 하기에는 너무 단속적이고 희미하며 방향도 불분명했지만, 우연히 떠오른 연상으로 그것을 새소리라고 생각했을 때, 이번에는 확실히 그 소리가 그 미지의 집 쪽, 그 일그러진 창 쪽에서 들려온 것이다.

나는 이유도 없이 일어나, 풀숲 여기저기에 드러난 너럭바위 위를 걸으며, 조금 전에 걸어왔던 오솔길을 찾아냈지만, 그 길은 그 집과 전혀 다른 방향으로 나 있었고, 오솔길이 뻗은 곳에는 하얀 물고기 같은 구름 한 조각이 떠 있을 뿐이었다. 나는 폐가를 향해 풀숲을 헤치며 곧장 나아갔다. 무성한 찔레꽃이며 도둑놈의갈고리가 나를 붙잡도록 내버려두면서. 어느 지점까지 오자 정신이 들었다. 갑자기 절벽이 나타나, 맞은편 별장과의 사이에 깊이 파인 바다의 협곡을 드러낸 것이다. 하지만 그곳에 멍하니 서 있던 나의 귀는 바람을 타고 다가오는 조금 전의 소리를 명료하게 알아듣기 시작했다. ──오르간이었다! 나는 참을 수 없는 기분에 사로잡혀 그 협곡을 뛰어넘고 싶다는 생각까지 들었다. 눈으로 길을 더듬으니, 전혀 다른 방향으로 나 있는 것 같던 오솔길이 협곡의 예각을 따라 굽어지면서 눈앞의 별장으로 완만히 우회로를 그리고 있었다.

 정신없이 오솔길을 달린 나는 이미 그 폐가 앞에 와 있었다. 눈에 띄는 나무는 문 옆의 늙은 느릅나무뿐으로, 지금까지 보이지 않던 쪽의 지붕은 기와가 거의 떨어지고, 그 밑에는 하얀 꽃을 뾰족하게 하늘로 뻗은 들국화가 자라 있고, 집 주변에는 유난히 자홍빛 싸리꽃이 무성했지만, 자세히 보니, 돌보지 않은 탓에 빈약한 몇 송이 꽃만 달린 채 잎만 무성한 장미 한 무리도, 문에서 현관으로 가는 길가에 있었다. 눅눅해져 묵직한 현관의 떡갈나무 문이 반쯤 열려 있는 것을 알았다. 오르간 소리는 자아내는 실처럼 그곳에서 새어 나오고, 들꽃(참나리도 있었다) 속에는 거미며 꿀벌, 풍뎅이가 죽은 듯 쉬고 있고, 잠시 잔잔해진 바닷바람에 느릅나무 가지도 울리지 않는 오후의 고요함을 — 모든 것이 금빛 그대로 그늘도 없이 한밤중을 떠올리게 하는 듯한 여름 오후의 고요함을, 그 오르간 음악은 색색의 자수를 놓으며 무겁게 만드는 것 같았다. 더구나 오르간 소리에는 나지막이 읊조리는 가을 나비 같은 노랫소리가 섞여 있었다. 그것은 음악의 물결 속을, 살랑살랑 반짝이는 지느러미를 보이며 지나가는 은어 같아서, 한마디 한마디 알아들을 수는 없었지만, 아주 아름다운 젊은 여자가 노래하는 소리가 분명했다. 나는 발소리를 죽이며 안으로 들어갔다. 그곳은 안쪽으로 통하는 두 개의 문이 있는 객실 뒤쪽인 듯했고, 부서진 의자 두세 개에도, 금이 간 큰 원탁에도 먼지가 잔뜩 쌓여 있었다. 그 의자 하나에 최대한 조심스레 걸터앉자, 지금까지 격렬하게 두근대던 것이 완전히 사라져버린 나의 대담함에 나는 허전해졌다. 나는 귀를 기울였다. 오르간 소리는 안쪽 방에서 들려왔는데, 어떤 음은 묘하게 삐걱거리고 또 어떤 음은 아예 울리지 않는 그 오르간은 망가진 것 같았지만, 그것이 그 음악에 말할 수 없이 신비로운 느낌을 더해주었다. 노랫소리는 차츰 귀에 익숙해졌다. 맑은 여름 시냇물 바닥에서 서로 스치며 사각사각 소리를 내는 무수한 자갈들이 눈에 보이기 시작하듯이……

…… 여름의 흔적인 장미만이라도
잠깐의 가을은 살아야 한다는 것을
오늘에야 알게 된 행복 때문에
스러져갈 이 몸이야말로 덧없구나 ……

그것은 우수에 젖은 그리운 노랫소리였다. 내 주위를 아름다운 세계가 팽이처럼 돌기 시작했다. 나는 눈길을 떨어뜨렸다. 그리고 금이 간 탁자 위에 두세 개의 작은 화환을 보았다. 그것은 지난봄, 아이들이 들에서 따와서 잊어버리고 간 자운영 화환이었다. 눌려서 말린 꽃 같은 마른 빛깔은 꽃의 윤기를 잃어버리고, 잠자리의 날개처럼 파삭파삭해져, 손으로 만지자 꽃가루처럼 먼지가 흩날렸다. ……

…… 여름의 흔적인 장미만이라도
잠깐의 가을은 살아야 한다는 것을 ……

노래는 더한층 낮은 소리로 누군가를 기다리는 듯 되풀이되었다. 갑자기 형언할 수 없는 어떤 쓸쓸함에 자리를 고쳐 앉는데, 그때 의자가 기괴한 소리를 지른 것이다. 오르간 소리가 뚝 그쳤다. ── 구두 소리가 조용히 마룻바닥을 울렸다. 문이 열렸다. 나는 꾸지람을 기다리는 아이처럼 그쪽을 보지 않고, 애써 탁자 위의 화환만 바라보고 있었다. 그 사람은 조용히 내 옆의 의자에 앉았다. 장미 향기가 흘러왔다.

"어머, 어디 도련님이지?"

그 목소리는 나무라는 말투가 아니라 너무도 우아한 부드러움으로 넘쳐 있었기에, 나는 나도 모르게 고개를 들었다. 아름다운 사람이 미소를 지으며 내 얼굴을 보고 있었다. 내 눈에는 눈이 부실 듯 아름답게 보인 그 사람은 분명 스무 살을 넘지는 않았지만, 먼 미래에 나를 찾아올 신부는 그런 사람이어야 한다고, 언젠가 마음속에 그렸던 얼굴과 무척 닮아 있었다. 고풍스러운 레이스가 달린 장밋빛 리넨 옷에 목걸이를 하고 있는 것이 보였다.

"집이 어디야?"

나는 부끄러워하며 대답했다.

"사기야마."

"그렇게 멀리서? 너 혼자서?"

"네."

"어머, 길을 잃은 건 아니고?"

나는 미소를 지으며 여자아이처럼 고개를 저었다. 내 미소는 아름다운 사람의 끊임없는 잔물결 같은 미소가 반영된 것이리라. 어린 나는 그저 그 사람이 지은 미소의 의미를 본능적으로 따라했을 뿐이지만, 만약 성장한 직감력이 내게 있었더라면, 얼핏 보기엔 그늘이 없는 그 미소에서 형언하기 어려운 비극적인 것을 읽어낼 수 있지 않았을까. 하지만 그것을 비극적인 미소라고 이름 붙일 수 있다면, 거기에 감도는 더없는 밝음은 무엇이라 불러야 할까.

"전…… 산책하고 있었어요. 그런데…… 저…… 오르간 소리가 들렸어요."

"아, 그랬구나."

그녀는 왠지 건성으로 대답했다.

"저런 망가진 오르간이라도 괜찮다면 언제든 쳐줄게."

나는 '지금요!' 하고 말하려 했지만 입을 다물 수밖에 없었다. 그녀가 일어선 것이다. 바다 반대쪽 창으로 걸어가더니 눈부신 바깥 햇빛 속을 바라보았다. 머리카락에 손을 대고 무거운 꽃다발을 들어 올리듯이 하면서.

나는 눈앞의 아름다운 사람, 그 처지, 그 운명, 몸에 머지않아 일어날 일, 그리고 너무도 밝은 그 웃음소리 (훗날 생각해보니 잉태한 여인은 때때로 그런 슬프도록 맑은 웃음소리를 낸다는 것을 알았지만) 에 대해 차근차근 생각을 더듬어보았다. 그때 아름다운 사람이 창을 등지며 돌아보았다. 역광이 그 얼굴을 솔로몬이 사랑한 에티오피아의 여인처럼 검게 물들였다.

"너, 곶에서 제일 끝까지 가본 적 있니?"

"아뇨."

"나중에 산책할 때 데려가줄게. 경치가 좋단다."

나는 그 순간 이상할 정도로 행복해, 얼굴이 빨개진 채 말없이 마른 화환을 만지작거렸다. 그때였다. 그녀도 작은 새의 본능 같은 민감함으로 창 쪽을 돌아보더니, 뭔가가 있다는 것을 알아차리자 몸을 돌려 입구로 달려갔다. 그녀는 문 밖으로 뛰쳐나갔다. 순간, 나는 설명할 수 없는 흥분으로 몸이 움츠러들었다. 그녀의 움직임에는 사향의 잔향을 남기고 바람처럼 숲 그늘에 숨는 암사슴의 몸짓이 있었다. 나는 그녀가 사슴의 정령이 아닐까 의심했다.

잠시 느릿한 시간이 흘렀다. 멀리 아래서는 바닷물이 맷돌을 돌리고 있었다. 매미 소리가 멀리서 또는 가까이서 그것과 뒤섞여, 이윽고 다가올 소나기처럼 울리고 있었다. 나는 또다시 나 자신이 한밤중에 있는 것 같은 착각, 잠결에 초조하게 흘러가는 한밤의 시간 같은 것을 느꼈다.

갑자기 문이 열렸다. 한 청년이 들어왔다. 수상쩍다는 듯이 내가 쳐다보자, 그는 뺨을 붉히며 뒤돌아보았고, 뒤따라 들어온 그 사람이 내게 미소 지으며 말했다.

"아, 친구야. 조금 전에 알게 된."

"넌 친구를 잘 사귀는구나."

청년은 툭 던지듯, 하지만 고상한 말투로 그렇게 말하고는, 잠시 서서 나를 보고 미소를 짓더니 휘익 안쪽 방으로 들어갔다. 그 사람은 아름다운 옷자락을 끌며 뒤따라 들어가려다 나를 보고 웃더니, "잠깐 기다려줘"라는 말을 남기고 문을 닫았다. 나는 어린 마음에 깜짝 놀랐다. 청년과 소녀의 웃음에는 무척 닮은 데가 있었다. 내가 어른이었다면 그것을 그저 '비극적'이라는 말로 뭉뚱그렸을 것이다. 그렇다고 해도, 용담꽃과 닭의장풀이 서로 비슷한 보라색을 띠는 것처럼, 그것은 전혀 놀랄 일은 아니지 않을까. ── 청년과 소녀의 눈은 서로 맑음을 다투고 있었다. 청년의 나이는 스물이나 스물하나쯤일까, 프랑스풍의 회색 재킷에 수수한 넥타이를 매고 있었는데, 소녀와 마찬가지로 단정한 (어쩐지 그것은 의식을 위한 것 같았지만) 옷차림이었다. 거기에도 어딘지 고풍스럽고 친근한 느낌이 들었다.

나는 기다려야 할 의무를 느꼈다. 바다를 향한 창을 통해 내 눈에는, 부당할 정도로 넓은 여름 하늘과, 노란 꽃이 달린 관목 숲의 미세한 틈새를 운모로 메우고 있는 만의 일부가 비쳤다. 파도는 저 멀리서 거대한 바다코끼리 떼가 노래하듯 노래하고 있었다. 그것은 '운명'의 노랫소리를 떠올리게 했다.

──안쪽 방에서 문득 새어 나온 흐느낌 같은 것, 그것은 귀가 그렇게 들은 탓일까. 얼마 있다 나온 두 사람의 얼굴은 오히려 생생히 빛나고 있었다. "그럼 지금?" 하고 청년은 긴 속눈썹을 내리깔고 부드럽게 물었다. "응, 지금" 하고 소녀는 환하게 대답했다. 그리고 내 손을 잡더니 "산책 가자" 하고 말했다. 나는 그 손이 타오르고 있는 것이 느껴졌다. 나는 문득 생각이 나서 말했다.

"아, 오르간은 안 쳐요?"

아름다운 사람은 그 약속을 떠올렸는지 청년의 눈을 향해 미소를 던지며 "다음에" 하고 말했다. 나는 왠지 낯간지러울 정도로 고분고분했다.

그 산책의 즐거움을 무엇에 비할 수 있을까. 내 나이또래라면 어머니와의 산책보다 즐거운 건 없을 텐데도, 그 순간 순간에는 어머니도 집도 잊어버리는 기쁨이 있었고, 그 기쁨에는 뭔가를 남몰래 하고 있다는, 부정하고 꺼림칙한 즐거움이 있었으며, 유년기의 견디기 힘든 단조로움에서 불쑥 건져 올려진 듯한 안도와 놀라움이 있었던 것이다. 그뿐 아니라, 아름다운 두 동반자 앞에서는 유년 시절을 내내 위협하는 나이의 압력이 느껴지지 않아, 나도 그들과 함께 뭔가 나이를 초월한 영원한 것, 불로불사와 같은 힘으로 둘러싸인 듯이 느껴졌다. 우리는 폐가를 나와, 곶의 끝으르 이어지는 오솔길을 걷기 시작했다. 앞에서도 말했듯이, 오슬길은 기복을 품고 구불구불 이어져 있었다. 그것은 특별한 산책로였다. 눈에 보이는 건 오로지 여름풀과 오가는 흰 구름뿐이고, 바람은 끊임없이 풀잎 끝을 살랑이고 있었다. 그러나 움푹 팬 곳으로 길을 내려가자, 그곳에는 꽃들이 수런거리는 듯한 하얀 백합 무리가 눈에 띄었다. 우뚝 솟은 소나무 한 그루가 그 백합 들판에 그림자를 드리우고, 주변은 벌의 날갯짓 소리로 가득했다. 사람 눈에 띄지 않는 이곳에서 꽃들은 경건한 기도를 위해 모여 있는 것 같았다. 그녀는 몸을 숙여 하나 둘 백합을 꺾었는데, 왼손으로 다 쥐기 어려워지자, 가슴에 껴안듯이 하며 꽃다발을 만들어가는 모습을 나는 묘하게 숨이 막힐 듯이 바라보고 있었다. 그녀는 일어서자 뺨이 달아올라 있었다. 마치 백합에 새벽빛이 비친 것처럼. 그녀는 웃으며 그 한 송이를 청년의 옷깃에 꽂았다. 웃으며 내 한 손에 쥐어주었다. 그리고 그녀는 백합으로 화관을 만들면서 걷기 시작했다. 청년은 내내 말이 없었다. 그것은 뭔가 고민하는 듯한 모습이 아니라, 마음속에 풍요로움이 가득해, 그래서 말하지 않아도 그 행복을 확신할 수 있다는 듯이 보였다. (사람은 자신의 행복을 조금이라도 확신하고 싶어서 대화를 시작하는 것이 아닐까) 백합 골짜기를 빠져나오자, 길은 완만한 오르막이 되고, 그 자체가 하나의 커다란 바위가 된 듯한 나지막한 언덕으로 접어들었다. 언덕 이쪽 편에는 단층의 흰색 양옥이 있어, 창마다 하얀 커튼이 불꽃처럼 어른거리고 있었다. 산양이 키 큰 여름풀숲에 파묻혀 울고 있었지만, 집 안팎에 사람의 그림자는 보이지 않았다.

"가초 씨네 집이에요."

화관을 만드느라 고개를 숙인 채 걸으며 소녀가 말했다.

"그래?"

청년은 관심 없다는 듯 대답했다.

그것은 바로 비극의 아름다운 여주인공인 유명한 시인, 비할 데 없는 미모에도 불구하고 남편에게 버림받은 사람의 은둔처였다. 갑자기 여름풀숲에서 커다란 개가 뛰쳐나와 짖어 댔다. 소녀와 나는 비명을 질렀다. 그런데 개는 우리를 지나치더니 곧장 언덕 위로 달려갔다. 언덕 위는 억새풀로 반쯤 덮여 있었는데, 개가 달려가자, 검은 그림자 하나가 천천히 몸을 일으키며 억새풀 속에서 나타났다. 그것은 햇빛 때문에 윤곽만 또렷이 보일 뿐, 느릿느릿 일으킨 몸은 굽은 등에 고개를 숙이고 있어, 구름과 푸른 하늘을 등진 섬뜩한 거인의 환영을 떠올리게 했는데, 개가 짖지도 않고 미친 듯이 그 주변을 뛰어다니고 있는 사이에, 그림자의 남자는 둔중한 움직임으로 억새풀을 헤치며 언덕 옆쪽으로 내려갔다.

"누구지?" 하고 소녀가 물었다.

"거지겠지" 하고 대답한 청년의 눈에는 긴장한 기색이 비쳤다.

나는 무서워서 백합도 팽개치고 소녀의 옷자락을 붙잡으며 눈물을 참았다. 그런데 그 순간, 나는 문득 우리가 이야기 속의 인물이라는 느낌이 들었다.

하늘에는 매끄럽게 반짝이는 구름이 늘기 시작했다. 멀리 숲에서 떠들썩하던 매미 소리는 가까운 나무로 옮겨와 시끄럽게 울고, 구름이 지나가자마자, 놋쇠를 갈고닦은 것처럼 강렬히 빛을 반사하는 지면과 초원으로, 땅이 울리나 싶은 듯한 파도 소리가 멀리서 다가오는 것이 들렸다. 우리는 언덕 위에 섰다. 거지의 그림자는 이제 어디에도 보이지 않았다. 억새풀이 가을의 분위기를 느끼게 했다. "저기야" 하고 청년이 가리킨 곳은 조금 전 소녀가 말한 곳의 끝인 듯했는데, 우산 모양의 소나무 한 그루가 있을 뿐, 드러난 너럭바위와 그 사이를 메우고 있는 풀들이 있는, 꽤 넓은 경기장 같은 곳이 보였다. 그 주위에는 시야를 가리는 것이 없어, 곳의 끝과 닿을 듯 말 듯한, 짙은 쪽빛의 수평선까지 바라다보였다.

"저기까지는" 하고 소녀가 말했다. "보기보단 꽤 걸어."

과연 그 광장은 고립되어 있어, 단지 오솔길 하나가 눈 아래의 관목 숲을 쭉 돌아서 좁은 지협을 지나 그곳에 이르는 것이었다. 나는 말을 걸려고 아름다운 사람을 올려다보았다. 그때 그녀가 엮어 만든 백합 화관을 풍성한 머리 위에 쓴 것을 보고 "와, 예쁘다" 하고 탄성을 지르지 않을 수 없었다. 그녀는 이 순진무구한 탄성에 얼굴을 붉히며 화관을 벗었다. 청년은 웃으며 보고 있었다.

 언덕을 내려가 곶의 끝에 가까워지자, 풀숲 사이로 붉고 하얀 꽃 같은 것들이 무수히 보이기 시작해, 그것이 바위를 따라 돌 틈에도 피어 있는 것을 보았을 때, 그것은 패랭이꽃이 분명하다는 것을 알았다. 이 곳에는 무슨 이유인지 어느 한 꽃의 무리가 한 곳에 모여 있다. 곶의 끝으로 다가갈수록 주변이 환해져 쑥스러운 기분이 들었다. 우리는 말없이 패랭이꽃 사이를 걸으며, 하늘과 맞닿은 마지막 바위에 다다랐다. 내 다리는 와들와들 떨고 있었다. 청년과 아름다운 사람은 뭔가를 속삭이며 이야기하고 있었고, 나는 바위 위에 무릎을 꿇고, 아득히 깊은 나락의 밑바닥에 있는 것만 같은 바다를 보려고 했다. 소녀가 달려와 나를 붙잡으며 "위험해, 내가 잡아줄게……" 하며 내 팔을 꼭 쥐더니, 자신도 함께 절벽 아래로 시선을 떨어뜨렸다. 나는 소녀의 몸의 향기로운 무게와 뜨거움 때문에 오히려 더 현기증이 날 것만 같았다.

 ── 아득한 절벽 아래로, 신비스러울 만큼 고요한 물기슭이 보였다. 그것을 물기슭이라 부를 수 있을까. 울퉁불퉁한 바위에 부딪혀 하얗게 부서지는 파도와, 푸른 바다가 더한 층 짙은 색으로 끓어오르는 절벽 아래쪽이, 저 멀리 펼쳐진 평온하고 희미한 바다 수면보다 더 고요해 보이는 것은, 조

금 전에 경험한 것과 똑같이, 소리가 완전히 사라져버렸기 때문이리라. 세밀하고 또렷하게 찍힌 작은 사진처럼, 그 풍경은 너무도 작아서 별세계의 그림처럼 보였다. 그때, 나를 붙잡고 있던 그녀의 고동소리가 격렬해졌다. 그것은 요람처럼 나를 흔들고, 불길한 예감으로 나를 채웠다. 나는 뭔가 묻고 싶은 마음에 그녀를 올려다보았지만, 그녀는 더는 보고 싶지 않다는 듯, 나를 안아 일으켜 세우고는 먼바다 저편으로 눈을 돌리더니 눈을 깜빡였다. 바로 그때 하얀 증기선이 먼 바다를 지나갔다. 우리 셋은 말없이 그 쾌활한 증기선을 바라보았다. 여름의 쪽빛 바다를 드문드문 연기를 끌며 멀어져 가는 그 증기선은, 다채로운 구름 봉우리가 비쳐 장밋빛 조개껍질처럼 보였지만, 금지된 희망인 그대로 그것은 두 사람의 눈에는 너무나 생기 있고 아름답게 비쳤을 것이 틀림없다. 기분 탓인지, 청년의 속눈썹에 처음으로 반짝이는 것이 보였기 때문이다. 어린 나는 그 눈물의 의미를 알 수 없었다.

이 불가해한, 하지만 진실이 담긴 침묵의 그림자가 나에게까지 드리워지는 것을 피하려 했는지, (어른은 아이에게 진실이 갖는 가치를 알려주는 것에 인색한 법이지만) 그녀가 갑자기 그녀에게 어울리지 않는 쾌활함으로 내게 제안했다.

"숨바꼭질 안 할래? …… 응? 내가 술래가 될게."

숨바꼭질은 내키지 않았지만 곧바로 "숨바꼭질해요! 해요!" 하고 맞장구치는 예의바름을 나는 알았기에, 어린아이답게 재촉하며 "술래는 어디서 기다려요? 술래는 몇 개까지 세면 돼요?" 따위의 질문을 연거푸 쏟아냈다. 그녀는 생각하는 척하며 잠시 자신의 멍한 모습을 감추었고, 청년은 패랭이꽃 옆에 앉아, 배가 떠나간 먼바다에 구름이 소리 없이 무너져가는 것을 왠지 창백한 얼굴로 바라보고 있었다. 이윽고 그녀가 말했다.

"저 소나무 밑에서 저쪽을 보고…… 백까지 세는 거야."

나는 청년의 손에 이끌려 그녀와 함께, 높이 우거진 한 그루의 소나무 그늘로 갔다.

"알았지?"

화사하게 웃으며 소녀는 나무로 걸어가, 두 손으로 얼굴을 꼭 가리고는 소나무 줄기에 몸을 기댔다. 청년은 내게 눈짓을 했다. 그리고 절벽에서 점점 더 먼 쪽으로 내 손을 잡고 달렸다. 하지만 주변은 광활하고, 몸을 숨길 만 한 풀숲도 집도 없어, 억새풀이 띄엄띄엄 이어진 언덕까지 가보았지만 소용이 없었다. 우리는 바위 사이에 우거진, 철쭉인 듯한 초록의 관목 그늘에 몸을 숨길 수밖에 없었다. 청년은 눈으로 내게 웃어 보였지만, 나는 이걸로는 금방 들킬 것 같은 걱정에 두근두근하기만 했다. 그녀가 소나무 그늘에서 나왔다. 그녀는 이마에 손을 갖다 대고 사방을 둘러보았다. 그 모습은 아무도 없는 들판에 내려앉은 백조의 모습을 떠올리게 했고, 보아서는 안 될 비밀스러운 것을 보고 있는 듯한 기쁨마저 있었다. 그녀는 당연히 유일하게 눈에 띄는 곳인 이 나무 그늘을 발견했다. 하얀 사냥개처럼 그녀는 옷자락을 휘날리며 뛰어왔다. 청년은 왠지 뺨을 붉히며 나뭇잎 사이에 몸을 숨긴 채 눈동자를 반짝였다. 소녀가 다가온 것과, 청년이 그녀를 맞으며 그늘 밑에서 뛰쳐나간 것은 거의 동시였지만, 나는 그래도 끝까지 숨어 있을 생각으로 고슴도치처럼 몸을 작게 옹크리고 있는 동안, 청년과 소녀가 반짝반짝 잎이 살랑대는 수풀 저편의 여름풀 위에 쓰러져, 뭔가 소리 높여 웃고 있는 것이 들렸다. 갑자기 고요한 순간이 내려왔다. 한꺼번에 울어대는 매미 소리가 귀를 울렸다. 나는 더 이상 참을 수가 없어 온 힘을 다해 두 사람이 있는 곳으로 달려가니, "아! 찾았다!" 하고 소녀가 쑥스러운 듯 호들갑스레 말했다.

우리는 가위바위보를 했다. 술래는 나였다. 이럴 때, 평소의 아이다운 내 편협한 의무 관념을 일종의 호기심이 약하게 만들지언정 강하게 만들 일은 전혀 없을 텐데도, 그것이 강해진다는 의식도 없이, 이제껏 없던 완고함을 보인 것은, 무의식중에 내 마음이 이 놀이의 엄숙함과 신성함, 그리고 그에 대한 본능적인 존경의 의무를 직감했기 때문은 아니었을까. 나는 소나무 줄기에 얼굴을 갖다 댔다. 그녀의 나긋나긋한 손이 내 두 손의 손끝을 살며시 들어 올리더니 내 눈꺼풀 위에 댔다. 그것에는 청정한 의식을 떠올리게 하는 무언가가 있었다. 벌써부터 어두운 송진 냄새와 함께, 여름날 타오르는 솔잎 아래에 자욱한 열기가 느껴졌다. 나는 남들 눈에 흐느껴 우는 것처럼 보일 만큼 얼굴을 손바닥에 깊이 묻고, 눈을 꼭 감아도 새어 들어오는 밝은 오후의 햇살을 가리려고 손가락으로 더 단단히 눈꺼풀을 눌렀다. 그 때문에 숫자를 세는 것도 잊어버렸을 정도였다. 나는 세기 시작했다. 그것도 천천히. 떠날 때 들릴 듯 말 듯 발소리를 가볍게 죽이며 맑은 잔향을 남기고 간 그 사람이, 맨살의 내 무릎에 서늘한 옷자락을 스치며 간 것이 자꾸 떠올라, 나는 또 도중에 숫자를 잊어버렸다. 나는 더 이상 세지 않기로 했다. 가능한 늦게 눈을 뜨면 된다. …… 나는 문득 부끄러운 생각에 뺨이 물들었다. 이 느낌이야말로 그 사람에 대한 호의, 다시 말해, 가능한 한 내가 찾기 어려운 곳까지 그 사람을 도망치게 해주려는, 지금 내가 그 사람을 위해 할 수 있는 유일한 도움을 의도하는 것은 아니었을까.

그러나 내 귀는 분명히 들었다. 발밑의 풀을 바람이 스쳐 가는 것을. 우듬지의 솔방울이 서로 부딪히는 것을. 그런 것들을 의식할 때마다 커지는 듯한 깊은 파도 소리를. 그들의 발소리도 웃음소리도 끊어져 들려오지 않았다. 침통한 매미 소리가 멀리서 귓가에 닿을 뿐이었다. 그런 순간순간이 아무 일 없이 지나가버린 후, (분명 아무 일도 없이, 하지만 한 장 한 장 종이를 뜯는 것 같은 무서운 긴장감으로 가득 찬 채 시간이 흘렀을 때) 갑자기 나는 새소리 같은 것을 들었다. 그리고 곧바로 그것은 새소리가 아니라는 것을 알았다. 새소리가 아냐! 그 절벽 쪽, 아니 절벽이 가리키고 있는 공간, 아무래도 그쪽인 듯한 방향에서, 순간 비명 같은 희미하고 짧은 외침이 들린 것이다. 나는 비명이라는 것을 들어본 적은 없었지만, 그것이 만약 (너무 희미하여 잘못 들은 게 아닐까 의심스러울 정도지만) 진짜 비명이었다면, 비명이란 저토록 장엄하고 아름다운 소리에는 어울리지 않는 이름이라는 생각이 들었다. 그것은 사람이 내는 소리라고 하기에는 너무나 순수하며 탁함이 없고, 순식간에 사라져버렸기에, 뭔가 고귀한 새 울음소리로밖에 여겨지지 않았다. 나는 문득 떠올렸다. 저 바닷가 사람들의 왁자지껄한 소리가 뭔가 골똘히 생각하던 내 귀에 비명으로 잘못 들렸던 것처럼, 지금 이것도 비명이 아니라 한순간의 웃음소리가 아니었을까. 바다의 빛을 떠올리게 하는 듯한 한순간의 아득한 소리는 비할 데 없이 존귀한 웃음소리였음이 분명하다. 그렇다면 그것은 신들이 웃는 소리였을까. ……

이 모든 생각은 아마도 수십 초 안에 이루어졌을 것이다. 나는 쓸데없는 생각을 하면서 이미 백을 훌쩍 넘겼고, 오히려 헤아릴 수 없을 만큼 긴 시간이 흘러버린 듯한 기분이 들었다. 이제 놀이의 즐거움은 내게서 사라졌다. 나는 힘없이 두 손을 내렸다. 주위는 적막하고 잠시 동안 귀가 먹은 듯 소리가 들리지 않았다. 저 멀리 반짝반짝 하얗게 비치던 너럭

바위가 창백해진 것은 구름 한 조각이 지나간 것이다. 하늘과 땅 사이에 오로지 나 혼자인 것처럼 느껴질 때, 아이인 나는 뭔가에 쓰러져 기댈 수밖에 없다. 쓰러져 기대기 위해 나는 달린다. 내가 갑자기 쓰러진 것처럼 보인다 해도, 나는 그러기 위해 달렸을 뿐이다. 먼저 아까의 관목 숲으로, 또다시 같은 장소에 숨지는 않았을 텐데 생각하면서도 맹목적으로 달리기 시작한 나는 아까와는 달리 여름풀의 이삭이 심술궂게 내 정강이를 베는 것이 괴로웠다. 드디어 그곳에 다다를 때쯤 되자, 될 대로 되라는 심정이었던 나는 그들이 그곳에 있다고 마음속으로 굳게 믿었다. 온 힘을 다해 나는 덤불 속으로 뛰어들었다. —— 두 사람은 없었다. 다만 조금 전 두 사람에게 깔려 쓰러진 애처로운 여름풀이 드문드문 산딸기와 함께 눈에 비쳤다. 나는 이제 와서 몸이 지쳐버린 것에 애를 태우며, 키 큰 풀들 속에서는 보일 리가 없다는 생각에 큰 바위 위로 기어 올라가, 달리 숨을 만한 곳을 찾아보았지만 허사였다. 나는 어린 머리로 할 수 있는 모든 추리를 해보았다. 쓸데없는 생각에 사로잡혀 백을 넘겼다고 생각한 시간이 나도 모르게 2백, 3백을 넘긴 건 아니었을까. 하지만 그것도 의심스러웠다. 백을 세는 동안 뛰어갈 수 있는 거리를 아는 청년이 그렇게 먼 곳을 갈 이유가 있었을까. 그런 생각을 하면서 나는 어느새 억새풀 언덕으로 오르는 오솔길을 걷고 있었다. 그리고 언덕 꼭대기에 서서, 산책하며 걸어온 긴 길을 바라보았다. 바로 아래에 고요한 가초 씨네 집의 지붕이 보였다. 산양의 울음소리가 마비되는 듯한 정적 속을 흔들었다. 나는 문득 환영을 보았다. 언덕 기슭 쪽을 검은 그림자가 지나간 것이다. 조금 전 키 큰 부랑자의 그림자가 아니었을까. 걸핏하면 내 안에서 고개를 치켜들려던 강하고 날카로운 비애의 감정에 공포가 불을 지핀 탓에, 나는 격하게 울음을 터뜨릴 수밖에 없었지만, 거기에는 쓸쓸함과 불안함, 이유를 알 수 없는 동정이 뒤섞여 있었고, 어머니에게 응석부리며 버릇없이 울 때 속이 후련해지는 울음과는 달리, 나 스스로는 감당할 수 없는 애달픔이 있었다. 나는 멀리 소나무 한 그루를 바라보았다. 눈물 젖은 눈에, 그 소나무는 비에 흠뻑 젖은 듯이 보였다. 어머니든 아버지든 여동생이든, 가족 중 어느 누가 관여되지 않은 눈물을 흘린 것은 아마 처음이었을 것이다. 늘 그렇듯 의미 없는 아이의 눈물이었지만, 그 일부에는 어떤 진지한 사실을 마주한 어른이 흘릴 것 같은 눈물이 섞여 있는 것 같았다. 그것이 이 숨바꼭질이라는 놀이가 요구하는 엄격한 의무를 다하도록 나를 채찍질한 것이다.
── 엉엉 울면서 나는 되돌아갔다. 어떻게 달렸는지 나도 모르게, 어느새 소나무 근처에 와 있었다. 소나무 뿌리 쪽에 앉아 둘러보니 내가 패랭이꽃을 마구 짓밟고 있었다. 이제 어디를 찾아봐야 할까. 고요한 풀숲, 드러난 너럭바위, 눈에 보이는 것은 하늘이 대부분이었고, 이제 막 뜬구름이 늘어난

하늘에는 구름들이 우아한 당초무늬를 수놓았다 풀었다 하고 있었다. 만 건너편의 곶은 햇빛을 받아 황홀하게 반짝이고 있었다. 곶 주변의 바다는 그 끝까지 가지 않으면 보이지 않았고, 희미한 바닷빛만이 비치고 있을 뿐이었기에, 여기 있는 내 몸이 하늘에 떠 있는 것만 같았다. 나는 멍하니 일어서서 마지막으로 주변을 둘러보았다. 내 눈이 어른의 쓸쓸한 눈처럼 느껴졌다.

나는 처음으로 열렬히 사랑한 사람에게 배반당한 슬픔 때문에 아무 생각도 할 수 없는 눈길을 곶의 끝으로 돌렸다. 절벽은 아득히 수평선을 넘어 하늘과 경계를 짓고 있고, 흘러가는 구름 때문에 하얀 너럭바위가 칼날처럼 눈부시게 반짝였다. 나는 지친 발을 끌며 겨우 그 끝자락에 섰다. 먼바다는 그곳에 가까워질수록 감청색이 짙어지며, 그곳에서 환한 구름 봉우리가 솟아오르는 아름다운 경계선을 보여주었고, 이제 곧 지려는 듯 기울어가는 태양의, 구름 사이로 눈짓하는 찬란한 눈동자에 답하고 있었다. 먼바다에 돛단배는 보이지 않았지만, 마치 나를 가리키며 다가오는 듯한 한 척의 돛단배가 어디로 가는지 궁금해, 나는 나도 모르게 아래를 내려다보았다. 그러자 온몸이 와들거리며 다리가 쉴 새 없이 떨렸다. 그 심연으로, 그 나락의 아름다운 바다로, 자력과도 같은 힘이 갑자기 나를 끌어당기는 것만 같았다. 나는 있는 힘껏 뒷걸음질치고는 몸을 엎드려, 쿵쿵대는 가슴을 억누른 채 심연의 밑바닥을 들여다보았다. 다시 들여다본 그곳에서 나는 무엇을 보았을까. 아무것도 보지 못했다고 해야 할 것이다. 나는 그저 조금 전과 똑같은 풍경을 보았으니까. 그곳에는 환한 소나무와 바위와 작은 만이 있었고, 끊임없이 약동하는 하얀 파도가 있었다. 그것은 똑같은 소리 없는 풍경이었다. 내 눈에는 그저 신비로울 만큼 고요한 물기슭이 보인 것이다. 나는 문득 신의 웃음소리를 닮은 것의 의미를 생각했다. 그것은 지금의 나에게는 상상할 수 없을 만큼 큰 것, 비할 데 없이 큰 것처럼 여겨졌다. 눈앞이 어지러워 나는 바위 모서리를 꼭 붙잡고 있었는데, 거기서 몸을 떼고 일어설 수 있게 된 것은 한참이 지난 뒤였다.

벤자이텐 신사로 내려왔을 때 나는 돌 벤치에 앉아 멍하니 있는 오코탄을 보았다. 그는 나를 보더니, 잠시 믿지 못하겠다는 듯 나를 빤히 쳐다보았다. 그러더니 벌떡 일어나 내게 달려와 와락 끌어안으며 땀에 젖은 팔로 나를 마구 흔들어댔다.

"아이구, 대체 어떻게 된 거예요! 어떻게 된 거냐구요!"

여태껏 본 적 없는 오코탄의 격정에 부딪히자, 나의 격정도 순식간에 되살아났다. 으앙 하고 울음을 터뜨린 나는 오코탄의 목에 매달렸다.

"길을 잃었어요? 참, 어쩔 수가 없네요."

오코탄은 그렇게 달래는 투로 말했지만, 얼마 있다 손을 잡고 걷기 힘든 모랫길을 걸으며 집으로 오는 동안, 나를 찾으려고 얼마나 애를 먹었는지 들려주고, 집에 가서 둘 다 야단맞지 않을 계책을 일러주더니, 그 말이 끝나자 끝도 없이 비난의 투로 말하는 것이었다. 그는 내가 여느 때와 달리 아무 말도 없이 대들지 않는 게 이상했는지, 가끔가다 "기분이 안 좋아요? 열이 있는 거 아니에요?" 하고 물었지만, 내가 고개를 저으면 또다시 끝없는 꾸지람을 이어갔다. 그는 도중에 생각이 바뀌었는지 내 손을 끌고 무서운 속도로 바닷가의 찻집으로 향했다. 거기에 파라솔과 짐을 맡겨두고 온 것이다. 찻집 부부가 말했다.

"아, 조금 전에 하녀가 가져갔어요. 도련님을 잃어버렸다고 손님이 야단법석을 떨며 찾으러 갔다고 말했더니, 깜짝 놀라 돌아갔어요."

오코탄은 완전히 새파래졌다.

"아, 큰일 났다! 언제요? 언제 왔어요?" 하고 숨을 헐떡이며 물었다.

"조금 전에요. 2, 30분쯤 전인가."

"빨리 가요!"

오코탄은 내 손을 잡고 아무 말도 없이 달리기 시작했다.

나는 마음속으로 풀리지 않은 질문 하나를 되풀이하고 있었다. 부모님에게는 아무것도 숨기면 안 된다, 이것은 내가 지키고 또 지키며 기쁨을 느껴온 도덕이고, 그것을 어기라는 마음속의 소리는 지금까지 들은 적이 없었다. 그런데 어찌 된 일일까. 어째서인지 이번 일만큼은 부모님은 물론 나 이외의 누구에게도 절대 말해서는 안 된다고, 또 그것을 말하지 않는 데서 기쁨과 용기를 가지라고, 묵계와도 같은 무언의 다정함으로 알려주는 것 같았다. —— 하지만 각상 어머니와 마주했을 때 어디까지 말하지 않고 있을 수 있을까 하는 걱정이 끊임없이 나를 망설이게 했지만, 집에 가서도, 또 도쿄의 집으로 돌아간 뒤에도 끝내 그것을 말하지 않았고, 나의 불안과 양심의 가책은 영원히 사라졌다.

상상대로 다카기초의 이모할머니는 광란의 모습이었다. 그것을 달래기 위해 어머니는 자신의 누를 길 없는 걱정까지 억누르며 (오히려 어머니가 더 제정신이 아니었을 텐데도) 새빨개진 눈으로 애써 안심하는 듯한 모습을 보여주고 있었다. 집에 돌아온 내 얼굴을 보자마자 비통한 기쁨의 외침을 지르며 이모할머니보다 먼저 나를 끌어안은 것은 어머니였다. 나는 한 시간이 넘도록 내내 울었다.

오코탄과 집에 돌아왔을 무렵은 가을이 가까워, 두레박 떨어지듯 빨리 지는 해가 집집의 가장자리를 물들이고, 매미가 싱그럽게 울고 있었다. 나와 오코탄을 향한 어머니의 꾸지람은 어두워질 때까지 이어졌다.

이튿날 나는 열이 났다. 의사는 내가 도쿄의 집에 돌아가 천천히 요양하기를 권했고, 우리 가족은 서둘러 짐을 싸서 기차를 탔다. 나는 담요에 싸여 갓난아기처럼 오코탄 등에 업혔다. 역과 기차 안에서 많은 사람들의 연민 어린 시선을 받으며, 나는 오히려 왕자처럼 스스로가 자랑스러웠다. 몽상이 얼마나 사람을 자랑스럽게 하는지!

도쿄 시가지로 기차가 들어서자, 거리는 이제 해 질 무렵을 준비하려고 켜지는 불빛으로 생기가 도는 시각이었다. 이제 막 켜진 듯한 대교의 가로등 아래를, 사람들이 오늘도 자신들이 바랄 수 있는 모든 즐거움을 향해 서두르며, 베를 짜듯 오가는 모습이 보였다.──바로 그때, 다리 입구에 있는 은행의 창들이 일제히 파란 등불을 켰다.

나는 이번 여름에 수영은커녕 물에 뜨는 법조차 배워 오지 못한 것 때문에 아버지에게 야단맞지는 않을까 무서웠다. 하지만 이제 내게는 움직일 수 없는 신비로운 만족감이 있었다. 수영은 배우지 못하고 돌아왔지만, 인간이 쉽게 다른 사람에게 전할 수 없는 하나의 진실을, 훗날 내가 그것을 찾아 헤매고, 어쩌면 그것과 바꿀 수 있다면 목숨조차 아까워하지 않을 하나의 진실을, 나는 배우고 왔기 때문이다.

시를 쓰는 소년

 시는 참으로 쉽게, 연이어, 술술 지어졌다. '학습원'이라는 교명(校名)이 들어간 서른 페이지의 노트는 금세 다 써버렸다. 어떻게 시가 이렇게 하루에 두 편이고 세 편이고 지어지는 걸까 하고 소년은 의아해했다. 일주일을 병으로 누워 있었을 때, 소년은 '일주일 시집'이라는 것을 엮었다. 노트 표지에 타원형의 구멍을 오려내어, 첫 페이지의 'Poésies'라는 글자가 보이도록 한다. 그 밑에는 영어로 12th.~18th. MAY 1940이라고 쓰여 있다.

 그의 시는 학교 선배들 사이에서 평판이 좋았다. '거짓말이야' 하고 그는 생각했다. '내가 열다섯 살이라니까 다들 떠들어대는 것뿐이야.'

 하지만 소년은 자신을 천재라고 확신했다. 그래서 선배에게 아주 건방진 말을 했다. "저는 ……라고 생각합니다" 같은 말은 쓰지 않겠다고 생각했다. 무슨 일에든 "그건 ……입니다"라고 말하도록 신경을 썼다.

그는 잦은 자위 탓에 빈혈을 앓고 있었다. 하지만 아직 자신의 추함은 신경 쓰이지 않았다. 시는 이런 생리적인 불쾌한 감각과는 다른 것이다. 시는 다른 모든 것과 다른 것이다. 그는 미묘한 거짓말을 했다. 시를 통해, 미묘한 거짓말을 하는 법을 배웠다. 말만 아름다우면 되는 것이다. 그래서 매일, 사전을 꼼꼼히 읽었다.

소년은 황홀해지면, 늘 눈앞에 비유적인 세계가 나타났다. 송충이들은 벚나무 잎을 레이스로 바꿔버리고, 내던져진 조약돌은 환한 떡갈나무를 넘어서 바다를 보러 갔다. 크레인은 흐린 날 바다의 구겨진 시트를 휘저으며 그 아래 익사자를 찾고 있었다. 풍뎅이가 다가가는 복숭아나무 열매는 옅은 화장을 했고, 질주하는 사람 주위에는 불상 뒤의 화염처럼 공기가 어지러이 웅어리져 들러붙어 있었다. 석양은 불길한 징조였고, 짙은 요오드팅크 색을 띠고 있었다. 겨울 나무들은 하늘을 향해 의족을 내던지고 있었다. 그리고 난로 옆 소녀의 나체는 불타는 장미처럼 보이지만, 창가로 다가가면, 그것은 조화(造花)라는 것이 드러나고, 추위에 소름이 돋은 살갗은 보풀이 인 벨벳 꽃잎 하나로 변해버리는 것이었다.

실제로 세계가 이런 식으로 변모할 때, 그는 더없는 행복을 느꼈다. 시가 태어날 때는 반드시 이런 더없는 행복의 상태에 자신이 놓여 있다는 것에 소년은 놀라지 않았다. 슬픔이나 저주, 절망 속에서, 고독의 한가운데서 시가 태어난다는 것을 머리로는 알고 있었지만, 그러기 위해서는 자기 자신에게 더 흥미를 가지고, 자신에게 어떤 문제를 부과해야만 했을 것이다. 자신을 천재라고 생각하면서도 이상하게 소년은 자기 자신에게 그다지 흥미를 갖지는 않았다. 외부 세계 쪽이 훨씬 더 그를 매료했다. 그렇다기보다는, 그가 이유도 없이 행복한 순간에는, 외부 세계가 그가 원하는 대로 쉽게 모습을 바꾸었다고 하는 편이 맞을 것이다.

시라는 것이 그의 행복을 보증하기 위해 나타나는 것인지, 아니면 시가 태어나기 때문에 그가 행복해줄 수 있는 것인지, 그것은 확실히 알 수 없었다. 다만 그 행복은 오랫동안 갖고 싶었던 것을 받았다거나, 부모를 따라 여행을 떠나는 행복과는 확실히 달라서, 아마 누구에게나 있는 행복이 아니라, 그만이 알고 있는 것임은 분명했다.

외부 세계든 자기 자신이든, 어쨌든 소년은 가만히 오래 지켜보는 것을 좋아하지 않았다. 주의를 끈 어떤 대상이 그 즉시 어떤 형상으로 변하지 않으면, 예를 들어 무성한 어린잎의 반짝임이, 그 하얗게 반짝이는 부분이 변하여, 5월의 한낮에 마치 활짝 핀 밤 벚꽃처럼 보이지 않는다면, 금세 싫증을 내며 더는 바라보지 않았다. 조금도 모습을 바꾸지 않는,

확고하고 무뚝뚝한 사물에게는 '저건 시가 되지 않아' 하고 생각하며 냉담하게 대했다.

  시험에 예상한 대로의 문제가 나와, 재빨리 답을 쓰고 제대로 검토하지도 않고 교단으로 가져가, 반에서 가장 빨리 교실을 나올 수 있었을 때, 오전의 인적 없는 운동장을 가로질러 교문으로 가면서, 국기 게양대의 깃대 꼭대기에 금색 구슬이 반짝반짝 빛나는 것을 본다. 그러면 말로 표현할 수 없는 행복감에 휩싸인다. 깃발이 걸려 있지 않으니 오늘은 국경일이 아니다. 하지만 오늘은 내 마음의 국경일이고, 저 구슬의 반짝임이 자신을 축복해주는 거라고 생각한다. 소년의 마음은 쉽게 육체를 벗어나 시에 대해 생각한다. 이 순간의 황홀감. 충실한 고독. 이상한 경쾌함. 구석구석까지 또렷한 도취. 외부 세계와 내면의 친화. ……

  그는 그런 상태가 자연스럽게 찾아오지 않을 때는, 뭔가 주변의 물건을 이용해 억지로라도 똑같은 도취를 불러일으키려고 했다. 예를 들면 호랑이무늬의 자라 등딱지로 만든 담배 케이스를 통해 방 안을 들여다보는 것. 어머니의 액체 파우더 병을 세차게 흔들어, 파우더가 무거운 춤을 어지러이 춘 끝에 맑은 윗물을 남긴 채 서서히 바닥으로 가라앉는 모습을 바라보는 것.

  또한 그는 아무런 감동도 없이, '기도'니 '저주'니 '모멸'이니 하는 말을 썼다.

소년은 문예부에 들어갔다. 위원이 열쇠를 빌려주었기에, 가고 싶을 때는 언제든 가서 좋아하는 사전류를 혼자서 탐독할 수 있었다. 그는 세계문학 대사전의 낭만파 시인들의 페이지를 좋아했다. 그들의 초상은 결코 덥수룩한 수염 따위를 기르지 않았고, 다들 젊고 아름다웠기 때문이다.

　그는 시인의 박명(薄命)에 흥미를 느꼈다. 시인은 일찍 죽어야 한다. 요절한다고 해도, 열다섯 살인 그는 아직 앞날이 창창했기에, 그런 수학적인 안심에서 소년은 행복한 기분으로 요절에 대해 생각했다.

　그는 와일드의 〈키츠의 무덤〉이라는 짧은 시를 좋아했다. "삶도 사랑도 젊디젊은 시절을, 삶으로부터 빼앗기고, 이곳에 가장 젊은 순교자가 누워 있다" …… 이곳이 가장 젊은 순교자가 누워 있다. 실제로 불행한 재앙이 은총처럼 이 시인들을 덮친 것은 놀랄 만한 일이었다. 그는 예정조화*를 믿었다. 시인의 전기(傳記)의 예정조화. 그것을 믿는 것과 자신의 천재성을 믿는 것은 그에게는 완전히 동일한 것으로 여겨졌다.

　자신에 대한 긴 조문(弔文)이나 사후의 명예에 대해 생각하는 것은 유쾌했다. 다만 자신의 사체를 생각하면 조금 거

---

* 라이프니츠의 대표 사상 중 하나. 사물은 미리 정해진 흐름에 따라 진행되어 예상되는 결말이 그대로 실현된다는 것.

북했다. '불꽃처럼 살 거야. 한순간 온 힘을 다해 밤하늘을 물들이고, 곧바로 사라져버려야지' 하고 열렬히 생각했다. 여러 가지 생각해보았지만, 그 외의 삶은 떠오르지 않았다. 하지만 자살은 싫다. 예정조화가 능숙한 솜씨로 그를 죽여줄 것이다.

시가 소년을 정신적인 게으름뱅이로 만들기 시작했다. 좀 더 정신적으로 부지런했다면, 더 열심히 자살을 생각했을 것이다.

조례 시간에 학생감독이 그의 이름을 불렀다. 학생감독실로 오라는 것이다. 그곳으로 불려간다는 것은 교관실로 불려가는 것보다 더 심한 꾸중을 의미한다. "뭐 짐작 가는 데가 있겠지" 하고 친구들이 그에게 겁을 주었다. 그는 새파랗게 질리고 손이 바들바들 떨렸다.

학생감독은 불기 없는 화로의 재에다 부젓가락으로 뭔가 글씨를 쓰면서 소년을 기다리고 있었다. 방으로 들어가자, 다정한 목소리로 "앉아라" 하고 말했다. 야단맞은 것은 전혀 없었다. 교우회 잡지에 실린 그의 시를 읽었다고 했다. 그리고 시에 대해, 집안에 대해 이것저것 질문을 했다. 마지막으로 이렇게 말했다.

"실러와 괴테, 두 가지 유형이 있지. 실러는 알고 있겠지?"

"프리드리히 실러 말입니까?"

"그래. 넌 실러가 되려고 해서는 안 된다. 괴테가 돼야 해."

소년은 학생감독실을 나와 교실로 돌아가는 동안, 불만 때문에 부루퉁한 표정으로 발을 끌며 걸었다. 괴테도 실러도 아직 읽어본 적이 없었다. 하지만 얼굴은 알고 있었다. '괴테 같은 건 싫어. 아저씨잖아. 실러는 젊어. 난 실러가 좋아.'

 5년이나 선배인 R이라는 문예부장이 그를 챙겨주었다. 그도 R을 좋아하게 되었다. 왜냐하면 R은 분명히 자기 자신을 불우한 천재라고 생각했고, 나이 차이도 상관없이 소년을 분명히 천재로 인정해주었으며, 천재끼리는 친구가 되어야 했기 때문이다.

 R은 후작 가문의 서자였다. 그래서 릴라당*을 자처하며 귀족 가문인 자신의 집안을 자랑하고, 옛 귀족 문예의 전통에 대한 탐미적인 애상을 담은 작품을 썼다. 또 R은 시와 소품을 한 권으로 묶어 자비로 출판한 적이 있는데, 그것이 소년의 부러움을 샀다.

 두 사람은 매일 긴 편지를 주고받았다. 편지의 일과는 즐거웠다. 소년에게는 거의 매일 아침, 살구색 서양식 봉투에 담긴 R의 편지가 도착했다. 아무리 두툼한 편지라도 무게는 뻔했지만, 묘하게 부풀어 오른 편지의 가벼움, 그 경쾌함으로 가득한 느낌은 소년을 즐겁게 했다. 두 사람의 편지 말미

---

* 오귀스트 빌리에 드 릴라당. 프랑스의 소설가, 시인으로 명문 귀족의 후예였다고 한다.

에는 대개 최근이나 그날 지은 시, 그게 없을 때는 전에 지은 시가 적혀 있었다.

하지만 편지의 내용은 시시했다. 지난번 보낸 시에 대한 비평으로 시작해, 그것이 끝도 없는 수다로 이어져, 들었던 음악이나 그날그날의 가족 이야기, 아름답다고 생각한 소녀의 인상이나 읽은 책을 말하기도 하고, 어떤 단어 하나에서 하나의 시 세계를 깨우친 시적 체험이나, 어젯밤에 꾼 꿈을 상세히 쓰기도 했다. 이런 습관에 스무 살의 청년과 열다섯 살의 소년은 조금도 싫증이 나지 않았다.

하지만 R의 편지 속에서, 자신의 편지에는 전혀 없는 약간의 우울, 약간의 불안의 그림자가 있다는 것을 소년은 알아차렸다. 현실에 대한 두려움, 머지않아 직면해야 할 것에 대한 불안이 R의 편지에 일종의 쓸쓸함과 씁쓸함을 더해주고 있었다. 행복한 소년에게는 그것이 자신에게는 결코 덮치지 않을, 자기와는 인연이 없는 그림자처럼 여겨졌다.

내가 뭔가의 추함에 눈뜨게 되는 일이 있을까? 소년은 그런 것을 생각해본 적도, 예감한 적도 없었다. 예를 들면 괴테에게 덮친, 오랫동안 그가 견뎌낸 노년이라는 것, 그런 것이 그를 찾아올 리는 없었다. 아름답다고도 하고 추하다고도 하는 청춘조차도 아직 그에게는 멀었다. 자신 안에서 발견하는 추함은 전부 잊어버렸다.

예술과 예술가를 뒤섞는 환상, 세상의 순진한 소녀들의 눈이 예술가라는 것을 대하는 이런 환상에 소년은 단단히 사로잡혀 있었다. 자신이라는 존재의 분석이나 연구에는 흥미가 없었지만, 늘 스스로 자신을 꿈꾸었다. 그 자신은, 소녀의 나체가 조화로 변하는 것 같은, 변화무쌍한 비유적인 세계에 속해 있었다. 아름다운 것을 만드는 인간이 추하다는 건 있을 수 없어, 하고 소년은 고집스레 생각했지만, 그 이면에 있는 더 중요한 또 하나의 명제는 단 한 번도 머릿속에 떠오르지 않았다. 즉, 아름다운 인간이 더 아름다운 것을 만들 필요가 있을까, 라는 명제다.

필요? 이런 말을 들었다면 소년은 분명 웃을 것이다. 왜냐하면 그의 시는 필요에 의해 생겨나는 것이 아니었다. 그것들은 완전히 자연스럽게, 이쪽에서 거부해도, 시 쪽에서 그의 손을 움직여 종이 위에 글자를 쓰게 만드는 것이었다. 필요라고 하려면, 뭔가 결핍이 전제되어야 한다. 그런 건 없었다. 아무리 생각해봐도 없었다. 무엇보다 그는 시의 원천을 모두 '천재'라고 하는 편리한 한 단어로 정리해버렸고, 한편으로 자신이 의식하지 못하는 깊은 결핍이라는 것은 믿을 수도 없을뿐더러, 설령 믿는다 해도 그것을 결핍 따위의 말로 표현하기보다는 천재라고 부르는 편을 좋아했기 때문이다.

그렇다고 해서, 소년에게 자작시에 대한 비판 능력이 전혀 없는 것은 아니었다. 예를 들면 선배들이 칭찬하는 사행시

하나는 경박하고 부끄럽다고 생각했다. 그것은, 이토록 투명한 유리도 그 절단면은 푸르기에, 그대의 맑은 두 눈동자도 수많은 사랑을 담을 수 있으리, 라는 내용의 시였다.

물론 타인의 칭찬은 소년을 기쁘게 했지만, 그것에 빠지지 않도록 그를 구해낸 것은 그의 오만함이었다. 사실은 R의 재능에 대해서조차 그는 그다지 감탄하지 않았다. R은 문예부 선배들 중에서는 확실히 눈에 띄는 재능이 있었지만, 그것이 소년의 마음에 딱히 중요한 의미를 갖지는 않았다. 소년의 마음에는 차가운 데가 있었다. 만약 R이 그토록 온갖 말로 소년의 시적 재능을 칭찬하지 않았다면, 그는 아마도 R의 재능을 인정하려 하지 않았을 것이다.

그 고요하고 더없는 행복을 종종 맛보는 대신, 자신에게는 소년다운 조잡한 감격성(感激性)이 결여되어 있다는 것을 그는 잘 알고 있었다. '부속전'이라는 야구 시합이 봄 가을에 두 번, 학습원 중등과와 부속 중학교 사이에 열렸는데, 학습원이 패하면, 시합이 끝나고 훌쩍이는 선수들을 둘러싸고, 응원하러 온 후배들도 함께 울었다. 그는 울지 않았다. 조금도 슬프지 않았던 것이다.

'야구 시합에서 진 게 뭐가 슬프지' 하고 그는 생각했다. 울고 있는 그들의 얼굴은 그의 마음에서 멀리 있었다. 분명 소년은 자신의 감성이 예민하다는 것을 알았지만, 그 예민함은 남들과는 완전히 다른 방향을 향하고 있어, 남들을 눈물 흘리게 하는 것이 그의 마음에는 조금도 와닿지 않았다.

소년이 쓰는 시에는 점점 사랑의 소재가 늘어났다. 사랑을 한 적은 없다. 하지만 시가 자연물의 변화에만 의지해 지어지는 것에 그는 싫증이 났고, 마음이 시시각각 변하는 모습을 노래하는 것에 관심이 옮겨간 것이다. 자신이 아직 경험하지 않은 것을 노래하는 것에, 소년은 아무런 거리낌도 느끼지 않았다. 예술이란 그런 것이라고 그는 처음부터 확신하는 있는 듯했다. 경험이 없는 것을 조금도 한탄하지 않았다. 사실 그가 아직 체험하지 않은 세계의 현실과 그의 내적 세계 사이에는 어떤 대립이나 긴장도 보이지 않았기에, 굳이 자신의 내적 세계의 우위를 믿을 필요도 없었고, 심지어는 어떤 비이성적인 확신에 의해, 그가 이 세상에서 아직 체험하지 않은 감정은 하나도 없다고 생각하기까지 했다. 왜냐하면 그의 마음처럼 예민한 감수성에는, 이 세상의 모든 감정의 원형이, 어떤 경우에는 단지 예감이기는 했지만, 포착되어서 복습되어 있고, 나머지 경험은 모두 이러한 감정의 원소들을 적절히 조합함으로써 이루어진다고 생각했기 때문이다. 감정의 원소란? 그는 독단적으로 정의를 내렸다. "그것은 말이다."

그는 아직 말을 정말로 개성적으로 사용하는 법을 익히지는 못했다. 하지만 그가 사전에서 찾은 많은 뭍들은, 그것이 보편적인 말일수록 의미도 내용도 다양해, 그단큼 개성적인 개인의 독자적 사용법을 갖고 있는 것 같았다. 이 독자적인 사용법이 꼭 체험에 의해 비로소 만들어지고 채색된다고는 생각하지 않았지만.

우리의 내적 세계와 말의 첫 만남은 완전히 개성적인 것이 보편적인 것에 의해 연마되는 것이기도 하고, 또는 개성적인 것이 보편적인 것으로 연마되어 비로소 자기 자리를 찾는 것이기도 하다. 말로 표현하기 어려운 이 내적 경험은 열다섯 살 소년의 내면에도 충분히 쌓여 있었다. 왜냐하면 그가 하나의 새로운 말에 부딪히며 느끼는 위화감은, 동시에, 그의 마음속에서 하나의 미지의 감정을 체험하게 하는 것이었기 때문이다. 또한 그것은 그가 나이에 어울리지 않는 평정을 겉으로 유지하는 데에도 도움이 되었다. 어떤 감정에 휩싸이면, 그는 그 감정이 마음속에 불러일으키는 위화감에서, 위에서 언급한 그 위화감 중 적당한 것을 찾아 떠올린다. 그리고 그 위화감을 불러일으킨 말을 떠올리며, 그 말로써 눈앞의 감정에 간단히 이름을 붙이고 처리해버리는 것에 익숙해졌기 때문이다. 소년은 '절망'도, '저주'도, '사랑의 기쁨'도, '실연의 비탄'도, '고뇌'도, '굴욕'도, 모든 것을 그런 식으로 알았던 것이다.

그것을 상상력이라고 이름 붙이기는 쉬웠다. 하지만 소년은 그렇게 이름 붙이기를 주저했다. 상상력이라면, 타인의 아픔을 상상하며 자신도 아파 오는 듯한 감정이입이 있어야 한다. 소년의 차가움은 타인의 아픔을 결코 느끼지 못했다. 자신은 조금도 아프지 않으면서, "저게 고통이라는 거야. 난 잘 알아" 하고 중얼거릴 뿐이었다.

 5월의 화창한 오후였다. 수업이 끝났다. 소년은 문예부실에 누가 있으면 이야기라도 하고 집에 가려는 생각에, 그리로 발걸음을 옮겼다. 그런데 도중에 R을 만났다.
 "마침 잘 됐네. 잠시 얘기하다 가자."
 R이 말했다. 둘은 합판으로 동아리방이 나뉘어져 있는, 옛 교사였던 가건물로 들어갔다. 문예부는 어두운 일층 한쪽 구석에 있었다. 운동부 방에서는 떠들썩한 소리와 웃음소리와 교가가 들려오고, 음악부 방에서는 간간이 피아노 소리가 들려왔다.
 R은 지저분한 널빤지 문의 열쇠 구멍에 열쇠를 꽂았다. 열쇠로 열고 나서 다시 몸 전체로 밀지 않으면 열리지 않는 문이다.
 방에는 아무도 없었다. 익숙한 먼지 냄새가 났다. R은 먼저 창을 열고 먼지 묻은 손을 창밖에 털더니, 부서질 것 같은 의자에 앉았다.
 차분해지고 나자, 소년은 바로 이야기를 시작했다.
 "저요, 어젯밤에 색깔이 있는 꿈을 꿨어요. 오늘 집에 가서 R 형한테 편지를 쓸 생각이었어요. (소년은 색깔 있는 꿈을 꾸는 것을 시인의 특권이라 생각하며 우쭐해했다.) ……
적토로 된 언덕 같은 곳이에요. 그 붉은 흙이 정말로 선명한
색인데, 석양이 새빨갛게 비추니, 흙 색이 더 두드러져요. 그
때 오른쪽에서 어떤 사람이 긴 쇠사슬을 끌면서 나왔어요.
쇠사슬 끝에는 인간보다 네다섯 배나 큰 공작이 매여 있는
데, 공작이 깃을 접고 눈앞에서 천천히 끌려가는 거예요. 그
공작 색깔은 선명한 초록이에요. 온몸이 초록인데, 그 초록
도 반짝반짝 빛나고 있어 정말 예뻤어요. 전 공작이 멀리 끌
려가 보이지 않을 때까지 가만히 보고 있었어요. …… 굉장
한 꿈이었어요. 저는 색이 있는 꿈을 꿀 때는 너무나 선명할
정도로 색이 또렷해요. 프로이트의 꿈 해석이라면 초록의 공
작이란 어떤 의미일까요?"

"음."

R은 건성으로 대답했다.

R은 여느 때와 달랐다. 안색이 나쁜 것은 평소에도 그랬지
만, 조용한 열기를 띤 목소리로 이야기하거나, 변함없는 열렬
한 반응으로 소년의 말에 답하는 평소의 태도는 보이지 않
았다. 분명히 마지못해 소년의 혼잣말을 듣고 있었다. 아니,
듣고 있지 않았다.

멋부리며 세운 그의 교복 옷깃 주변에는 희미하게 비듬이
흩어져 있었다. 어두운 광선이 벚꽃 문양의 금색 금장(襟章)
을 반짝이고, 남보다 크고 높은 코를 과장되게 드러내고 있

었다. 조금 크다 싶을 뿐 모양은 수려한 코인데도, 그 코가 몹시도 곤혹스러운 표정을 띠고 있었다. 소년은 그곳에 고민이 결정(結晶)을 이루고 있는 듯한 느낌을 받았다.

책상 위에는 먼지로 뒤덮인 오래된 교정쇄와 자, 심이 부러진 빨간 색연필, 교우회 잡지의 합본, 쓰다 만 원고지 따위가 놓여 있었다. 소년은 이 문학적인 난잡함을 사랑했다. R은 우울해하며 치우려는 듯, 그 오래된 교정쇄에 손을 뻗었다. 그러자 그의 희고 섬세한 손끝이 금세 회색 먼지로 물들었다. 소년은 피식 웃었다. 하지만 R은 웃지 않고 혀를 차더니 손을 털며 말했다.

"사실은 나, 오늘 너한테 하고 싶은 말이 있었어."

"뭔데요?"

"사실은 나,"——R은 망설이더니, 재빨리 내뱉었다. "너무 고민스러워. 도저히 견딜 수가 없는 상황이야."

"연애하는 거예요?"

소년은 침착하게 물었다.

"응."

그리고 R은 지금 자신의 처지를 이야기했다. 그는 젊은 유부녀와 서로 사랑하고 있는데, 그것을 알아차린 아버지가 사이를 떼놓았다는 것이다.

소년은 눈을 크게 뜨고 R의 모습을 빤히 바라보았다. '여기에 사랑으로 고뇌하는 사람이 있다. 나는 처음으로 사랑이라는 것을 눈앞에서 보고 있다.' 어쨌든, 그것은 그다지 아름다운 모습은 아니었다. 어느 쪽이냐 하면 불쾌한 모습에 가까웠다. R은 평소의 생기를 잃고 풀이 죽어, 한마디로 기분이 언짢아 보였다. 물건을 잃어버리거나 전차를 놓친 사람이 종종 이런 얼굴을 하고 있는 것을 본 적이 있다.

그렇지만 선배가 털어놓는 연애담을 듣고 있는 것은 소년의 허영심을 부추겼다. 달갑지 않을 것은 없었다. 그는 최대한 진지하면서도 슬퍼하는 듯한 동감의 표정을 지우려고 애썼다. 하지만 현실에서 사랑을 하는 인간의 그 평범함은 도저히 견딜 수가 없었다.

소년의 마음속에 겨우겨우 위로의 말이 떠올랐다.

"힘들겠네요. 그래도 그 덕분에 분명 좋은 시를 쓸 수 있을 거예요."

R은 힘없이 대답했다.

"시가 문제가 아냐."

"하지만 시라는 건 그럴 때 인간을 구해주는 거 아닌가요?"

소년은 자신이 시를 지을 때의 더없이 행복한 상태를 얼핏 떠올렸다. 그 더없는 행복의 힘을 빌리면, 어떤 불행이나 고뇌도 무너뜨릴 수 있을 것만 같았다.

"그렇게는 안 돼. 넌 아직 몰라."

이 한마디가 소년의 자존심에 상처를 입혔다. 소년은 차가운 마음이 되어, 복수를 기도했다.

"하지만 진짜 시인이라면, 천재라면, 시가 그럴 때 구해주는 거 아닌가요?"

"괴테는 베르테르를 써서 자신을 자살로부터 구했어" 하고 R은 대답했다. "하지만 괴테는 시든 뭐든 그 무엇도 자신을 구할 수 없고, 자살 말고는 정말로 방법이 없다고, 마음속 깊이 느꼈기 때문에 그걸 쓸 수 있었던 거야."

"그럼 왜 괴테는 자살하지 않았어요? 글을 쓰는 것과 자살하는 것이 같은 거라면, 어째서 자살 쪽을 선택하지 않은 거죠? 자살하지 않은 건 괴테가 겁쟁이였기 때문인가요? 아니면 천재였기 때문인가요?"

"천재였기 때문이지."

"그럼……"

소년은 하나 더 물어보려 했지만 스스로도 뭐가 뭔지 알 수가 없었다. 괴테의 에고이즘이 결국 괴테를 자살로부터 구한 것이라는 관념이, 명확하지는 않지만 어렴풋이 마음속에 떠올랐다. 소년은 그런 관념으로 자기변호를 하고 싶은 욕망을 강하게 느꼈다. '넌 아직 몰라'라는 R의 한마디가 소년의 마음에 깊은 상처를 입혔다. 그 나이 때는 나이에 대한 열등감이 무엇보다 강하다. 입 밖으로 꺼내지는 않았지만, 소년에게 R을 비웃는 데에 가장 적당하고 멋진 논리가 떠올랐다.

'이 사람은 천재가 아냐. 왜냐하면 연애 따위를 하잖아.'

R의 사랑은 분명 진짜 사랑이었다. 천재가 결코 해서는 안 되는 사랑이었다. R은 후지쓰보와 겐지의 사랑, 펠레아스와 멜리장드의 사랑, 트리스탄과 이졸데의 사랑, 클레브 부인과 느무르 공작의 사랑, 그 밖의 온갖 불륜의 사랑을 예증으로 들며 자신의 고뇌를 꾸몄다.

소년은 들으면서, 그의 고백에 단 하나도 미지의 요소가 없다는 것에 놀랐다. 모든 것은 글로 쓰였고, 모든 것은 예감되었으며, 모든 것은 복습되었다. 글로 쓰인 사랑이 훨씬 생생하다. 시로 노래된 사랑이 훨씬 아름답다. R이 그 이상을 꿈꾸기 위해 현실 속으로 들어가버린 것을 이해할 수 없었다. 평범함을 향한 욕구가 왜 생겨나는지 알 수 없었던 것이다.

R은 이야기하는 동안 마음이 풀렸는지, 이제는 끝도 없이 자신의 연인의 아름다움을 들려주었다. 대단한 미인인 것 같기도 했지만, 무엇 하나 눈앞에 떠오르는 형태는 없었다. 다음에 사진을 보여줄게, 하고 R이 말했다. 그러면서 R은 살짝 쑥스러워하면서도 효과적인 말로 마무리했다.

"그 여자가 내 이마를 보고 정말로 아름답다고 했어."

소년은 쓸어 넘긴 머리 아래로 드러난 R의 이마를 보았다. 도드라진 이마는, 희미한 바깥 햇빛 때문에 피부 표면이 살짝 반짝이고, 보이지 않는 큰 주먹을 두 개 맞붙인 듯한 모양을 선명히 그리고 있었다.

'엄청 짱구네' 하고 소년은 생각했다. 조금도 아름답다는

느낌은 없었다. '나도 꽤 짱구인데. 짱구는 아름다운 것과는 달라.'

──바로 그 순간, 소년은 무언가에 눈을 뜬 것이다. 사랑이니 인생이니 하는 인식 속에 반드시 끼어드는 우스꽝스러운 불순물, 그것 없이는 인생이나 사랑의 한가운데를 살아갈 수 없을 것 같은 그런 우스꽝스러운 불순물을 본 것이다. 즉, 자신의 짱구를 아름답다고 굳게 믿는 것.

좀 더 관념적이기는 하지만, 소년 역시 비슷한 믿음을 품고 인생을 살아가고 있는지도 모른다. '어쩌면 나도 그렇게 살고 있는지도 몰라.' 이 생각에는 오싹해지는 듯한 무언가가 있었다.

"무슨 생각 해?"

R이 평소의 다정한 말투로 물었다.

소년은 아랫입술을 깨물며 웃고 있었다. 바깥은 조금씩 해가 저물고 있었다. 야구부가 연습하며 지르는 함성이 들려오고, 배트에 맞은 공이 하늘로 튕겨 나가는 찰나의 메마르고 명쾌한 소리가 울려 퍼졌다.

'나도 언젠가는 시를 쓰지 않게 될지도 몰라' 하고 소년은 태어나서 처음으로 생각했다. 그러나 자신이 시인이 아니었음을 깨닫기까지는 아직 한참이 남아 있었다.

의자

얼마 전, 나는 어머니가 젊은 시절에 쓴 짧은 글을 읽었다. 문고판 크기의 흔한 수첩으로, 서랍을 정리하다가 안쪽에서 나온 것을, 어머니가 휘리릭 넘겨보더니 내게 건네주었다. 수첩 속 내용이 이제 더는 어머니의 비밀이 아니었기 때문이리라. 그 수기가 호소하는 슬픔도, 지금의 어머니가 가진 슬픔은 아니었기 때문이리라.

나는 장남이다. 어머니의 첫 아이다. 어머니가 처음으로 본 생명의 놀라움이다. 그러나 태어난 지 얼마 안 돼, 나는 할머니에게 거두어져 할머니 손에서 자랐다. 할머니의 죽음을 몇 년 앞두고, 열세 살에 처음으로 부모의 슬하로 돌아왔다.

내가 일고여덟 살 때까지 조부모님과 부모님은 한집에 살았다. 그 후, 부모님은 조부모님의 집 뒤쪽에 집 한 채를 마련했다. 부모님의 집 이층에서 할머니의 병실이 내려다보였다. 할머니의 병은 고질병인 뇌신경통이다. 병이 발작하면 왼쪽 무릎에 경련이 일어난다. 할머니는 환부에 영향이 미치는 것을 두려워해, 큰 소리나 땅울림을 몹시 싫어했다.

1928년 봄에 어머니는 이렇게 쓰고 있다. 어머니는 스물넷, 나는 네 살이다.

아침부터 오후까지 어두컴컴한 다다미방인 할머니의 병실에 갇혀, 똑바로 앉아서 한결같이 그림을 그리고 있는 이 아이. 그것을 가만히 바라봐야만 하는 젊은 엄마가 나다. 힘껏 뛰쳐나가고 싶겠지. 큰 소리로 노래도 부르고 싶겠지. 그런 생각을 하면, 나의 손발이 저려온다. 게다가 가끔은 이제 지겹다는 듯 아이의 발이 밖으로 향하는 것을 온 힘을 다해 말려야 한다.

어린 욕망, 하지만 그 안에 장차 얼마나 소중한 것이 담겨 있는지 모르는 그 욕망이 살짝 싹을 틔우려 하자마자 순식간에 뿌리째 뽑혀버리는 안타까움. 언제쯤에나 해방될까, 의지할 데 없는 이 시련에 어미의 마음은 점점 미쳐버릴 것 같다. 자기 몸의 연장(延長)이라고밖에 생각할 수 없는 자신의 아이를, 하필이면 보통 사람과는 두뇌가 기능적으로 다르고 게다가 생판 남인 사람이 (시어머니는 어머니에게는 생판 남이다) 병적으로 키우고 있는 것에 대해, 한마디 의견을 말하는 것조차 허락

되지 않는 이 어미. 노예처럼 온종일 묵묵히, 게다가 두 눈으로 똑똑히 바라보아야 하는 부모의 이 안타까운 마음에서 언제쯤 벗어날 수 있을까.

 1931년 봄에 어머니는 이렇게 쓰고 있다. 어머니는 스물일곱, 나는 일곱 살이다.

 인종 속에서 겨우 체념의 습관이 붙기 시작했다. 이제는 어렴풋이 서광까지 보이는 것 같다. 먼저, 올해부터 소학교에 입학한다는 희망이 있다. 그렇다 해도 시시때때로 비뚤어지는 아이의 성격을, 어미는 두려워 눈 뜨고 볼 수가 없다. 정말로 미안한 생각이 든다. 하지만 예로부터 내려온 도덕을 따르자니, 이렇게 할 수밖에 달리 도리가 없다. 자식을 버리고 부모를 섬긴다. 나중에 어른이 되면, 적어도 이 가련한 어미를 용서해 줄 때도 있겠지. 입학하면 집을 떠나 있는 짧은 시간만이라도 모자 둘만의 즐겁고 한가로운 한나절을 보낼 수 있는 날도 있겠지. 하지만 아아, 과연 그것도 허락될까. 혹시나 지금보다 더 상태가 나빠지는 건 아닐까.

 1933년 12월에 어머니는 이렇게 쓰고 있다. 이미 부모님은 따로 집을 마련해놓았을 때다.

저녁에 울면서 찾아왔다.

이유를 물으니, 장지문을 닫는데 소리가 조금 크게 나는 바람에, 다리에 갑자기 심한 통증을 느낀 할머니에게 야단을 맞았다고 한다. 죄송한 마음과 다리 경련에 대한 두려움, 야단맞은 슬픔이 어린 마음에 가득 차, 어머니의 얼굴을 보자마자 눈물이 되어 흘러나온 모양이다.

나중에 서생인 다카하시가 허겁지겁 모자와 마스크를 들고 쫓아와서 말했다.

"저녁이라 추우니 모자를 쓰고 마스크를 하라고 몇 번이나 말해도 말을 안 들어서 할머님께서 몹시 화가 났다고 전하라 하십니다."

아이는 가만히 듣고 있더니, 또다시 슬픈 듯 울음을 터뜨렸다. 서생은 또 말한다.

"옆에서 보고 있으면 불쌍해서 못 살겠어요. 도련님이 이 집에 놀러 가도 되냐고 물으면, 꼭 언짢은 얼굴을 하시며, 지금은 저녁이라 춥다는 둥 이제 곧 식사 시간이라는 둥 어떻게든 못 가게 하세요. 그야 장지문 열고 닫을 때도 조심해야 하는 집보다는 동생들이랑 맘껏 놀 수 있는 집에 가고 싶어 하는 게 당연하죠. 그래도 도련님은 어려도 영리하게 잘 생각해서 되도록 할머님 앞에서는 가고 싶지 않은 것처럼 말을 해요."

늘 겪는 일이지만, 나는 슬픔을 넘어서 두려워진다. 아이의 천진함이 무참히 뽑혀버려, 얼마나 이상한 모습으로 성장할까.

아이는 풀이 죽어 아무 말도 하지 못한다. 나는 조용히 타일렀다. 오히려 나 자신을 격려하듯이.

"세상에는 엄마 아빠가 돌아가셔서 고아가 된 아이가 아주 많단다. 또 계모한테 구박받고 밥도 못 먹는 아이도 있어. 얼마나 슬프니. 넌 할아버지 할머니, 또 엄마 아빠도 다 계시고 모두에게 사랑받고 있잖아. 행복한 거야. 할머니는 몸이 편찮으시니까 그걸 생각해드려야 해. 힘내서 열심히 하는 거야. 남자잖아. 참아야 해, 알았지? 하나를 참으면 그 하나만큼 훌륭해지는 거야."

그러는 사이에 이번에는 또 하녀가 헐레벌떡 달려왔다.

"벌써 여섯 시니까 거기서 그냥 재워라"라는 전갈이었다.

지금까지 어떤 경우에도, 여기서 아이를 자게 해달라고 부탁해서 허락받은 적이 없다. 놀란 아이는 으앙 하고 울음을 터뜨렸다. 사태를 알아차린 만큼 두려움도 크다. 걱정으로 머리가 어지러워졌을 때 시어머니의 바늘보다 날카로운 짓궂음은 아이에게도 인정사정없이 쏟아지곤 한다. 마침 남편이 돌아와서 시어머니를 달래려고 나갔다. 다카하시를 때려주겠다고 했더니 기분이 풀리셨다며 30분 만에 돌아왔다.

겨우 한숨을 돌린 이튿날 아침, 서생이 하카마를 차려입고 찾아왔다.

"오늘 아침 간호사한테 들었는데요, 어제 밤늦게까지 큰마

님께서 도련님한테 이것저것 꼬치꼬치 캐물으셔서, 도련님이 결국, 어머니가 다카하시한테 부탁해서 놀러 오게 하셨다고, 모조리 다 말해버렸어요. 전 무서워서 잠시 고향에 내려가려고요."

시어머니가 비열한 탐정처럼 추궁하며 순진한 아이를 다그치는 모습이 눈에 선하다. 입 밖에 꺼내서 나쁜 것은, 정말로 곤란해지지 않는 한 어떤 경우에도 말하지 않는 아이다. 그것을 알기에, 어미는 슬픈 것이다.

결국 오늘은 하루 종일 아이를 보내주시지 않았다. 저녁에 나는 참을 수가 없어져 이층으로 올라가, 등나무 의자를 창 아래에 가져다 놓고 맞은편 집을 살펴보았다. 있어, 있어, 아이의 머리가 움직이고 있다. 별채에 있는 어머니 머리맡에 언제나처럼 내내 앉아 있다. 게다가 소리 내지 않게 조심하면서.

가끔 간호사의 부축을 받으며 화장실에 가는 어머니를 따라 복도로 나가는 머리가 또렷이 보인다. 그 작은 밤송이 머리를 나는 등나무 의자의 등받이를 붙든 채 하염없이 지켜보았다.

그 뒤에는 그 당시의 내 일과가 쓰여 있다. 나는 늘 할머니와 마주 보고 식사를 했다. 할아버지는 혼자 거실에서 드셨다. 나는 "젓가락을 쥐고 놓는 법까지 꼬치꼬치 간섭받으며 아무 맛도 모르는" 식사를 하고, 자기 전 한 시간 동안 "할머니 머리맡에서 책을 읽을 자유만 주어질 뿐"이다. 어머니는 마지막을 "아아, 뭔가 대지진보다 더한 천재지변이라도 일어나지 않는 한 이 아이의 행복은 찾아오지 않겠구나"라는 말로 맺고 있다. 이것은 거의 일종의 저주에 가깝다.

1934년 5월 단오절에 어머니는 이렇게 쓰고 있다. 어머니는 서른, 나는 열 살이다.

단오절이라 아이들과 신나게 놀았다. 밤에 세 아이와 한창 파티를 하고 있는데, 갑자기 어머니가 "사이타 씨가 돌아가셨다"라는 말을 꺼냈다. (사이타 씨는 할머니의 오랜 친구인 할머니인데 급사했다) 나도 전에 들은 소식이라, 꿈인 것 같다며 이야기를 나누는데, 옆에서 듣고 있던 큰아들이 역시나 예상한 대로 밥도 넘길 수 없을 만큼 놀란 모양이었다. 계속 파랗게 질린 얼굴로 침울해 있는 것을 보니 가여워져, 조금 전부터 생각하고 있던 것을 바로 입 밖에 꺼내버렸다.

"아이한테는 말하지 말라고 하실 것 같아서, 지금까지 알고는 있었지만 숨겼습니다."

아차 싶었지만, 이미 늦었다. 순식간에 언짢아진 어머니에게 죄송하다고 깊이 고개를 숙이는데, 운이 나쁘게 아이가 곤란한 말을 한 것이다.

"하아, 돌아가셨구나."

아이는 오랫동안 자기를 아껴준 사람이 갑자기 세상을 떠나 생각지도 못하게 놀란 모양이다. 그래서 평소처럼 그 자리의 분위기를 민감하게 느낄 수 없었던 것 같다.

아니나 다를까, 어머니는 격앙하여 탁 하고 내던지듯 젓가락을 내려놓더니 호되게 아이를 꾸짖었다.

"뭐냐! 일부러 한숨까지 쉬고."

나를 겨냥해서 한 말이라는 것은 알고 있다. 나는 일부러 무관심한 척, 그저 아이의 혼란스러운 기분을 달래주기에만 신경을 썼다.

"네가 슬퍼하는 것도 무리는 아니야. 엄마도 왠지 돌아가셨다는 생각이 안 들어."

그 순간, 어머니가 찻잔을 소리 내어 내려놓으며 말했다.

"어허, 시끄럽다. 마음대로 떠드는구나. 이제 스시는 더 안 먹겠다."

세 아이는 먹다가 움찔하며 멈추었다. 나는 손끝까지 심장 박동이 전해져 입술을 와들와들 떨면서도, 큰아들이 이것을 어떻게 받아들일까, 하는 생각뿐이었다. 눈물이 가득 고인 아들은 말했다.

"할머니, 드세요. 그러시면 몸에 안 좋아요."

아아, 이제 더는 보고 있을 수가 없다. 술술 그런 말을 꺼내는, 신과 같이 아름다운 내 아이를, 부모 품에서 빼앗아 우리 안의 동물처럼 머리맡을 떠나지 못하게 하고, 그뿐인가, 어미로서 아이를 대하는 나를 미친 듯이 질투하면서도, 그 창끝은 늘 가련한 어린 손자를 향하고 있는 것이다. ……
　……………….

　이 수기들은 나를 감동시켰다. 하지만 이 감동은 왠지 순수하지 않다.
　특히 수기 속에 등장하는 유년시절의 내 모습은, 현재의 내가 필사적으로 감추려 하는 약점을 추하게 드러내고 있다. 이 병약한 아이는 왜 이리도 우는 걸까. 그중에서도 특히 불쾌한 것은 마지막 수기에서 "할머니, 드세요" 운운하며 비위를 맞추려는 말이 술술 흘러나오는 대목이다. 이 아이는 그런 순간의 자신이 가련하게 보인다는 것을 알고 있다.
　우리가 유년 시절을 전적으로 순진무구하다고 생각하는 일종의 편견은 (어머니도 그 편견에 크게 치우쳐져 있어, 나를 "신과 같이"라고 말하고 있다), 정신분석학자의 심술궂은 반박으로 뒤집힐 수도 있겠지만, 적어도 인간의 완성된 약점에 비해 미완성의 약점이 훨씬 더 추하다고는 말할 수 있을 것이다. 지금 나는 어느 정도는 완성되어진 약점에 의지해 일을 하고 있지만, 내 머릿속에 늘 남아 있는 유년기의 추함이 지금 내가 하는 일을 조금은 아름답게 만드는 것이다.
　어머니의 다양한 감정이입에는 오산이 있었다. 나는 밖에 나가 놀고 싶다거나 장난치고 싶은 것을 참으며 환자 머리맡에서 소리 죽여 앉아 있었던 것이 아니다. 나는 그렇게 있는 것이 좋았다. 지금 내게 아름다운 기억으로 남아 있는 것은 어머니와의 짧은 밀회, 학교에서 돌아오는 길에 어머니의 손을 잡고 걸었던 봄날의 산책 같은 장면이기는 하지만, 나는 그 무렵 할머니의 병적이고 절망적인 집요한 애정이 아주 싫은 것도 아니었다.

  할머니는 나를 병실에 가둬두고, 그렇게 하지 않으면 이 연약한 아이는 죽어버릴 거라고 믿었지만, 어머니는 어머니대로, 그렇게 두면 죽어버릴 거라고 생각했다. 나는 지금 살아 있다. 나는 지금은 어머니의 상상력을 충분히 이해한다. 나는 달리고 싶다. 헤엄칠 수 있게 되고 싶다. 언제나 야외의 빛 속에서 살아가고 싶다. 나는 뛰어오르고 싶다. 수영선수가 되고 싶다. 권투선수가 되고 싶다. 모두가 황홀해할 것 같은 넓은 어깨를 갖고 싶다. 싸움을 잘해 네다섯 명을 쓰러뜨리고 싶다. 한순간이라도 생각하지 않고 행동하고 싶다. 나를 뒤덮는 것은 오로지 구름의 그림자뿐이면 좋겠다. ……하지만 나는 밤새 책상 앞에 앉아 있고, 정오가 지나야 일어나는 직업에만 적합하다. 나의 내면 어딘가는 여전히 어두운 병실의 머리맡을 좋아하는 것이다. 나머지 9할의 소망은 야외의 빛을 향해 있는데도, 내가 야외의 빛 속으로 나가면, 어린 시절처럼 푸른 하늘도, 초록 잎도, 작은 새도, 분수도, 그 모든 것이 나를 비웃고 있는 소리가 여전히 들려온다.

  어머니는 수기에서처럼 나를 해석했지만, 나라는 인간은

어머니가 해석한 그대로가 아니었다. 어머니의 해석을 알았더라면, 나는 유년 시절 특유의 아양으로 거기에 내 몸을 끼워 맞추려고 애를 썼겠지만, 할머니가 어머니의 해석을 내게 철저히 숨겼다고는 해도, 어머니의 고민이 내 마음을 늘 차지하지 않았던 것은 왜일까? 하지만 돌이켜 생각하면, 어머니는 나 자신도 알아차리지 못한 나의 슬픔을 이층의 등나무 의자에서 가만히 지켜보고 있었는지도 모른다. 내가 그 슬픔을 자각하게 된 지금은, 어머니는 더 이상 나를 찬찬히 바라보는 일은 없다. 이제 어머니의 눈에는 내 슬픔이 옛날만큼 선명히 비치지는 않는 것이리라.

사랑이란, 목적을 갖지 않는 신비로운 통찰력이 우리를 안절부절못하게 하는 감정인 것 같기도 하고, 하나의 상상력 같기도 하고, 본질적으로 하나의 '해석'일 뿐인 것도 같지만, 어머니의 수기는 내게 이런 의문들을 둘러싼 여러 가지 성찰을 하게 만들었다.

이층 등나무 의자에서 어머니의 눈에 보였던 것은 나의 무엇이었을까. 이 생각은 왠지 모르게 나를 전율하게 한다.

어머니가 그렇게 지켜보고 있었을 때, 나는 어떤 슬픔에도 사로잡혀 있지 않았을 것이다. 나의 기쁨은 약간의 과자와 노트와 도화지와 색연필과 동요집만 있으면 충분했다. 그리고 그것은 존재했다. 할머니의 메마르고 반질반질한 작은 손을 잡고 나는 화장실 앞까지 따라갔다. 할머니가 화장실에 있는 동안, 간호사가 놀리며 간지럼을 태우는 것이 즐거웠기 때문이다.

"도련님은 간지럼쟁이!"

그녀는 속삭이듯 작은 목소리로 말하며 웃었다. 그 숨죽인 웃음은, 그녀가 뺨을 바싹 대는 바람에 얼굴에 짙게 바른 싸구려 크림의 치자꽃 같은 향과 하나가 되어 기억 속에 떠오른다.

"악, 싫어, 으악!"

"소리 지르면 안 돼. 그럼 배를 간지럽힐 거야."

"꺅, 으악!"

차가운 주먹이 배와 반바지 사이로 사과처럼 들어왔다.

"아유, 귀여워라."

간호사는 종이봉투 바닥에서 무언가를 더듬어 찾아낸 것처럼 작은 것을 가만히 쥐었다. 나는 내가 질색하는 멜빵으로 바지가 끌어올려질 때의 불쾌한 황홀함 비슷한 느낌에 머리가 저릿했다. 하지만 나는 풀을 잘 먹인 그녀의 스커트에 얼굴을 묻고 머리를 살짝 흔들었다.

화장실에서 나오자 할머니가 이렇게 물었다.

"왜 이리 떠드는 거냐."

"도련님이 장난을 치잖아요."

"못 써, 아가야."

나는 그다지 놀라지도 당황하지도 않았다. 예전에 내가 대장염으로 오래 누워 있었을 때부터 집에 온 이 간호사는 내가 낫고 나서는 할머니를 돌보게 되었는데, 병을 앓은 후 걷기 연습을 위해 그녀가 나를 데리고 산책을 나간 날들이 기억에 남아 있다.

우리는 초가을 저녁 하늘에 색색의 깃발이 펄럭이고 있는 공설 시장 앞까지 걸어갔다. 거기까지 갔다가 다시 돌아오는 것이니, 시장 앞까지가 딱 절반이 된다. 병을 앓은 후의 내 다리는 모래땅을 걷는 것처럼 피로하고 열이 났다.

"응? 의자 해줘" 하고 나는 졸랐다.

"또? 응석꾸러기."

간호사는 길가에 쪼그려 앉았다. 그 무릎 위에 나는 앉았다.

나는 지금까지 그만큼 편안한 의자를 알지 못한다. 풀을 먹인 눈부시게 하얀 옷자락이, 앉으면 어떤 의자·커버보다도 부드럽게 허리 주변으로 풍성하게 퍼지며, 그녀의 산책용 나막신의 축축한 신발 끈을 감춘다. 그 의자는 따스하고, 발끝으로 계속 중심을 잡으려고 가볍게 흔들리고 있다. 그뿐만이 아니다. 나는 손목에 고무줄을 끼운 그 차갑고 살집 좋은 손이 내 바지 아래쪽을 쓰다듬으며 묻는 질문을 기다리는 것이다.

"이게 뭘까, 도련님? 동그란 것, 동그랗고 작은 도토리 같은 두 개."

"몰라."

"앞으로 도련님이 여자를 울릴 때 중요한 거야."

"몰라. 여자를 울린다는 게 뭐야?"

"도련님 같은 사람이지. 할머니를 울리고, 우메야를 울리고, 구니야를 울리고, 저렇게 예쁜 엄마까지 울리는 사람."

나는 장난삼아 아이에게 불어넣는 그런 추잡한 이야기나 장난질에 지금은 도덕적 반감은커녕 딱히 뿌리 깊은 적의를 품고 있지는 않다. 그때 느꼈던 순간적인 강렬한 증오를 어떻게 설명해야 할지 몰라 곤란한 것은 바로 이것 때문이다. 아마도 나는 내 주변 환경의 비애를 막연히 느끼고 있었던 게 분명하다. 책임이 내 한 몸에 떠넘겨지는 것 같은 그 말투에 공포를 느낀 게 분명하다. 그것은 어쩌면 간호사의 장난에 대한 기대와 결부된 어떤 쾌락의 관념과, 내 환경의 비애 사이에 인과 관계를 연결 짓는 것에 대한 본능적인 공포였는지도 모른다.

신음은 고통의 전달 수단이다. 하지만 사람들은 신음 소리를 냄으로써 달래지는 고통이라는 것은 알려지지 않기를 바란다. 우리는 고통은 알려지기를 바라지만, 고통 속의 쾌락은 알려지지 않기를 바란다.

어머니의 수기에는, 내 기억에 따르면, 중요한 기술이 아마도 고의로 빠져 있는 것 같다. 1933년 12월, 섣달그믐이 가까운 때다. 할머니는 낮잠을 자고 있었다. 나는 머리맡에 있었다. 장지문이 아주 조금 열렸다. 다카하시가 얼굴을 들이밀며 말없이 손짓으로 나를 부른다. 밖으로 나가자, 그는 아이용 흰색 모피 코트로 내 몸을 두르고는, 현관으로 통하는 어두운 복도를 나를 안고 썰매처럼 달렸다. 현관에 도착했다. 서생이 이렇게 말했다.

"데리고 왔습니다."

"고맙네."

현관에는 어머니가 서 있었다. 귀를 덮는 머리 모양을 하고 여느 때보다 공들여 화장을 했다.

"아가, 잠깐 산책하러 갈까? 추우니까 마스크랑 목도리 하고."

나는 어머니의 손을 잡고 말없이 걸었지만, 도중에 맞바람이 부는 바람에 손이 잡힌 채 고개를 돌리며 걸었다. 내가 말이 없는 것이 어머니의 마음에 걸린 모양이다.

"걱정 안 해도 돼. 바로 저기에 사진을 찍으러 가는 거야. 이제 곧 올해가 끝나잖아. 네가 아홉 살일 때 같이 사진 찍고 싶어서."

이때 내가 경솔하게 말하려고 했던 것이 있다. 간호사 이야기다. 비웃을지 몰라도, 나는 어린 마음에 어머니의 애처롭기 그지없는 말투를 누그러뜨려야 한다고 생각한 것이다. …… 하지만 나는 곧바로 깨닫고 입을 다물었다. 간호사가 가르쳐준 것은 그것만이 아니었다. ……

섣달 하늘을 부는 바람이 말끝을 날려버렸기 때문에, 다행히 나는 어머니의 추궁을 면할 수 있었다. 그리고 나는 일부러 아이답게 통통 튀며 길을 걸었다.

 역에서 가장 가까운 사진관을 골랐다.

 어머니와 아들은 흰 벽 앞에서, 어머니는 의자에 앉고 나는 의자 옆에 서서 사진기를 바라보았다. 조리개를 맞추더니, 머리가 벗어진 자그마한 남자 사진사가 말했다.

 "그대로요, 그대로."

 그러더니 쥐처럼 우리 등 뒤로 가서, 깜빡 하고 내리지 않은 배경막을 내렸다. 나는 곁눈질로 그쪽을 엿보지 않을 수 없었다. 배경막은 색이 약간 바래 있고 군데군데 얼룩이 있었다. 하지만 그 덕분에 우리 모자는 그 자리에 앉은 그대로 황폐한 정원 테라스의 의자에 앉은 것이다. 우울한 계란색의 빛바랜 정원에는 장미가 흐드러지게 피어 있고, 멀리 생기 없는 숲이 보였다. 숲 너머로 석양의 흔적이 보이는 금빛 저녁 하늘은, 근심스럽게 고개를 숙인 백조가 떠 있는 연못의 수면에도 비치고 있었다. ……

 "자, 도련님, 무서운 거 없어요. 똑바로 여기를 보세요."

 "아가, 움직이면 안 돼."

 어머니가 사진기 쪽으로 얼굴을 향한 채, 이상하게 절박한 열기를 띤 낮은 목소리로 그렇게 말했다. 그리고 그녀의 왼손이 무릎에 놓인 내 손을 꼭 잡았다. 이런 날씨에도 불구하고 그녀의 손바닥은 땀으로 차갑게 젖어 있었다 ……

──그날 어머니는 뭔가를 결심했던 것이 아닐까. 결심은 아마도 사진관을 나와 집으로 돌아갈 즈음에는 버려졌을 게 틀림없지만, 나는 아무래도 그런 생각이 든다.

하지만 그날의 사진은 지금도 앨범에 남아 있고, 젊은 어머니는 어린 장남을 무릎 곁에 끌어당겨 행복한 듯 밝게 웃고 있다. 귀를 덮은 머리 모양이 우수에 젖은 인상을 주기도 하지만, 그것은 과거가 되어버린 풍습에 대해 우리가 가지는 통념의 표현일 뿐이다.

우리는 신음의 쾌락을 감춘다. 그것을 자각했을 때, 우리는 이미 감추고 있는 것이다. 어머니는 현재의 내 안에서 슬픔의 확실한 증거를 찾기는 어려울 것이다.

그렇다면 내 예민한 유년기에 어머니의 슬픔이 내게 그다지 절실하게 느껴지지 않았던 것은, 어머니 역시 애써 슬픔을 감추고 있었기 때문이 분명하다. 이층의 등나무 의자에서 어머니가 보고 있던 것은 내가 머지않아 감추게 될 나의 슬픔이자, 내가 아직 깨닫지 못한 나 자신의 슬픔이었다.

…… 그렇다면 이층의 등나무 의자에서 어머니가 보고 있던 것은, 다름 아닌 어머니 자신의 모습이 아니었을까?

진주

 사사키 부인의 생일은 12월 10일이었다. 부인은 뭐든지 간소함을 으뜸으로 여겼기 때문에 친한 친구들만 불러 집에서 다과회를 열었다. 모인 사람은 야마모토, 마쓰무라, 아즈마, 가스가 네 명의 부인으로, 전부 사사키 부인과 같은 마흔셋의 동년배들이었다.
 이들은 오늘 생일 케이크에 꽂은 초의 개수를 절대 남에게 발설할 염려가 없는, 말하자면 나이의 비밀결사에 속한 사람들이다. 그런 손님들만 불러 생일 파티를 여는 사사키 부인은 현명한 사람이다.
 그런데 사사키 부인은 그날, 진주 반지를 끼고 있었다. 여자 손님들만 있는 데서 거창하게 다이아몬드 반지를 끼는 것이 거북하기도 했고, 진주가 그날의 옷 색깔과 어울렸기 때문이다.

　모임이 시작되어 부인이 한 번 더 케이크를 살펴보려고 하는데, 헐거워져 있던 진주가 반지에서 떨어져버렸다. 이런 축하 모임에서 불길한 느낌이 들었지만 사람들이 알아차리면 곤란하니까 나중에 처리하려고 커다란 케이크 접시 옆에 그것을 던져놓았다. 그 주변에는 다섯 명분의 접시와 포크, 냅킨이 놓여 있었다. 사사키 부인은 보석이 빠진 반지를 끼고 케이크를 자르는 모습을 보이기 싫어, 반지를 빼서 뒤쪽 선반 안에 잘 숨겨두었다.

　한참 수다를 떨며 저마다 준비한 정성스러운 선물을 서로 치켜세우는 사이에, 부인은 금세 진주에 대해서는 잊어버렸다. 생일 케이크의 초에 불을 붙이고 그것을 불어서 끄는 마지막 차례가 되었다. 다들 부산스럽게 케이크가 놓인 테이블을 둘러싸고, 손이 많이 가는, 마흔세 개의 초에 불을 붙이는 일을 거들었다.

　그다지 폐활량이 크지 않은 사사키 부인은 단번에 그것을 다 불어 끌 수가 없었다. 어쩔 줄 몰라 하는 부인의 모습은 손님들의 스스럼없는 농담거리가 되었다.

　사사키 부인이 먼저 나이프로 크게 자르고, 그다음은 각자 원하는 크기로 한 조각씩 잘라 접시에 담아 자기 자리로 가져가서 먹기로 되어 있었다. 다들 한꺼번에 손을 내미는 바람에 케이크 주변은 무척 혼잡했다.

케이크 위에는 크림으로 만든 꽃들이 곁들여지고, 은색 알갱이가 잔뜩 박혀 있었다. 설탕 알갱이를 은색으로 칠했을 뿐인, 흔히 있는 장식 과자다. 다들 앞다투어 케이크를 잘라 가져가는 바람에 설탕 조각, 카스텔라 부스러기, 은색 알갱이가 흰 테이블보 위에 흩어지고, 그것을 주워 자기 접시에 담는 사람도 있고, 그대로 입에 넣는 사람도 있었다.

　그러고는 전부 제자리로 돌아가 웃고 떠들며 천천히 케이크를 먹었다. 그것은 사사키 부인이 만든 것이 아니라 고급 과자점에 주문한 것이지만, 다들 아주 맛있다고 했다.

　사사키 부인은 행복감에 젖어 있다가, 문득 조금 전 테이블 위에 놓아둔 진주가 걱정이 되어, 별일 아닌 듯 일어나서 보러 갔다. 분명 조금 전 놓아둔 곳에, 그 진주는 없었다.

　부인은 물건이 없어지는 것이 무엇보다 싫은 사람이었다. 모임이 한창인데도 자기도 모르게 찾는 데 너무 집중해, 지나치게 긴장한 모습이 모두의 주의를 끌고 말았다.

　무슨 일이야? 하고 한 사람이 물었다. 아니, 좀, 하고 부인이 애매한 대답을 했지만, 각자 제자리로 돌아가려고 하기 전에, 손님 쪽에서 먼저 한 사람, 두 사람 일어서더니, 급기야는 전부 다 테이블보를 걷어 올리고 바닥을 기어 다니는 꼴이 되어버렸다.

　그 모습을 보니, 아즈마 부인은 화가 나서 참을 수 없었다. 고작 진주 한 알 때문에 이렇게 수습 못 할 사태를 일으킨

여주인에게 화가 난 것이다.

아즈마 부인은 제 한 몸 희생하여 이 상황을 구제하기로 결심했다. 영웅적인 미소와 함께 이렇게 말했다.

"그거 말야, 내가 조금 전에 뭔가를 먹었는데, 그게 진주였나 봐. 케이크를 담을 때 은색 알갱이가 테이블에 굴러다니길래 바로 집어서 삼켜버렸지 뭐야. 그러고 보니 목구멍에 뭔가 걸리는 느낌이 들었어. 다이아몬드였으면 수술이라도 해서 돌려줄 텐데 진주니까 그냥 좀 봐줘."

이 선언은 모두의 기분을 순식간에 풀어주었고, 무엇보다도 여주인을 구해준 것 같았다. 아무도 굳이 아즈마 부인의 고백이 진실인지 확인하려는 사람은 없었다. 사사키 부인은 남아 있는 은색 알갱이를 입에 넣으며 말했다.

"음, 입에 닿는 느낌이 확실히 진주네."

이 작은 사건도 농담의 도가니 속으로 던져져, 기분 좋은 웃음과 함께 녹아 사라졌다.

*

다과회가 끝나고, 아즈마 부인은 자기 집 근처에 사는 친구인 가스가 부인을 조수석에 태우고 이인승 스포츠카를 몰며 돌아갔다. 차를 몰고 이삼 분도 지나지 않아 아즈마 부인이 이렇게 말했다.

"자백해. 진주 삼킨 거 너지? 나, 내 한 몸 희생해서 널 감싸준 거야."

 그런 거침없는 말투는 깊은 우정으로 감싸여 있긴 했지만, 아무리 우정 때문이라고는 해도, 가스가 부인으로서는 오해는 오해였다. 아무리 생각해도 가스가 부인은 은색 알갱이로 착각하고 진주를 삼킨 기억이 없다. 평소 음식에는 예민한 성격이라, 밥 안에 머리카락 하나라도 눈에 띄면 그때 나온 식사가 목구멍으로 넘어가지 않는 사람이라는 것은 아즈마 부인도 잘 알고 있다.

 "무슨 말이야, 난 안 그랬어."

 마음이 여린 가스가 부인은 아즈마 부인의 안색을 살피며 작은 목소리로 반박했다.

 "숨겨도 어쩔 수 없어. 네 얼굴이 파래진 걸 보고 바로 알아차렸으니까."

 그 작은 사건은 아즈마 부인의 과감한 선언으로 정리된 듯이 보였지만, 다시 여기서 묘한 응어리를 남겼다. 가스가 부인은 자신의 결백을 어떻게 증명해야 할지 돌라 어쩔 줄을 몰랐지만, 그러는 사이에 왠지 자신의 몸속에 진주 한 알이 걸려 있는 것 같은 환상에 사로잡혔다. 분명 자신은 은색 알갱이로 착각해 진주를 삼킬 리가 없지만, 그렇게 웃고 즐기는 사이에 만에 하나 그럴 수도 있을 것이다. 아무리 기억을 더듬어봐도 그것을 입에 넣은 순간은 생각나지 않았지만, 무의식중에 입에 넣었다면 기억에 남지 않는 건 당연하다.

그러다가 뭔가가 생각난 가스가 부인은 얼굴이 빨개졌다. 진주가 몸속에 있다면 그 석탄질의 광택은 위액으로 조금은 탁해질지 몰라도, 하루이틀 안에는 필시 몸 밖으로 나올 거라는 생각에 이른 것이다.

그렇게 생각하니 아즈마 부인의 계획도 명백해지는 것 같았다. 아즈마 부인은 분명 이런 예측을 수치스럽게 여겨, 가스가 부인에게 죄를 떠넘기고 마치 자신이 그 죄를 뒤집어써 준 것처럼 꾸민 게 틀림없다.

── 한편, 야마모토 부인과 마쓰무라 부인은 집이 같은 방향이라 같은 택시를 타고 돌아갔다. 차에 올라타자마자 마쓰무라 부인은 급히 핸드백을 열고 화장을 고치려고 했다. 조금 전의 소동으로 망가진 화장을 고치지 않은 것이 생각난 것이다.

콤팩트를 꺼내려 할 때, 언뜻 흐릿하게 반짝이는 것이 핸드백 안에 떨어져 있는 것을 보았다. 손끝으로 더듬어 집어 올린 마쓰무라 부인은 그것이 한 알의 진주라는 걸 알고 깜짝 놀랐다.

하지만 마쓰무라 부인은 그 순간 자신의 놀란 목소리를 억눌렀다. 평소 야마모토 부인과는 사이가 나빴기 때문에, 어떻게 봐도 의심의 여지가 없는 이 발견이 들키는 게 싫었기 때문이다.

다행히 야마모토 부인은 창 쪽을 보고 있어 마쓰무라 부인이 놀란 것을 알아차리지 못한 것 같다.

 마쓰무라 부인은 너무 당황한 나머지, 어떻게 자기 가방 안에 진주가 들어갔는지는 미처 생각지 못하고, 우등생답게 타고난 도덕관념의 포로가 되고 말았다. 자신은 무의식중에 그런 짓을 할 리가 없다. 하지만 어찌 된 건지 자기 가방에 그것이 들어 있는 한, 곧바로 사사키 부인에게 돌려주는 것이 상책이다. 그러지 않으면 자신의 양심은, 물건이 너무 비싸지도 너무 싸지도 않은 진주인 만큼, 더더욱 알 수 없는 상처를 계속 받을 것이 분명하다.

 하지만 기껏 아즈마 부인의 희생정신 덕분에 사태가 원만히 마무리되었는데, 뭐라 설명할 수 없는 이런 진실을 옆에 있는 야마모토 부인에게 들키는 건 바람직하지 않다. 마쓰무라 부인은 한시라도 빨리 차에서 내리고 싶은 마음에, 가는 길에 친척의 문병을 가야 할 일이 생각났다며 한적한 주택가 한복판에서 내렸다.

 택시에 혼자 남은 야마모토 부인은 자신의 못된 장난으로 마쓰무라 부인이 이런 갑작스러운 결심을 하게 된 것에 약간 놀랐다. 조금 전 창유리에 비친 모습을 보니, 마쓰무라 부인이 핸드백 안에서 진주를 발견한 것은 분명하다.

 야마모토 부인은 모임에서 맨 먼저 케이크를 가지러 갔고, 테이블 위에 흩어진 은색 알갱이를 접시에 담아 다시 맨 먼저 자리에 돌아왔는데, 그때 그중 한 알이 진주라는 것을 알아차렸다. 그것을 알아차린 부인은 곧바로 못된 꾀를 부려, 다들 케이크에 정신이 팔려 있는 사이에, 의자 위에 놓인 위선적인 마쓰무라 부인의 가방 안에 진주를 잽싸게 집어넣은 것이다.

*

택시가 좀처럼 잡히지 않을 것 같은 주택가 한복판에서 내린 마쓰무라 부인은 안절부절못하며 온갖 머리를 굴렸다.

첫째, 아무리 자신의 양심을 위해서라지만, 애써 수습된 사건을 굳이 다시 꺼내, 자신도 설명할 수 없는 이런 경위로 인격상의 엉뚱한 의심을 받는다면 견디지 못할 것이다.

둘째, 그렇다고 해서 지금 빨리 진주를 돌려주지 않으면 영영 돌려줄 기회를 잃게 된다. 만약 내일이 되면, (거기까지 생각하자 부인은 얼굴이 빨개졌다) 되돌아온 진주는 왠지 지저분한 의혹을 받게 될 것이다. 그런 가능성에 대해 이미 아즈마 부인이 암시를 주었던 것이다.

여기까지 생각하다가, 마쓰무라 부인은 자신의 양심도 다치지 않고, 또한 인격상의 의심을 받을 염려도 없는 묘안이 떠올라 기뻤다. 그녀는 서둘러 걸으며 조금 번화한 거리로 나와, 택시를 타고 긴자의 유명한 진주 가게로 달려갔다. 그리고 가방 안에서 그 진주를 꺼내 점원에게 보여주며 이것보다 조금 더 크고, 이것보다 품질이 확실히 더 좋은 진주를 보여 달라고 했다. 그리고 바로 그것을 사서 사사키 부인의 집으로 향했다.

마쓰무라 부인은 그것을 자신의 재킷 호주머니에서 찾았다며 사사키 부인에게 건네줄 것이다. 부인은 그것을 받아서 나중에 반지에 끼워볼 것이다. 하지만 알 크기가 다른 진주는 반지에 맞지 않고, 사사키 부인은 의아해하며 진주를 마쓰무라 부인에게 돌려주려고 하겠지만, 마쓰무라 부인은 다시 돌려받지 않을 것이다. 그리고 사사키 부인은 이렇게 생각할 수밖에 없을 것이다.

'이 사람은 누군가를 감싸려고 이렇게 한 거야. 그렇다면 받는 편이 좋을지도 모르지. 마쓰무라 부인은 다른 셋 중 누군가가 진주를 훔치는 걸 본 게 틀림없어. 적어도 손님 넷 중에 마쓰무라 부인만큼은 결백해. 물건을 훔치고 그것보다 더 좋은 물건을 돌려주는 도둑은 없는 법이니까.'

한편, 그렇게 함으로써 마쓰무라 부인은 영윈히 오명을 벗고, 약간의 낭비로 영영 양심의 가책에서 벗어날 것이다.

—— 한편, 가스가 부인은 집에 돌아가서도 가즈마 부인의 농담이 내내 마음에 걸렸다. 엉뚱한 의혹을 벗으려 해도 내일이 되면 그 기회가 없어진다는 것을 알고 있다. 말하자면, 자신이 진주를 삼킨 것이 아니라는 증거를 보여주려면, 아무리 생각해도 어디서 반드시 진주가 나와야 한다. 간단히 말해, 지금 아즈마 부인에게 그 진주를 보여주면 다른 것에

대한 결백은 어찌 됐든, 식욕에 관한 결백은 증명될 것이다. 하지만 내일이 되면, 설령 진주를 보여줄 수 있다 해도, 거기에는 차마 말할 수 없는 수치스러운 의혹이 끼어들기 쉽다.

마음이 너무 여린 가스가 부인은 돌발적 행동의 용기에 이끌려, 다시 집을 나와 긴자의 진주 가게로 달려가 눈대중으로 그 케이크의 은색 알갱이와 거의 비슷한 크기의 진주를 샀다. 그리고 아즈마 부인에게 전화를 걸어, 방금 집에 돌아와 보니 오비 안에서 그 진주가 나왔는데 혼자서 돌려주러 가기가 쑥스러우니 지금 같이 가줄 수 없겠냐고 부탁했다. 아즈마 부인은 내심 묘한 이야기라고 생각하면서도 친구의 부탁이라서 승낙했다.

*

사사키 부인은 마쓰무라 부인이 돌려주러 온 진주를 받으며 반지에 진주가 맞지 않는 것을 의아해하면서도 마쓰무라 부인이 바라던 대로 생각하게 되었는데, 그로부터 한 시간쯤 후 가스가 부인이 아즈마 부인과 함께 진주를 돌려주러 온 것을 보고 깜짝 놀랐다.

사사키 부인은 하마터면 조금 전 마쓰무라 부인이 찾아왔다고 말할 뻔했지만, 생각을 바꾸고 아무런 티도 내지 않고 두 번째 진주를 받았다. 이번에는 반지에 맞겠지 하고 생각한 사사키 부인은 두 사람이 돌아가자마자 두 번째 진주를 끼워봤지만, 이번에는 너무 작아 헐거운 것을 보고는 놀랍다기보다는 어이가 없었다.

───두 부인은 돌아가는 차 안에서 서로의 속마음을 헤아릴 수 없어, 평소에는 사이좋게 수다를 떨었는데도 말이 없었다.

아즈마 부인은 자신의 무의식 따위는 믿지 않는 사람이었기 때문에 자신이 진주를 삼키지 않았다는 것은 잘 알고 있다. 그때는 모두를 구하기 위해, 그중에서 특히, 안절부절못하고 있어 유난히 의심스러운 친구를 위급한 상황에서 구하기 위해, 부끄러움을 무릅쓰고 그런 선언을 한 것이다. 그런데 이제 와서 보니, 가스가 부인의 이상한 태도며, 굳이 자신과 함께 진주를 돌려주러 간 과장된 행동이며, 뭔가 또 다른 것이 그 밑바닥에 있는 듯한 기분이 들었다. 어쩌면 아즈마 부인의 직감은 건드려서는 안 될 친구의 약점을 건드리고, 친구를 궁지에 빠트려, 무의식적인 발작과 같은 도벽을, 되돌릴 수 없는 마음의 상처로까지 만들었는지도 모른다.

한편 가스가 부인은 사실은 아즈마 부인이 정말로 진주를 삼켜버려 그런 선언을 한 게 아닐까 하는 의심이 들었다. 만약 그렇다면 모든 것이 원만하게 끝난 것인데, 아즈마 부인이 돌아오는 길에 그렇게 심하게 조롱하며 죄를 자신에게 뒤집어씌운 것은 나쁜 것이다. 그 결과, 마음 약한 자신은 너무 놀라고 당황해 괜한 돈을 썼을 뿐 아니라 한바탕 연극을 벌인 꼴이 되고 말았는데, 이렇게까지 되고서도 자신이 정말로 진주를 삼켰다고 자백하지 않는 아즈마 부인은 너무 못된 게 아닌가. 아즈마 부인이 끝까지 시치미를 뗀다면, 이렇게 애써 연극을 하고 있는 자신은 분명 아즈마 부인의 눈에 우스꽝스러운 배우로 비칠 것이다.

── 한편, 마쓰무라 부인은 억지로 사사키 부인에게 진주를 주고 돌아가는 길에 마음이 홀가분해져, 사건을 천천히 하나하나 되짚어보고 싶어졌다. 케이크를 가지러 갔을 때, 자신은 분명히 가방을 의자에 올려두고 갔다. 그리고 케이크를 먹을 때는 냅킨을 충분히 썼기 때문에, 가방에서 손수건을 꺼낼 필요가 없었다. 아무리 생각해도, 돌아가는 차 안에서 화장을 고칠 때까지 가방을 연 기억이 없다. 한 번도 열지 않은 가방 안에 어떻게 진주가 굴러들어 갈 수 있을까.

이렇게 간단한 것을 이제껏 알아차리지 못하고 그저 진주를 발견했다는 것만으로 깜짝 놀란 자신이 지금은 왠지 어리석게 여겨진다. 거기까지 생각했을 때, 마쓰무라 부인은 아! 하고 깨달았다. 이것은 누군가가 자신을 곤경에 빠트리려고 일부러 진주를 가방 안에 넣은 게 틀림없다. 네 명의 손님 중 그런 짓을 할 사람은 얄미운 야마모토 부인밖에 없다. 마쓰무라 부인은 눈에 불을 켜고 야마모토 부인의 집으로 달려갔다.

야마모토 부인은 마쓰무라 부인을 현관에서 보자마자 무

슨 일인지 알아차렸다. 핑곗거리도 한참 전에 생각해두었다.

하지만 마쓰무라 부인의 추궁은 생각보다 신랄하여, 처음부터 어떤 변명도 용서하지 않겠다는 태도였다.

너지? 너 말고는 이런 짓을 할 사람이 없어, 라고 마쓰무라 부인은 단정적으로 말했다.

"왜 나 말고는 없어? 무슨 증거라도 있어? 그렇게 확신한다면 꽤나 확실한 증거가 있나 보네?"

먼저 야마모토 부인이 차분하게 말했다. 마쓰무라 부인이 거기에 답하기를, 아즈마 부인은 말 그대로 자신이 삼켰다고 선언했을 정도니까 이런 비열한 행위와는 모순된 관계이고, 그러니 용의자가 될 수 없다, 또 가스가 부인은 겁이 많고 심약해 이런 대담하고 재빠른 행동을 할 수가 없다, 그렇다면 남는 건 너 하나다, 라고 한 것이다.

야마모토 부인은 조개가 입을 다문 듯 말이 없었다. 테이블 위에는 마쓰무라 부인이 내놓은 진주 한 알이 반짝이고 있다. 흥분하여 스푼을 집어들 여유도 없어, 아 써 내놓은 홍차는 식어가고 있다.

"네가 그렇게 날 미워하는 줄은 몰랐어."

그러면서 야마모토 부인은 눈시울을 닦았지만, 마쓰무라 부인은 눈물 따위에 속을까 보냐, 하고 태도를 굽히지 않았다.

"절대로 말 안 하려고 했지만, 그럼 말할게. 이름은 말하지 않겠지만, 오늘 손님 중에 하나가……"

"아즈마 부인이랑 가스가 부인밖에 없잖아?"

"제발 이름을 밝히는 것만큼은 좀 봐줘. 어쨌든 그 사람이 네 가방을 열고 뭔가 툭 떨어뜨리는 걸 내가 봤어. 그때 내가 얼마나 놀랐을지 짐작해봐. 너한테 알리려고 해도 알릴 틈도 없었고, 가슴은 쿵쿵대고, 돌아오는 차 안에서도 너한테 도저히 말할 수가 없어 괴로웠어. 사이가 좋았으면 순순히 말했겠지만, 네가 날 싫어하는 걸 아니까……"

"그래? 참 친절도 해라. 넌 그런 식으로 아즈마 부인과 가스가 부인한테 죄를 뒤집어씌울 작정이구나."

"죄를 뒤집어씌우다니. 어떻게 해야 내 마음을 네가 알 수 있을까. 난 그냥 아무도 상처 주고 싶지 않았어."

"그래? 나한테 상처 주는 건 아무렇지도 않은가 보네. 차 안에서 그렇게 말해줬으면 좋았을 텐데."

"그건, 네가 가방 안에서 진주를 집어서 바로 나한테 이상하다고 털어놨더라면, 그러면 내가 본 걸 말했을 텐데, 가만있다가 갑자기 내렸잖아."

그 말을 듣자 마쓰무라 부인은 그제야 말문이 막혔다.

"내 말 알겠어? 난 아무도 상처 주고 싶지 않았어."

마쓰무라 부인은 또다시 더한층 분노에 휩싸여, 그런 새빨간 거짓말을 늘어놓을 거라면 내 눈앞에서 오늘밤에라도 아즈마 부인, 가스가 부인을 만나라고 했다. 그러자 야마모토 부인은 처량하게 흐느끼더니, 아무도 상처 주기 싫은 내 마음을 네가 허사로 만들어버린다며 원망했다.

마쓰무라 부인은 야마모토 부인의 눈물을 보는 것이 처음이었기 때문에, 안 속아, 안 속아, 생각하면서도, 증거가 하나도 없는 만큼 야마모토 부인의 주장에도 일리가 있겠다는 생각이 들기 시작했다.

무엇보다, 한발 물러서서 야마모토 부인의 증언이 진실이라면, 자기 눈으로 목격하여 알고 있는 범인의 이름을 말하지 않는 것은 사려가 깊다. 얌전하고 심약할 것 같은 가스가 부인이 오히려 나쁜 짓을 저지를 수도 있을 것 같고, 야마모토 부인과 자신의 불화는 생각하기에 따라서는 혐의가 옅어질 이유도 된다. 사이가 나쁜데도 무릅쓰고 그런 짓을 한다면, 야마모토 부인을 의심할 것이 당연하기 때문이다.

"성격 차이는 있겠지" 하고 야마모토 부인은 울면서 말을 이어갔다. "이유 없이 밉고 그런 것도 있을 거야. 하지만 아무리 그래도 내가 널 곤경에 빠트리려고 그런 잔꾀를 부렸다고 의심하다니, 너무해. …… 하지만 생각해보면, 네 의심을 달게 받아들이는 편이 내가 처음에 의도한 생각에 충실한 건지도 모르지. 그러면 나 혼자 죄를 뒤집어쓰고 아무도 상처받지 않을 테니까."

그렇게 절절히 말하더니, 야마모토 부인은 테이블 위에 얼굴을 묻고 주체할 수 없을 정도로 눈물을 흘렸다.

그 모습을 보고 있으니, 마쓰무라 부인은 조금씩 자신의 경솔함을 깨닫기 시작했다. 야마모토 부인에 대한 미움은 그렇다고 해도, 그렇게 단정해버린 자신의 방식은 얼마쯤 감정에 휘둘린 데가 있다.

야마모토 부인이 한참 울고 나서 얼굴을 들자, 그 얼굴에 왠지 넋이 나간 듯한 맑은 의지가 가득한 것이 손님인 마쓰무라 부인의 눈에도 보였다. 마쓰무라 부인은 살짝 두려워져 의자 위에서 몸을 뒤로 뺐다.

"이게 문제였어. 이것만 없어지면 모든 게 원래대로 돌아갈 거야."

야마모토 부인은 흐트러진 머리를 쓸어 넘기며, 섬뜩할 정도로 요염한 눈빛으로 테이블 위를 바라보더니 그런 수수께끼 같은 말을 했다. 그러고는 부인은 테이블 위의 진주를 집어 들어 묘한 결의를 드러내며 그것을 입속으로 던져 넣더니, 아름다운 새끼손가락을 세우고 홍차 잔의 손잡이를 들어 올려, 식은 홍차와 함께 단숨에 목구멍으로 흘려보냈다.

마쓰무라 부인은 어안이 벙벙해 멀뚱멀뚱 그 모습을 바라보았지만, 말릴 틈도 없이 벌어진 일이다. 마쓰무라 부인은 눈앞에서 진주를 삼켜버린 인간을 처음 보았지만, 그 태도에는 마치 독약을 삼킨 사람에게나 있을 것 같은, 돌이킬 수 없는 느낌이 있었다.

하지만 이 영웅적인 행동은 어쨌든 감동적인 사건이었고,

마쓰무라 부인은 지금껏 품었던 분노도 어디론가 사라져, 야마모토 부인의 순수하고 무구한 마음에 감동해 그녀를 성녀로 생각할 수밖에 없어졌다. 그러자 마쓰무라 브인의 눈에도 어느새 눈물이 맺히고, 미안해, 미안해, 내가 나빴어, 하고 야마모토 부인의 손을 잡았다. 두 사람은 한참 동안 손을 맞잡고 눈물을 흘리며, 앞으로는 둘도 없는 친구가 되자고 다짐했다.

*

사사키 부인은 지금까지 그렇게 사이가 나쁘던 야마모토 부인과 마쓰무라 부인의 사이가 갑자기 좋아지고, 그렇게 친하던 아즈마 부인과 가스가 부인의 사이가 갑자기 나빠졌다는 소문을 듣고, 그 이유는 확실히 알지 못하면서도, 세상에는 희한한 일이 많구나 하고 느꼈다.

하지만 무슨 일에든 크게 신경 쓰지 않는 사사키 부인은 보석 가게에서 반지 모양을 바꿔, 크고 작은 두 개의 진주를 붙인 새로운 디자인의 반지를 만들어 달라고 하여, 별 개의치 않고 그것을 끼고 다녔다.

그러다가 어느새 생일 파티의 작은 사건도 다 잊어버리고, 나이를 묻는 사람이 있으면 여전히 예닐곱 살쯤 줄여서 대답했다.

보온병

1

회사 출장으로 로스앤젤레스에서 반년 머물다가, 거기서 곧바로 귀국해도 되었지만, 이삼일 놀다 갈 생각으로 샌프란시스코에 들렀던 가와세는 아침에 호텔에서 샌프란시스코 크로니클을 보다가, 문득 일본어로 쓰인 글이 읽고 싶어져 아내가 로스앤젤레스로 보내준 편지를 다시 꺼내 읽었다.

………

시게루는 가끔씩 아빠가 생각나는지, 별일도 아닌데 불쑥 "아빠는?" 하고 불안한 듯이 물어봐요. 장난을 쳤을 때는 늘 그렇듯이 보온병이 효과가 있어요. 얼마 전에도 세타가야의 고모님이 오셔서 "보온병을 무서워하는 아이라니, 금시초문이구나" 하고 웃으셨어요. 우리 집 보온병이 오래돼서 그런지, 잠깐만 놔둬도 뭔가 음침한 혼잣말을 중얼대는 노인처럼, 안쪽 공기가 코르크 마개 틈새로 끊임없이 새어 나오는 그 소리를 들으면, 시게루는 금세 얌전하고 착한 아이가 돼요. 시게루는 다정한 아빠보다 보온병이 더 무서운가 봐요. ……

　………

몇 번이나 읽은 편지를 또 읽고 나니 달리 할 일이 없어졌다. 바깥은 10월의 쾌청한 날씨인데, 호텔 로비는 샹들리에를 전부 다 켜놓아도 말할 수 없이 음침하고, 아침부터 차려입은 노인들이 물밑 수초처럼 느릿느릿 일어섰다 앉았다 하고 있었다. 안락의자에 깊이 파묻혀 신문을 읽고 있는 노신사의 외눈 안경이 반짝이고 있었다.

단체 손님의 것처럼 보이는 색색의 가방 더미를 빠져나가, 늘 혼잡한 프런트에 열쇠를 맡긴 뒤 가와세는 묵직한 유리문을 밀고 밖으로 나갔다.

눈부신 가을 햇살 속에서 기어리 스트리트를 가로질러, 담배 가게나 기념품 가게, 싸구려 나이트클럽, 큰 범선의 뱃머리를 출입구로 꾸민 생선 요리 가게 등이 줄지어 있는 파웰 스트리트를 따라 내려가는데, 인파 속에서 이쪽으로 올라오는, 멀리서도 눈에 띄는 사람이 있었다.

그것은 멀리서도 한눈에 일본 여자, 그것도 2세나 3세가 아닌 순수한 일본 여자라는 것을 알 수 있었다. 그렇다고 기모노를 입은 것은 아니었다. 이 동네의 보수적인 복장을 제대로 따라해, 모자를 쓰고 진주 목걸이를 하고 근사한 은색 밍크코트를 입고 있다. 하지만 화장이 너무 희고, 옷차림도 딱히 흠은 없지만 왠지 억지로 당당히 걷고 있는 듯한 느낌이 든다. 그래서인지 손을 잡힌 채 따라오는 서너 살쯤 된 여자아이는 한쪽 외투 소매가 걷어 올라간 채 반쯤 공중에 떠서 걷고 있다.

"어머!" 하고 여자는 길 가는 사람이 뒤돌아볼 정도의 목소리로 말했다. 그리고 하이힐의 앞코가 뭔가에 걸리는 듯한 종종걸음으로 다가왔다.

"바로 알아봤어. 일본인은 멀리서도 알 수 있거든. 딱 보면 '허리에 칼을 찬' 것 같은 스타일이니까 말야."

"그러는 당신은 옷차림이 그게 뭐야?"

가와세도 오랜만에 만나 나누는 인사말은 잊은 채 대답했다. 가와세는 그 순간, 늘 빈틈없이 꼼꼼하게 정해놓은 과거와의 거리가, 뭔가의 계기로 살짝 줄어든 듯한 기분이 들었다.

가와세는 그것이 외국이기 때문이라고 생각했다. 일본의 도량형이 외국에서는 흐트러져버린다. 타국에서의 만남은 표정을 순식간에 과장해버려, 나중에 원래 모습으로 되돌리려고 해도 이미 늦어 곤란할 때가 있다. 이것은 꼭 남녀의 경우에만 그런 것은 아니다. 그다지 친하지 않은 남자 지인끼리도 그렇다.

여자는 지난 일 이 년 동안 벼락치기로 외국식 화장법을 익히고, 서양식 옷차림과 걸음걸이를 배운 흔적이 역력했고, 그 성과는 눈부시기는 했지만, 흰 분가루를 꼼꼼히 바른 모습에는 그런 풋내기의 염려가 나타나 있었다. 외국 여성은 남 앞에서도 개의치 않고 콤팩트를 보며 주변에 분가루가 흩날릴 정도로 두드려대면서도, 그 결과에는 완전히 무신경해 콧방울 옆이 얼룩져 있는 경우가 종종 있다. 그녀의 화장에는 그런 무신경한 데가 없었다.

두 사람은 선 채로, 자신이 여기에 있는 이유를 서로 설명했다.

들어보니, 그녀의 남편은 무역상으로 일본과 미국을 자주 오가는데, 샌프란시스코에 새로운 방식의 일식집을 개업하기 위한 사전 준비로 그녀를 보냈다는 것이다. 나중에는 그녀가 주인이 되어 그 가게를 맡겠지만, 남편이 그녀를 멀리 떠나보내려는 것은 전혀 아니고, 마치 아타미 근처에 여관 한 채를 맡기는 것과 같은 느낌이다. 그 정도로 그는 기개와 도량이 넓고 '스케일이 큰' 사람이다.

이야기 도중에, 손을 잡힌 여자아이가 칭얼대기 시작했다.
"어디 가서 차라도 한잔 할까?"
여자는 긴자 거리를 걷고 있는 듯이 말했다. 가와세도 한가했기 때문에 바로 응했지만, 조금 전부터 그녀를 어떻게 불러야 할지 난처했다. 5년 전의 아사카라는 이름으로 부르기는 망설여졌다.

2

 찻집이라고 해도 긴자처럼 겉이 번드르르한 가게는 없고, 간단한 식사를 위한 식당과, 가게 중앙에 큰 뱀이 또아리를 튼 듯한 카운터, 그리고 기념품 가게와 담배 가게를 겸한 시끌벅적하고 환한 가게밖에 없다. 세 사람은 카운터에 앉았는데, 가와세가 아사카의 딸을 안아 높은 의자에 앉혀주었다. 그렇게 앉는 게 가장 자연스러워, 아이를 가운데에 앉히고 아이의 머리 너머로 이야기할 수밖에 없다. 말이 없는 아이로, 안아 올렸을 때의 무게와 따스함은 가와세의 손에 불안정하고도 달콤한 저릿함을 남겼다.

 어디를 둘러봐도 동양인은 하나도 없었다. 카운터 안쪽 선반에 붙어 있는 스테인리스 스틸의 표면은, 수증기로 부예졌다가 황급히 맑아졌다가 하면서 그 앞을 지나가는 웨이트리스의 흰 앞치마를 비추었다. 웨이트리스는 다들 짙은 화장의 중년 여성으로, 단골손님과만 짧은 대화를 나누면서도 늘 웃음을 아꼈다.

 가와세 옆자리의 금발 머리 여자가 이렇게 말했다.

 "클라크 게이블의 미망인이 지금 샌프란시스코에 와 있어요. 어제 파티에서 봤어요."

 "그래요? 이제 꽤 나이가 들었죠?"

 이런 이야기를 귓전으로 들으며 아사카는 밍크코트에서

팔을 빼고 허리에 폭신하게 둘렀다. 이제는 신경도 쓰지 않게 된 뒷목덜미만이, 평범한 일반인으로 돌아간 일본 여자의 단정치 못한 모습을 보여주고 있었다. 올림머리를 한 목덜미의 살갗이 의외로 검은 것에 가와세는 놀랐다.

"싹싹하지는 않아도 열심히 일하네."

아사카는 웨이트리스 쪽을 눈짓으로 가리키며 큰 소리로 말했다. 가와세는 연신 움직이는 아사카의 눈동자가 어떤 새로운 일에 대한 열정과 연결되어 있는 것을 기분 좋게 바라보았다. 이 여자는 옛날부터, 먼 곳의 불을 바라보듯 보면 아름답다고, 가와세는 생각했다.

아사카는 이번에 미국으로 오기 전에 했던 준비에 대해, 일본어로 말하는 즐거움을 한껏 누리며 말을 이었다.

먼저 남편에게 영어회화를 배운 것, 나가우타*나 유행가 레코드는 전혀 듣지 않고 틈만 나면 영어 학습 레코드를 틀며 들은 것, 서양식 옷이라면 지금까지는 여름 무더위를 넘기기 위해서만 입었는데, 일상복 전부를 양장으로 바꾸며 일류 의상실을 매일 찾아간 것, 그 옷감이나 디자인을 남편이 꼼꼼히 살피고 세세히 지도해준 것……, 듣고 있으니, 아사카의 남편이라는 사람은 교육적 열정과 호색을 분간하지 못하는 사람 같았다. 그리고 그가 자기 취향의 여자를 만드

---

* 샤미센을 반주로 하여 부르는 근세 음악.

는 데에 아사카보다 더 좋은 소재는 없었을 것이다. 나이트클럽에서 기모노 차림으로 맘보를 추기는 해도, 지금까지 누구도 이 남자만큼 열심히 그녀에게 '서양'을 가르쳐준 사람은 없고, 또 아사카만큼 거기에 잘 응해주는 여자는 없었을 것이기 때문이다.

―― 이런 긴 이야기 끝에, 드디어 주문한 요리가 나왔다. 세 홉은 족히 들어갈 듯한 큰 컵에 거품을 띄운 바닐라 밀크셰이크를, 눈이 휘둥그레진 아이 앞에, 웨이트리스는 한순간에 사라질 붙임성 있는 웃음을 보이며 거칠게 내려놓았다.

"하마코라고 해. 잘 부탁해."

아사카는 가와세에게 자신의 딸을 뒤늦게 소개했다. 그리고 딸의 머리를 누르며 인사를 시키려 했지만, 아이는 부끄러워하며 인사하려 하지 않고, 의자 위에 서서 스트로를 열심히 물고 있었다. 그렇게 하지 않으면 키가 닿지 않는 것이다.

가와세는 그 아이가 인사를 잘하는 아이가 아닌 것이 기뻤다. 엄마를 닮아 콧날이 오뚝하고, 흘러내린 머리를 펼친 손가락으로 걷어내며 마시고 있는 옆얼굴은 반듯하게 예쁘다. 무척 얌전해서 대화는 어른들에게 전부 맡기고 자기 쪽에서 끼어드는 일이 없다.

"다들 어떻게 나한테서 이런 말 없는 애가 태어났냐며 놀린다니까."

아사카는 그렇게 말하더니, 또 갑자기 아이는 내버려두고 어른들의 이야기로 옮겨갔다.

미국 특유의 냄새, 위생적인 약품 냄새와 들척지근한 체취가 반반씩 섞인 듯한 냄새가 가게 안을 메우고 있었다. 대부분 중년 이상인 여자 손님들이 짙은 립스틱을 바르고, 거만한 눈빛으로, 큼직한 과자와 오븐 샌드위치를 대하고 있었다. 이렇게 소란스러운 가게인데도, 잘 차려입은 한 명 한 명의 고독한 여자들의 식욕은 무척 차분했다. 차분하고 쓸쓸한 여러 소화기관이 치르는 의식 같았다.

"케이블카 타고 싶어."

큰 컵의 절반을 마신 하마코가 말했다. 거기에는 대꾸도 없이 아사카가 말했다.

"매일 이런다니까. 정말 어쩔 수가 없어. 택시비가 없는 것도 아닌데."

"여기 케이블 전차는 돈 많은 관광객 여자들이 잔뜩 타고 있어. 당신이 탄다고 해서 딱히 격이 떨어지는 건 아니야."

"어머, 지금 그 말 비꼬는 거야? 옛날부터 가시 돋친 말만 했지, 당신은."

그것이 오늘 아사카가 처음으로 꺼낸 '옛날'이라는 말이다.

"자, 아저씨가 태워줄게."

가와세는 접시 밑에 노련하게 25센트를 팁으로 집어넣고 계산서를 들고 일어났다. 그는 가볍게 고개를 흔들었다. 두

통까지는 아니지만 귀국이 다가오면서 여행의 피로가 머리에 쌓이는 듯했는데, 케이블카를 타면 그것이 나을 것 같다.

의자에서 내려오려는 하마코를 도우려고 아사카가 허둥지둥 밍크코트에 팔을 꿰려고 하는 것을 가와세가 도와주었다.

"신사가 도와주는 거구나. 금방 잊어버린다니까, 궁상맞게."

"좀 더 당당하게, 당당하게."

"아무래도 난 경망스러워서 안 돼."

아사카는 둥근 회전의자 위에서 등을 쭉 폈다. 재킷 앞가슴이 불룩해, 카운터에 앉은 손님의 늙은 질투를 살 만큼 젊음의 위세가 대단했다. 가와세는 옛날에 종종 이렇게 가슴을 젖히는 여자 뒤에서 오비 매는 것을 도와주던 게 생각났다. 단단하고 깔끔하게 오비를 맨 그때의 모습에 비하니, 실크로 안감을 댄 밍크코트는 손에서 미끄러져 내릴 듯 힘이 없었다. 너무 엉뚱한 비유이긴 하지만, 검은 대못을 박은 위풍당당한 대저택의 문이, 매끄럽게 열리는 회전문으로 변신해버린 듯한 기분이 들었다.

3

여기저기 비 온 뒤의 물웅덩이를 능숙하게 피하며 걷는 사람처럼, 두 사람은 옛날이야기를 꺼내지 않는 것이 조금도 부자연스럽지 않도록 주의했다. 하지만 순전히 지금 현재의 이야기를 한다면 샌프란시스코에 관한 것밖에 없는데, 여기서는 두 사람 다 생활이라는 것을 갖지 않는 나그네일 뿐이었다.

보면 볼수록 양장을 잘 차려입은 아사카의 뒤에는 열정적인 교육자인 남편의 그림자가 어른거리고 있었다. 일본 전통 무용에 꽤 열중했던 옛날의 아사카는 입에 손등을 대고 웃거나, 놀라거나, 싫은 소리를 들을 때면, 저절로 가느다란 손끝이 가지런해지거나 곡선을 이루며 하나하나가 그대로 춤의 형태가 되었는데, 지금은 그것이 완전히 사라져, 그렇다고 해서 서양식의 우아함에까지는 미치지 않고, 모든 것이 멋지게 직선으로 변해 있었다. 그러한 몸짓의 세세한 버릇을 남편이 그때그때 얼마나 세심한 주의를 기울이며 싫증 내지 않고 고쳐주었는지 상상이 되었다. 아사카는 온몸 구석구석에 그의 지문을 남긴 채 미국으로 보내진 것 같았다. 밝은 화장만이 옛 모습의 흔적이라고는 해도, 그것은 남편 없는 외국에서 유일하게 저지르는 소소한 반항일지도 모르고, 사실 옛날 화장의 흰색은 이런 것이 아니었다.

지금 길모퉁이에서 아이의 손을 잡고 케이블카를 기다리고 있는 양장 차림의 여자가 예전에 그랬듯이 화장지 한 묶음을 어디에 숨겨두었을까, 하고 가와세는 아사카의 밍크코트를 새삼 빤히 바라보았다. 화장지 한 묶음은 꼭 그녀의 오비 속에 숨겨져 있곤 했다. 그것은 밀회 때마다 여러 가지 상징적인 역할을 했다. 춤을 출 때, 오비 속에 손을 집어넣고 추는 버릇이 있는 가와세의 손가락은 늘 그 도톰하고 따스한 종이에 닿았고, 춤을 추면서 일부러 그 종이를 바스락거려, 춤추는 아사카의 입가에, 육체적 친밀함의 표시인, 주변을 신경 쓰는 듯한 미소를 띠게 했다. 또는 나른한 듯 비스듬히 앉아 오비를 풀 때, 아사카가 그 화장지를 다다미 위에 내던지는 나긋한 손짓. 그 손짓에서 느껴지는 종이의 묵직함에는 분명 장마철 한밤의 눅눅함이 있었을 것이다. 그런 밤에는 춤을 출 때 가와세가 손을 집어넣는 오비 안쪽도, 흙벽의 방 안처럼 푹푹 찌는 바람에, 나중에 오비가 풀릴 때는 상쾌하고 청량한, 비단의 사각사각 소리를 낼 것 같지도 않았다. …… 그리고 또 여관의 불투명한 유리창으로 비쳐 드는 아침의 첫 햇살에 다다미 위의 화장지가 먼저 환해지며, 그 하얀 사각형에서 밤이 밝아오는 것을 바라보던 것. …… 오비를 풀 때는 절대 화장지를 잊지 않는 아사카가 헤어지려고 오비를 맬 때는 깜빡 잊어버리던 것. …… 또는 말다툼을 시작했을 때, 다다미 위의 화장지가 하얗게 선명했던 것. …… 그런 것들을 떠올리며 가와세는 밍크코트를 입은 아사카의 어디에도 이제는 그 도톰한 화장지를 넣을 틈이 없다는 것을 알았다. 작고 하얀 그 네모난 창(窓)은 깨끗하고 말끔히 칠해져 버린 것이다.

―― 눈앞에 멈춰 선 케이블 전차에 세 사람이 타자, 향수 어린 땡땡 방울 소리를 울리고, 옛날 도쿄의 전차를 꼭 닮은 낡은 장롱 같은 소리를 내면서 움직이기 시작한 전차는 열심히 파웰 스트리트의 가파른 언덕을 올라갔다.

고풍스러운 전차는 하마코를 무척 기쁘게 했는데, 뒤쪽 절반은 창이 제대로 달린 전차이지만 앞쪽은 지붕뿐으로, 길고 큰 철제 핸들 두 개를 호들갑스레 조종하는 운전사 양쪽으로는 반쯤 바깥에 노출된 벤치와 기둥, 의자가 있었다. 셋이서 나란히 그 벤치에 앉아 눈앞으로 다가오는 건물의 창들을 바라보고 있는데, 하마코가 연신 환성을 지르며 엄마에게 몇 번이고 되물었다.

"엄마, 재밌지? 재밌지?"

"그래, 재미있네."

아사카는 반쯤 가와세에게 말을 걸듯이 말했는데, 그런 말투에는 자신도 재미있어하는 멋쩍음을 감추려는 것이 있어, 그런 대화 속에서 평범한 가정의 모녀 사이에서는 볼 수 없는 조심스러운 우정의 준비가 느껴졌다.

가파른 언덕 끝에서 케이블카를 내렸지만 그곳에서 달리 할 일이 없어, 다시 내려가는 전차를 타고 언덕을 내려갔다. 언덕의 내리막길은 더 즐거웠다. 관광객 같은 대여섯 명의 중년 여성이 유원지의 놀이기구라도 타는 듯 호들갑스러운 비명을 지르며 웃어댔고, 지역민들의 차분한 표정을 둘러보며 거기서 자신들의 교성에 대한 반응을 찾아내려고 했다. 다들 코밑에 옅은 수염이 나 있는 우락부락한 체격의 여자들뿐으로, 빨강이나 초록의 화려한 원색 코트를 입고 있었다.

원래의 광장으로 돌아오자, 아사카는 정중히 인사를 하며, 점심 약속이 있어 여기서 헤어지지만 오늘밤에라도 함께 식사를 하고 싶다고 했다. 가와세의 호텔은 광장 바로 근처여서, 하마코의 손을 잡고 거기까지 함께 갔다.

어느 가게의 쇼윈도에 아름다운 피크닉 용품을 진열해둔 곳에서 두 사람은 이유도 없이 걸음을 멈췄다.

피크닉 용품 세트가 똑같은 타탄체크 무늬로 통일되어 있어 꽤 눈이 피로하지만, 깔려 있는 인공 풀밭의 초록과 대조되어 아름답다. 감쪽같이 잘 꾸며져 있어, 마치 피크닉을 즐기는 사람들이 손을 씻으러 강으로 간 사이의, 어질러진 그대로 배치된 모습은, 강 쪽에서 그곳으로 사람들의 밝은 웃음소리가 들려오는 것만 같다.

"이렇게만 갖춰도 세트가 되네. 역시 일본에는 없어."

아사카는 유리에 코가 닿을 듯이 자세히 들여다보았지만, 가와세는 아사카가 어릴 적에 피크닉 같은 건 모르고 자랐을 거라고 생각했다. 아사카가 가끔 아이들 물건 같은 것에 이상한 집착을 보이는 것도 그 때문인데, 옛날에 그녀가 히나 인형이 가득 장식된 쇼윈도 앞에서 꼼짝하지 않고 있던 적이 있다. 남편은 그녀에게 일방적으로 서양을 가르치는 데

열중하느라 그런 면을 알아차리지 못했거나, 알아차렸다 해도 마음대로 무시해버렸을 게 분명하다. 그렇게 생각하자 가와세는 새삼 자신의 세심함에 자부심을 느꼈다.

쇼윈도를 찬찬히 들여다보는 동안 아사카는 가와세의 존재도 잊은 듯이 보였는데, 느닷없이 체크무늬로 감싸인 보온병을 가리키더니 이렇게 말했다.

"하마코, 너도 이제 다 컸으니까 저런 거 안 무섭지?"

"응, 이젠 안 무서워."

"이젠 안 무섭다니, 너, 무서워했을 때 기억나?"

"기억 안 나."

"이제 다 컸네. 어른처럼 대답하는 거 보니."

아사카는 처음으로 가와세의 동의를 구하듯, 미소 띤 눈을 들며 쳐다보았다. 가와세는 그때, 포장도로 위의 밝은 햇살을 바라보고 있었기 때문에, 갑자기 자신을 보며 미소 지은 아사카의 얼굴이 도로의 희고 강렬한 잔상과 섞여, 불쑥 공중에 떠오른, 묘하게 환한 가면처럼 보였다. 들을 마음도 없이 우연히 듣게 된 모녀의 한가로운 이야기가 가와세의 마음속에 갑자기 묵직한 응어리를 만들었다. 타인은 알 수 없는 이런 대화는 끝까지 모르는 척해야 한다는 생각이 뒤늦게 떠올랐다. 가와세는 딱히 관심 없다는 듯이 대답했다.

"무슨 말이야, 대체."

"아, 이 애가 한 살 반쯤 됐을 때, 보온병을 이유도 없이 무서워했거든. 뜨거운 차 같은 걸 담아두면 코르크 마개에서 이상한 소리가 부글부글 나잖아? 그게 무서워서 어쩔 줄을 모르는 거야. 그래서 말을 안 들으면 늘 보온병을 가져오곤 했지. 물론 이젠 안 그러지만……"

"애들은 별것도 아닌 걸 무서워하는 법이지."

아사카는 별 뜻 없이 집요하게, 마치 자기 아이만이 가진 재능을 자랑하는 듯한 투로 말했다.

"하지만 보온병을 무서워하는 아이라니, 들어본 적도 없어. 우리 할머니도 엄청 웃었다니까. 얘는 커서, 보온병 회사 사장이 청혼이라도 하면 그 자리에서 기겁이라도 하겠구나 하면서."

4

그날 밤 식사 약속에 아사카는 혼자서 왔다.

저녁부터 호텔의 흑인 보모에게 아이를 부탁했는데, 하마코가 의외로 잘 따라 안심하고 맡기고 왔다고 아사카는 말했다.

두 사람은 '올드 푸들 도그'라는 오래된 프랑스 레스토랑에서 생굴과 게 볶음요리를 저녁으로 먹고, 식사 후에는 불꽃을 잔뜩 피워 올린 체리 주빌레를 맛있게 먹었다.

가와세는 그때는 이미 아침에 받은 보온병의 충격에서 벗어나 있었다. 그리고 그것이 자신의 시시한 환상이라고 생각하며 쓸데없이 예민한 상상력을 후회했다.

하지만 한편으로는 아내가 보낸 편지의 애처로운 분위기가 마음에 되살아나, 아무 이유도 없이 아사카 모녀보다 자신의 처자식이 훨씬 불행하고 쓸쓸한 모자처럼 느껴졌다. 그것은 참으로 근거 없는 바보 같은 생각으로, 떨쳐버리려고 애를 쓰지만 도저히 떨칠 수가 없다.

그는 포도주의 취기를 빌려 애써 대화를 과거로 끌고 가면서, 지금의 자신에게서 도망치고만 싶어 일부러 금지된 이야기로 한 발 한 발 다가갔다.

"장마철이었나. 한번은 여관에서 당신이 위경련을 일으키는 바람에 의사를 부르고 난리가 나서 식겁한 적이 있었지?"

"그때는 정말 어떡하나 했어. 그런데 그 의사, 다 안다는 듯한 태도, 그게 오히려 기분 나빴다니까. 정말 싫어, 그 의사."

"치료비도 비쌌지."

"그때 내가 어떤 기모노를 입었는지 똑똑히 기억해. 당연히 홑겹이었고, 비단을 한 단 한 단 색색으로 염색한 건데 정말 아끼는 옷이었거든. 갈색으로 10센티쯤 가로로 연하게 물들이고, 또 10센티쯤 회색으로 붓질하듯 염색하고, 그 위에는 또 흰색으로…… 생각나?"

"생각나."

가와세는 그렇게 말했지만 기억은 흐릿했다.

"거기다 오비는 주홍빛 바탕에 흰색 대나무 두 그루가 물들여져 있고…… 멋진 오비였어. 하지만 그날 이후로 두 번 다시 안 입었어. 또 위경련을 일으킨다면 감당 못 할 거야."

검은색 칵테일 슈트의 가슴에, 보석을 세공한 브로치를 단 여자가 립스틱 자국이 묻은 로제 와인 잔을 연신 입으로 가져가며 이런 이야기를 하는 것은 이질적인 광경이었다.

하마터면 가와세는 무심코 이런 말이 튀어나올 뻔했다.

'그건 그런데, 오늘 아침 보온병 이야기는 정말 뜻밖이었어. 5년 만에 앙갚음을 당한 기분이었지. 사실은 우리 애도……'

가와세는 퍼뜩 제정신을 차리며 입을 다물었다.

──5년 전, 두 사람은 그야말로 시시한 말다툼으로 헤어졌는데, 그것은 아사카의 동료인 기쿠치요가 가와세에게 일러바친 일 때문에 벌어졌다. 기쿠치요는 아사카가 몇 달 전부터 어느 무역상과 가까워졌는데, 그가 이번이 기적(妓籍)에서 그녀를 빼냈고, 이미 두 사람은 몇 번이나 함께 하코네에 갔다 왔다며, 가와세가 그 사실을 알고 있는지 확인하러 온 것이다. 가와세는 아닌 밤중에 홍두깨 같은 소식에 격앙하여, 늘 밀회 장소로 이용하는 긴자의 구두 가게 이층 술집으로 낮부터 아사카를 불러냈다.

가와세가 그렇게 격앙한 것은 꽤 염치없는 일이었다. 무엇보다 그때까지 가와세가 그렇게 격앙할 만큼 아사카에게 빠져 있었는지도 의문이다. 어느 여자와도 그랬지만, 결혼은 할 수 없다고 용의주도하게 복선을 깔아두고는, 때때로 냉소적인 말로 조롱하며, 결혼 생활을 동경하는 세상 사람들의 어리석은 심리를 비웃었다. 그리고 그 비웃음에 동조하도록 그녀에게도 요구했다.

그런 식에 익숙해지면, 여자도 결국 자기방어를 위해 자연스럽게 열정을 피하게 되는데, 두 사람은 자신들의 관계가 무척 담백하게 느껴지는 것을 좋아했고, 또 그렇게 되려고 애를 썼다. 반쯤은 공리적인, 반쯤은 취향적인 동기에서 가와세는 아사카와의 정사(情事)가 최대한 '세련된 관계'임을 바랐고, 그러는 사이에 그것이 서로의 허영심의 핵심이 되면서 어느새 옅은 유쾌한 절망이 스며들었다. 늘 주고받는 농담이나 말장난도 점점 공허해지더니, 어느샌가 자신들은 어떤 일에도 상처받지 않고 천하무적으로 지낼 수 있을 것 같은 착각에 빠졌다.

그러던 끝에, 가와세가 기쿠치요의 고자질을 들은 것이다. 사실 여부와 상관없이 이런 식의 귀결은 당연한 것으로, 기쿠치요는 그저 우연히 그 자리에 있었고, 우연히 그 역할을 했을 뿐인 것일 테다.

가와세는 자신의 격앙이 우스꽝스럽게 보인다는 것을 잘 알았지만, 그 격앙이 자신을 어디로 데려갈지 시험해볼 수 있는 만큼 시험해보려는 신선한 충동에 사로잡혔다. 한동안은 그것을 처음으로 얻은 진짜 열정처럼 느끼며 스스로 즐겼던 것도 사실이다.

하지만 아사카의 반응 하나하나는 가와세가 가장 바라지 않는 것이었다. 그가 멋대로 예측한 바에 따르면, 지금까지 그의 농담에 그녀가 농담으로 응한 것처럼, 그가 처음으로 열정이라는 비장의 카드를 내밀었을 때, 그녀도 똑같은 카드를 내밀었어야 하는 것이다. 자기만 우스꽝스럽게 보이는 것이 죽도록 싫은 남자였기에, 상대방 역시 곧바로 자신의 우스꽝스러움을 따라 격앙으로 응해주기를 바랐던 것이다.

하지만 아사카는 오후의 텅 빈 술집의 창가 의자에 유난히 자세를 똑바로 하고 앉은 채, 고집스레 입을 다물어버렸다. 그것이 가와세의 눈에는 무척 둔감해 보였고, 그녀에게 깊이 빠졌다고 처음으로 고백하고 있는 것이나 마찬가지인 그의 격앙을 조금도 알아차리지 못하는 그 모습에 머쓱해졌다.

그의 집요한 힐난을 받으며 아사카의 눈에, 의심의 여지 없는 환희가 반짝이기를 가와세는 기대했다. 단지 그것 하나에 가와세는 그의 까다로운 자존심을 걸었기 때문에, 그것만 볼 수 있다면 그는 곧바로 모든 것을 용서해주었을 것이다.

한 시간이나 그러고 있는 동안, 가와세는 더 할 말이 없어져, 두 사람은 서로의 눈을 피하며 말없이 있을 뿐이었다. 어느 흐린 가을날 오후로, 창문 아래로 지나가는 사람이 많았고, 대각선으로 맞은편에 먼지를 잔뜩 뒤집어쓴 카바레의 네온 유리관이 일렁이는 모습이 또렷이 보였다.

아사카는 고집스레 창을 바라보고 있었다. 그러다가 마침내, 표정은 조금도 변하지 않은 채 눈에서 눈물이 뚝뚝 떨어졌다. 그리고 입을 거의 움직이지 않고 이렇게 말했다.

"나, 당신 아이를 가진 것 같아."

그때까지 헤어질 생각이 없었던 가와세는 이 한마디로 확실히 헤어질 마음이 들었다. 이 무슨 싸구려 수작인지! 이 한마디로 그들 관계의 세련되고 담백한 추억은 날아가버리고, 상스럽게 밀고 당길 뿐인 세계로 전락해버린 듯한 기분이 들었다. 이런 경우에 남자가 흔히 말하는, 누구 애인지 어떻게 알아? 라는 대사조차 가와세는 말할 기분이 들지 않았지만, 앞으로의 일을 생각해서 분명히 말해두었다. 상대가 지저분한 싸움을 시작할 생각이라면, 그에 합당한 대접을 해줄 것이다. 가와세는 그때 처음으로, 늘 춤 동작을 따라하는 듯한 아사카의 손놀림이며, 술집 여자 같은 희고 짙은 화장이 싫어졌다. 세련됨과 산뜻함 그 자체로 보이던 것들이 이제는 촌스러움과 둔감함의 상징처럼 보였다. 그리고 아사카의 분별없는 그 한마디가 가와세의 마음을 확실히 결정해준 것이 기뻤다. ……

──'사실은 우리 애도……' 하고 가와세가 꺼내려다가 그

만둔 그 이야기의 내용까지는 알아차리지 못했더라도, 아사카는 가와세가 하지 않아도 될 말까지 꺼낼 뻔한 위험은 알아차린 모양이었다. 반쯤 술에 취한 한쪽 눈을 살짝 감으며, 그런 서양식 제스처로 아사카는 그것을 막았다.

그것은 참으로 타이밍이 좋았다. 그래서 가와세는 자신이 자제해서 말을 멈춘 것이 아니라 아사카의 배려로 멈춘 것이라고 생각하면서, 묘하게 응석 부리는 듯한 기분이 들었다.

"체리 주빌레는 마음에 드셨어요?"

종업원이 와서 물었다. 가와세는 조금 전까지 그 종업원에게 팁으로 15퍼센트를 주려고 했지만, 지금은 20퍼센트를 두고 올 마음이 들었다.

5

꼬박 열두 시간에 걸쳐 제트기로 일본으로 돌아가는 동안, 가와세는 지루해서 몇 번이나 라운지에 나가 멍하니 담배를 피우며, 저녁 식사 후 아사카가 머물고 떠난 호텔의 이튿날 아침을 떠올렸다.

일류 호텔에 여자를 데려오면 안 된다는 규칙은, 객실이 수백 개에다가 일손도 부족한 외국 호텔에서는 유명무실한 규칙이라고 해도 좋다. 엘리베이터를 타고 내려가니, 조용한 복도에는 사람 그림자도 없어, 방을 드나들면서 남 눈을 신경 쓸 필요도 없다. 두꺼운 카펫이 깔려 있고 벽에는 고풍스러운 등이 줄지어 달려 있는 한밤의 복도는 발소리조차 나지 않는다. 술에 취한 두 사람은 엘리베이터에서 꽤 먼 방에 도착할 때까지 열두 번의 키스를 할 수 있을지 없을지에 5달러를 걸었고, 가와세가 이겼다.

이튿날 아침, 두 사람은 짧은 잠에서 깨어, 창의 커튼을 걷어 올리고, 빌딩가 사이로 멀리 아침 햇살에 반짝이는 샌프란시스코만(灣)을 바라보았다.

어제 아침, 방에서 혼자 아침을 먹고 마침 창가에 뿌린 빵 부스러기로 날아온 비둘기 두세 마리가, 오늘도 창문을 여는 가와세의 손 가까이로 날아왔다. 하지만 오늘 아침 두 사람은 룸서비스로 아침 식사를 하지 못한 탓에 빵 부스러기도 없었다. 비둘기는 실망하여 창틀 아래 벽이 옴폭 파인 곳에서 잠시 머리를 이리저리 움직이더니 날아가버렸다. 푸른 색과 회색, 녹색이 섞인 무척 요염한 머리였다.

아래쪽에서는 이미 케이블카가 요란한 벨 소리를 내고 있었다.

아사카는 검은색 슬립 차림으로, 풍만한 어깨를 드러내고 있었다. 그것은 이미 눈에 익숙한 육체인데도 외국에서 보니 강하고 소박한 들판의 향기가 느껴져, 기모노와 흰색 화장분에 감싸여 있을 때의 인공적인 느낌과는 정반대의 힘을 지니고 있었다. 조상 대대로 쬐어온 햇빛이 서서히 침잠한 듯한 피부색에 감춰진 자연스러운 정취를, 같은 피부색의 가와세가 즐기고 있다는 것에는 외국이 아니라면 있을 수 없는 기묘한 도착(倒錯)이 있었다.

무척 한가로운 아침이었기에, 어제 오전부터 느꼈던 여러 가지 억제와 속박이 가와세의 마음속에서 깨끗이 사라져버렸다.

그는 창으로 들어오는 아침의 냉기에 파자마의 가슴 옷자락을 여미며 쾌활하게 말했다.

"이봐, 이번 일로 우리한테 아이가 생기면 그땐 어쩔 거야?"

아사카는 외국 창부처럼 화장대 위에 걸터앉아, 아침 해가 강렬하게 반사되고 있는 거울 속에, 완만하게 기울어진 자신의 어깨가 마치 후광을 입은 듯 빛나는 모습을 비춰 보고 있다가 곧바로 대답했다.

"무슨 말이야. 내가 낳을 아이는 소노다의 아기로 정해져 있어."

아사카는 시원시원하게 남편의 이름을 말했다.

....

── 하지만 일본에 가까워지면서, 아내와 아이의 망연자실한 듯한 쓸쓸한 모습이 짙어짐에 따라 이런 기억도 흐릿해졌다.

어째서 아내와 아이의 그림을 그런 슬프고 감상적인 색채로 그리려고 하는 건지 가와세는 알 수 없었다. 그들이 자신에게 꼭 슬픈 모자가 아니면 안 되는 어떤 이유가 있는 것일까? 집을 떠나 있는 동안 편지는 일주일에 한 번씩 꼭 날아왔고, 편지에서는 모든 것이 평온무사했다.

제트기는 낮게 바다 위를 미끄러지며, 도쿄의 불빛을 보여주기 위해 기내 등을 끄고, 왠지 감상적인 음악을 흘려보냈다. 요코하마 해역에서 곧장 하네다로 향하는 모양이다. 전방에서는 서서히 불빛 덩어리가 다가오고, 사람이 많이 모일수록 쓸쓸하고 애처로운 도시의 분위기를 그 불빛의 집단이 잘 보여주고 있는 것 같았다.

오랜만에 고국으로 돌아오는 여행자의 마음은 북적이는 불안으로 가득했다. 가와세는 그 무질서하게 복잡한 불빛 속에서 한 줄의 푸른 활주로 불빛이 점점 도드라지는, 시간과 공간의 정확하지만 답답한 이동 속에 몸을 맡긴 채, 착륙 직전 엔진의 깊은 숨소리를 들었다.

세관의 혼잡함, 자신의 가방이 빨리 도착하지 않는 초조함, …… 여행의 피로 끝에 기다리고 있는 그런 마지막 과제를 마치고 드디어 계단을 올라가, 마중 나온 사람들이 모여 있는 붉은 카펫이 깔린 복도로 나오자, 아이를 안고 있는 아내가 바로 눈에 들어왔다.

아내는 연두색 스웨터를 입고 있는데, 한동안 못 본 사이에 살짝 살이 붙어 얼굴 윤곽이 다소 흐릿하게 보인다. 그래서 더한층 귀여워 보인다. 아이는 사람들 틈에서 피곤한지 무표정하게 엄마의 목을 끌어안고 있었다.

"저기, 아빠다."

그 말을 듣고 그제서야 아이는 어쩔 수 없다는 듯 콧등을 찡그리며 조금 웃었다.

그것은 어떻게 봐도 불행하고 쓸쓸한 모자로는 보이지 않았고, 가와세가 없는 동안에도 풍요로운 생활이 흐른 흔적을 보여주고 있었다. 아내가 무척 밝고 행복해 보여 그는 실망감을 느꼈다.

회사 부하 직원 네다섯 명이 공항에서 함께 집으로 와서, 그때부터 술자리가 벌어지는 바람에 부부가 천천히 이야기를 나눌 시간은 없었다.

아이는 그의 무릎 위에서 몹시 졸린 듯 축 늘어져 있었다.

"이제 재우는 게 어떨까요?"

부하 한 명이 말했다.

이때 가와세는 다다미방, 미닫이문, 도코노마*, 둥근 창, 식탁 위에 가득한 작은 접시며 술병 등 일본의 디자인에 완전히 젖어들어, 어떤 순간에도 억지를 부리며 자신의 위세를 시험해보지 않고는 못 배기는, 전형적인 일본의 '한창때 남성'으로 변신해 있었다.

"아냐, 이 녀석은 보온병으로 놀라게 하면 눈을 번쩍 떠."

---

* 방 안에 바닥을 한층 더 높게 만든 곳으로 족자나 꽃 등으로 꾸민다.

"보온병이라니, 무슨 말씀입니까?"

"아, 지금 보여주지. 기미코, 좀 가져와보지."

그는 아내의 이름을 불렀다.

아내는 거기에 시원한 대답을 하지 않았다. 젊은 부하의 충고대로 이제 아이를 잠자리에 눕히고 싶다고 생각한 게 분명하다. 시간은 열한 시가 넘었다.―― 그러나 가와세는 그런 아내의 망설임이 무척 언짢았다. 그는 오직 보온병을 보고 무서워하는 아이의 얼굴을 보기만을 기대하며 일본에 돌아온 거야, 라는 식의 과장된 기분이 들었다. 기대라고도 공포라고도 부를 수 없는 이 기분이, 제트기 비행으로 지친 몸속에 가라앉아 있는 뭔지 모를 불안의 유일한 해결인 것처럼 느껴졌다.

5분쯤 지나 그는 다시 아내를 불렀다. 술기운이 몸속에서 기분 좋게 퍼지지 않고 후두부에서 차갑게 굳어가는 것처럼 느껴진다.

"당신, 보온병 어떻게 했어?"

"저기……"

"됐습니다, 과장님. 보온병 같은 거야 뭐. 가엾게도 아이가 졸려서 꾸벅꾸벅하잖아요."

조금 전의 젊은 부하가 술기운 때문인지, 강요하듯 또 그렇게 말했다. 가와세는 고미야라고 하는 그 남자의 눈을 힐끗 보았다. 그의 부서에서도 가장 우수하고 머리가 좋은 청년이다. 눈썹이 짙어, 미간에서 양쪽 눈썹이 희미하게 이어진 듯한 특징이 있는 얼굴이다. 그 눈을 보았을 때, 왠지 모르게 가와세는 차가운 후두부가 칼에 베이는 듯한 직감으로 이렇게 느꼈다.

'이 녀석은 알고 있어. 우리 애가 보온병을 무서워한다는 걸.'

어떻게 알지? 하고 물어보는 대신, 그의 손이 저절로 움직여, 아이를 고미야에게 거칠게 안겨줬다. 고미야는 럭비공이라도 받듯이 재빨리 아이를 받아 안으며, 어이없다는 표정의 천진한 눈으로 가와세를 쳐다보았다.

"그럼 자네가 재워."

가와세는 말했다.

다른 부하가 분위기를 알아차리고 일부러 쾌활하게 떠드는 틈을 타, 어느샌가 아내가 끼어들어 고미야의 손에서 아이를 받아들고 침실로 데려갔다. 아이는 소란한 속에서 거의 잠이 들어 있었다. 가와세는 아이를 능란하게 주고받는 그 모습, 눈에 띄지 않게 자연스러운 아내의 중재가 마음에 들지 않았다.

─ 손님이 다 돌아간 것은 밤 한 시다.

가와세는 아내를 도와 그릇을 부엌으로 가져갔다. 몹시 피곤했지만 눈은 점점 맑아지고 취기는 전혀 느껴지지 않았다. 가와세의 집착이 아내에게도 전해진 듯해, 그런 소소한 협동 작업을 하면서도 두 사람은 꼭 필요한 말밖에 하지 않았다.

"피곤하지? 고마워. 이제 됐어."

싱크대 물소리를 크게 내면서 아내는 가와세 쪽을 보지 않은 채 말했다.

가와세는 대답하지 않았다. 싱크대 옆에 쌓인, 음식이 남아 있는 많은 그릇이 형광등 불빛을 받으며 묘하게 흰색으로 반짝이는 것을 바라보았다. 잠시 후 가와세가 말했다.

"보온병은 어쨌어? 애가 졸린 건 알겠지만, 모처럼 집에 돌아왔는데 순순히 가져오면 좋았잖아?"

아내는 여전히 물소리를 내면서, 통통 튀는 듯한, 묘하게 쾌활하고 큰 목소리로 단숨에 말했다.

"깨졌어, 그거."

그때 가와세는 이상하게도 뜻밖의 말을 들었다는 느낌이 들지 않았다.

"누가 깼는데? 시게루가?"

아내는 말없이 고개를 저었다. 오늘의 마중을 위해 잘 손질된 머리가, 단단하게 부풀어 오른 웨이브를 부드럽게 무너뜨리며 흔들렸다.

"그럼, 누가 깬 거야?"

그러자 그때까지 그릇을 씻고 있던 아내의 팔이 뚝 멈추더니, 스테인리스 싱크대 가에 팔을 걸치고는 그곳을 강하게 내리누르고 있는 듯한 기색이 등에서 느껴졌다. 연두색 스웨

터의 등이 잔잔히 흔들리기 시작했다.
"왜 울어? 이상하군. 누가 깼냐고 묻는 것뿐이잖아."
"…… 나야."
그녀는 띄엄띄엄 말했다. 가와세는 그 어깨에 손을 얹을 용기가 나지 않았다. 그는 보온병을 두려워하고 있었다.

시가데라 고승의 사랑

1

내가 아무런 고증의 노력도 없이 이 이야기를 시작하는 것은 부주의하다는 비난을 면하기 어려울 것이다. 지금 내게는 《태평기》 제37권에 실린 전설적인 기술이 유일한 근거로, 거기에는 아시다시피 천축국의 일각선인(一角仙人)*에 관한 고사(故事)에 비해, 일본의 시가데라(志賀寺) 고승의 사랑이라는 극히 간결한 서술만이 남아 있을 뿐이다.

나는 사실 그 독특한 사랑의 정서보다는 그 단순한 심리적 사실에 흥미가 있었다. 거기에는 사랑과 신앙의 대립이 다루어지고 있다. 서양에는 그런 예가 많지만, 일본에서는 드문 이야깃거리인데, 사랑의 요인에 분명히 내세의 문제가

---

* 인도 고대 신화의 선인. 수행으로 신통력을 얻었지만 아름다운 미녀에게 홀려 신통력을 잃었다고 한다.

들어 있다. 고승뿐만 아니라, 사랑을 받은 여인의 마음속에도 내세와 현세가 서로 다투고 있어, 과장해서 말하자면, 그들은 자신이 생각하는 세계의 구조가 무너지느냐 마느냐 하는 아슬아슬한 지점에서 이 사랑 이야기를 이루었던 것이다. 실제로 헤이안 시대 중기 이후 융성했던 정토(淨土) 신앙은 엄밀히 말하면, 신앙이라기보다는 오히려 하나의 거대한 관념 세계의 발견이었다.

겐신(源信)*의 《왕생요집(往生要集)》**에 따르면, 정토를 찬양하기 위해 열 가지의 즐거움을 열거한다 해도 그 털끝에도 미치지 못한다고 하는데, 그 열 가지의 즐거움이란, 성중래영(聖衆來迎)의 즐거움, 연화초개(蓮花初開)의 즐거움, 신상신통(身相新通)의 즐거움, 오묘경계(五妙境界)의 즐거움, 쾌락무퇴(快樂無退)의 즐거움, 인접결연(引接結緣)의 즐거움, 성중구회(聖衆俱會)의 즐거움, 견불문법(見佛文法)의 즐거움, 수심공불(隨心佛供)의 즐거움, 그리고 증진불도(增進佛道)의 즐거움이 그것이다.

정토의 땅은 청금석이고, 정토의 길은 금줄로 구분되어 있다. 지면은 한없이 평평하고 끝이 없다. 하나하나의 경계 위에는 칠보로 만들어진 5백억 개의 궁전이 있고, 온갖 보석

---

* 헤이안 시대의 천태종 승려.
** 985년에 겐신이 집필한 불교 경전으로, 극락정토에 왕생하기 위해서는 염불이 가장 좋은 방법이라고 주창한 염불 수행의 지침서.

으로 이루어진 바닥에는 오묘한 천이 깔려 있다. 궁전에서는 천인(天人)들이 항상 음악을 연주하고, 여래를 찬양하는 노래를 부른다. 강당, 사원, 궁전, 누각의 정원에는 목욕하는 연못이 있고, 황금 연못의 바닥에는 은빛 모래가, 청금석 연못의 바닥에는 수정 모래가 있다. 연못의 수면은 형형색색으로 반짝이는 연꽃으로 덮여 있고, 반짝이는 꽃빛이 산들바람을 따라 흩어지듯 움직인다. 또 오리, 기러기, 원앙, 학, 공작, 앵무, 가릉빈가 (미인의 얼굴에 아름다운 소리를 가진 새) 등 '온갖 보석 빛깔의 새들'이 밤낮없이 부드러운 목소리로 부처를 찬양하며 노래한다. 아무리 부드러운 목소리라도 이만큼 모이면 제법 시끄러울 것이다.

연못과 강 주변의 숲은 전부 다 보석 나무들이다. 적동(赤銅) 잡목과 은 가지와 산호 꽃이 수면의 거울에 비치고 있다. 허공에는 보석 그물이 쳐져 있고, 거기에는 보석 방울이 무수히 달려 있어 신비로운 소리를 내며, 치지 않아도 저절로 울리는 신기한 악기도 허공 저 멀리에 걸려 있다.

혹시 뭔가 먹고 싶은 생각이 들면, 눈앞에 저절로 칠보 식탁이 나타나고, 진미로 가득한 칠보 그릇이 그 위에 놓인다. 하지만 그것을 손에 들고 먹을 필요는 없다. 색을 보고 향을 맡는 것만으로도 심신이 청결해지고 배가 부르며, 몸에 영양이 채워진다. 아무것도 먹지 않는 식사가 끝나면, 그릇과 식탁은 홀연히 사라져버린다.

옷도 자연스럽게 몸에 걸쳐져 있고, 재봉도 세탁도 염색도 필요 없다. 등불도 필요 없이 늘 환한 빛으로 가득하다. 냉방도 난방도 필요 없이 내내 알맞은 온도다. 수백수천 가지의 미묘한 향기가 세상에 가득하고, 연꽃잎이 하염없이 쏟아져 내리고 있다.

왕생요집의 관찰문(觀察門)에 따르면, 초심자의 관행(觀行)*은 깊지 않기에, 외면적 상상을 불러일으키는 것과 그 무한한 크기에 힘을 기울여야 한다. 부처를 보기 위한 첩경은 상상력을 통해 지상의 차원에서 벗어나야 한다는 것이다. 어마어마한 상상력이 한 송이 연꽃에 집중되고, 거기서부터 퍼져 나간다.

이러한 연꽃의 현미경적 관찰과 천문학적 추리는 우주론의 기초가 되고 또 매개가 되는데, 우선 그 꽃잎 하나하나에는 8만 4천 개의 맥이 있고, 그 맥 하나하나에는 8만4천 개의 빛이 있다. 게다가 그 꽃은 아무리 작은 것도 지름이 2백 5십 유순(由旬)**의 거대한 꽃이다. 만약 1유순이 30리라는 설을 따른다면, 지름이 7천 5백 리인 꽃도 작은 편에 속하는 것이다.

그런 연꽃에 8만 4천 개의 꽃잎이 달려 있고, 그 꽃잎 하나하나의 사이에는 저마다 무수한 빛을 발하는 백억 개의 구

---

* 자기 마음의 본성을 관찰하는 수행을 뜻하는 불교 용어.
** 고대 인도의 거리 단위로, 소달구지가 하루 동안 가는 거리.

슬이 있다. 또 아름답게 꾸며진 꽃의 단상 위에는 네 개의 보석 기둥이 우뚝 솟아 있고, 그 기둥 하나하나는 수백수천 억의 수미산과 같다. 기둥 위의 휘장은 5백억 개의 보석 구슬로 꾸며져, 그 구슬 하나하나에는 8만 4천 개의 빛이 있는데, 그 하나하나의 빛은 8만 4천 개의 금빛을 이루고, 그 하나하나의 금빛 또한 갖가지로 변한다.

이런 생각에 집중하는 것을 화좌관(華座觀)*이라고 하는데, 이 사랑 이야기의 배후에 있는 관념 세계는 이 정도의 규모를 가진 것이었다.

2

시가데라의 고승은 덕이 높은 승려다.

눈썹은 희고, 늙은 몸은 지팡이에 의지해 겨우 움직일 수 있을 정도다.

수행하는 성인의 눈에는 현세라는 것이 티끌 같은 것으로밖에 보이지 않았다. 고승이 지금의 암자에 머물게 되었을 때 손수 심은 소나무는 벌써 하늘 높이 자라, 우듬지에 바람을 품고 있다. 이렇게 오래 속세를 떠나 있으면 어떤 성인의 마음에도, 이제는 됐구나, 하는 안심이 생길 것이다.

부귀한 자를 보면, 꿈속의 쾌락임을 어찌 깨닫지 못할까

---

* 아미타불이 연화좌에 앉아 있는 모습을 관상하는 법.

하고 연민의 미소를 짓는다. 외모가 아름다운 여인을 만나도, 번뇌에 얽매여 윤회하는 인간 세계에 사는 사람을 안타깝게 여긴다.

이 현세를 움직이고 있는 동기에 조금도 공감하지 않으면, 그 순간부터 현세는 정지해버린다. 고승의 눈에는 그 정지된 모습만이 보일 뿐, 현세는 그저 종이 위의 그림, 타국의 지도 한 장일 뿐이다. 이런 무루(無漏)*의 심경은 공포마저 잊게 만든다. 왜 지옥이 존재하는지 알 수 없어지는 것이다. 자신에게 현세의 무력함은 너무도 자명했고, 게다가 그는 결코 오만한 사람이 아니었기에, 그것이 자신의 높은 덕의 결과라는 것을 생각조차 하지 못했다.

육체는 이미 고승에게서 거의 사라져 있었다. 그는 불거진 뼈가 바싹 마른 살갗에 겨우 덮여 있는 자신의 몸을 목욕할 때 바라보며 기쁨을 느꼈다. 이런 육신이라면 이제는 타인처럼 담담히 대할 수 있다. 이 몸에는 이미 정토의 음식이 더 맞는 것 같다.

밤마다 꾸는 꿈도 이제는 정토의 꿈 외에는 아무것도 꾸지 않았다. 눈을 뜨면, 현세에 살아 있다는 것, 그 덧없고 가련한 꿈에 아직도 매여 있다는 것을 깨닫고 슬퍼했다.

봄이 오고 꽃놀이의 계절이 되자, 도성에서 시가 마을을

---

* 번뇌를 벗어난 깨달음의 경지.

찾아오는 사람이 많아졌다. 고승은 어떤 번거로움도 느끼지 않았다. 새삼스레 그런 사람들에게 휘둘릴 심경은 아니었기 때문이다. 고승은 지팡이를 들고 암자를 나섰다. 호숫가로 갔다. 오후의 햇살에 서서히 석양빛이 비치기 시작할 무렵으로, 호수의 물결은 잔잔했다. 고승은 수상관(水想觀)*을 행하며 호숫가에 홀로 서 있었다.

그때, 고귀한 사람이 탄 수레가 호숫가를 돌다가, 고승이 있는 근처에 멈춰 섰다. 수레의 주인은 후궁 교고쿠미야스도코로였다. 후궁은 시가 마을의 봄 풍경을 보러 왔다가, 돌아가는 길에 호수 풍경에 작별을 고하기 위해 수레를 세우고 발을 걷어 올린 것이다.

고승이 무심코 그쪽을 보았다. 그리고 그 아름다움에 마음이 뒤흔들렸다. 후궁과 고승의 눈이 잠시 마주쳤고, 고승이 그 눈을 피하려 하지 않았기에, 후궁도 굳이 눈을 돌리지 않았다. 무례한 시선을 허락할 만큼 너그러운 사람은 아니었지만, 상대가 너무나 불심 깊은 노승이었기에 잠시 그 응시의 의미가 의아스러웠기 때문이다.

후궁은 급히 발을 내렸다. 수레는 움직이기 시작하여, 시가 고개를 넘어 도성으로 향하는 길 쪽으로 멀어져갔다. 밤이 되었으니, 수레는 긴카쿠지(銀閣寺) 길에서 도성으로 들

---

* 맑은 물을 생각함으로써 극락정토를 생각하는 수행법.

어갈 것이다. 수레의 모습이 나무 사이로 보이지 않게 될 때까지, 고승은 그 자리에 서 있었다.

현세가 한순간에 무시무시한 힘으로 고승에게 복수를 한 것이다. 이제는 됐다고 생각한 것이 무너져버린 것이다.

암자로 돌아와 본존불을 향해 염불을 외우려고 한다. 그러나 망상의 환영만이 떠올라 방해를 했다. 그 아름다움은 허상이다. 사라져갈 육신의 한때의 모습이다, 그렇게 생각하려 해도, 형언할 수 없는 아름다움으로 고승의 마음을 뒤흔든 그 한순간의 힘은, 뭔가 신비롭고 영원한 힘처럼 느껴졌다. 또 한편으로 이 감동을 그저 육체의 장난처럼 여기기에는 고승은 모든 면에서 젊지 않았다. 육체란 그렇게 한순간에 변하는 것이 아니다. 무언가 미묘한 독을 뒤집어써서 정신이 순식간에 변질된 것이라고 생각하는 편이 맞을 것이다.

고승은 여범(女犯)*의 죄를 범한 적이 없었다. 젊은 시절 그것과의 싸움은 오히려 여자를 육체의 존재로만 여기게 만들었다. 상상 속의 육체만이 순수한 육체인 것이다. 그 결과, 고승은 무엇보다 관념적인 존재인 이 육체를 정복하기 위해 정신의 힘에 의지했다. 그것은 성공했고, 지금까지 고승의 행적을 아는 사람들 중에 그 성공을 의심하는 자는 단 한 명도 없을 것이다.

---

* 승려가 여자와 성관계를 맺는 일.

하지만 발을 걷어 올리고 호수를 바라보던 여인의 얼굴은 육체라고 하기에는 너무나 빛나는 완벽한 존재였기에, 고승은 그것을 뭐라고 이름 붙여야 할지 알 수 없었다. 그 신비로운 한순간을 눈앞에 나타내기 위해, 오랫동안 고승을 속이며 고승 안에 숨어 있던 것이 모습을 드러낸 것이라고밖에 생각할 수 없었다. 그것은 완전히 현세 그 자체였고, 정지되어 있던 현세가 갑자기 그림 속에서 몸을 일으켜 움직이기 시작한 것이다.

예를 들어, 도성의 대로에 수레가 오가는 속에 서, 두 손으로 귀를 막고 서 있다. 갑자기 두 손을 뗀다. 그러자 순식간에 소음이 몸 주위로 떼 지어 몰려드는 것과 비슷하다.

현세의 윤회에 닿아, 그 소리를 귀로 듣는 것은 이미 현세의 고리 안으로 들어간 것이다. 모든 것과 관계를 끊은 사람이 또다시 하나의 관계 속에 자신의 몸을 놓아둔 것이다.

고승은 경전을 읽는 중에도 몇 번이고 참을 수 없는 한숨을 쉬게 되었다. 자연이 마음을 달래줄까 싶어 해질녘 산의 구름을 바라보지만, 마음은 구름처럼 갈피를 잡지 못한 채 흐트러질 뿐이다. 달을 보아도 마음이 기울어지는 쪽은 변함이 없고, 본존불을 마주하며 마음을 맑게 하려 해도 본존불의 얼굴이 변하여 후궁의 얼굴로 바뀌어 보인다. 세계가 작은 고리 속으로 들어가버렸다. 그 고리의 한쪽에는 고승이, 다른 한쪽에는 후궁이 있는 것이다.

3

후궁은 시가 마을의 호숫가에서 자신의 얼굴을 가만히 바라보던 노승의 일은 금세 잊어버렸다.

얼마 후, 들려오는 소문에 그때의 일이 다시 떠올랐다. 후궁의 수레를 배웅하는 고승의 모습을 본 마을 사람이 있었는데, 그날 저녁부터 고승이 미치광이처럼 되었다는 이야기를, 시가에 꽃구경을 다녀온 신하에게 전한 것이다.

후궁은 물론 그 소문이 진짜라고는 바로 믿지 않는 척했다. 하지만 시가데라 고승은 덕이 높기로 유명했기에, 만약 소문이 사실이라면, 이 사건에는 후궁의 허영심을 자극하는 것이 있었다. 속세 남자들의 애모에는 질려 있었기 때문이다.

후궁은 자신의 아름다움을 충분히 알았지만, 보통 이런 사람들은 자신의 높은 지위와 아름다움을 무가치한 것으로 취급해주는 힘에 끌리는 경향이 있었다. 그렇기 때문에 신심이 깊었다. 삶이 너무도 지루했기에, 극락정토를 믿었다. 이토록 화려하고 아름다운 현세를 더러운 땅이라 부르며 속세를 떠난다는 부처의 가르침은, 이것이 이 세상의 끝인가 싶을 정도의 부귀영화의 권태로움을 달래주었음에 틀림없다.

연애 전문가들 사이에서 후궁은 궁정의 우아함의 화신으로 떠받들어지고 있었다. 이 귀부인은 누구도 사랑한 적이 없었기에 실제로 그렇게 떠받들어질 만했다. 누구의 눈에도 후궁이 황제를 진심으로 사랑하는 것처럼 보이지 않았다. 후궁은 거의 불가능의 경계에 있는 애욕을 꿈꾸었다.

시가데라 고승은 덕망 높은 유명한 승려다. 그리고 고령이다. 그가 현세를 버린 사람이라는 것은 도성에드 널리 알려져 있다. 만약 소문이 사실이라면, 고승은 후궁의 아름다움에 미혹되어 내세를 희생하려고 하는 것이다. 이보다 더 큰 희생은 없고, 이보다 더 큰 선물은 없다.

후궁은 궁정의 호색가들에게는 마음이 끌리지 않았고, 젊고 잘생긴 귀공자들에게도 딱히 마음이 동하지 않았다. 남자의 외모는 아무것도 아니었다. 오로지 누가 가장 강하게, 가장 깊이, 그녀를 사랑할 수 있는가, 그것만이 그녀의 관심사였다.

그런 관심사를 마음에 품은 여자는 무시무시한 존재가 된다. 그녀가 창부라면, 지상의 부(富)를 갖다 바치는 것으로 충분할 것이다. 하지만 후궁은 지상의 온갖 부를 가졌기에, 내세의 부를 자신에게 바칠 남자를 기다리고 있었던 것이다.

궁정에서는 시가데라 고승의 연모에 관한 소문이 점점 퍼져, 황제조차 반쯤 농담으로 그 이야기를 했다. 물론 후궁은 그런 농담을 재미있어하지 않고 냉담한 태도를 보였다. 누구나 마음놓고 그 농담을 입에 올릴 수 있었던 것은, 그렇게 덕이 높은 승려까지 미혹시킨 후궁의 아름다움을 찬양하기 위해서이기도 했고, 또 한편으로는 그런 노인과 귀부인 사이에는 결코 현실적인 사랑이 이루어질 수 없다고 안심했기 때문이라는 것을 후궁은 알고 있었다.

후궁은 수레 안에서 본 노승의 얼굴을 떠올렸지만, 그것은 지금까지 그녀를 사랑했던 어떤 남자의 얼굴과도 닮지 않았다. 사랑받을 자격이 전혀 없는 남자의 마음에도 사랑이 싹틀 수 있다는 것은 신기한 일이다. 실제로 궁정에서 사랑 노래를 주고받을 때, 종종 동정심을 끌기 위해 사용되는 '희망 없는 사랑'이라는 노래 소재는 이것에 비하면 대부분 자만심이 연기하는 장난스러운 연기에 불과했다.

여기까지 말했으면 알 수 있겠지만, 이 귀부인은 우아함의 화신이라기보다는 사랑받는다는 것에 지대한 관심이 있는 사람이었다. 지체 높은 귀부인이라도 여자인 이상, 사랑받지 못한다면 어떤 권력도 부질없는 것이다. 남자들이 정쟁을 일삼는 동안, 그녀는 다른 방법, 순전히 여성적인 방법에 의한 세계 정복을 꿈꾸고 있었다. 그리고 삭발하여 출가하는 여자를 비웃었다. 대체로 여자는 속세는 버릴지라도, 자신이 갖고 있는 것은 버릴 수 없다. 남자만이 자신이 실제로 가지고 있는 것을 버릴 수 있는 것이다.

그 노승은 한때 속세를 버렸다. 그는 귀족들보다 훨씬 더 남자였던 것이다. 그리고 속세를 버렸듯이, 그는 이번에는 후궁 때문에 내세마저 버리려는 것이다.

신심이 깊은 귀부인은 연꽃을 마음속에 떠올렸다. 2백5십 유순의 거대한 연꽃을 생각했다. 눈에 보이는 작은 연꽃보다도, 이 어마어마한 연꽃이 그녀의 취향에 맞았다. 예를 들어, 정원의 나무들 사이로 바람이 스쳐 가는 소리를 들어도, 정토의 보석 나무에 스치는 바람이 내는 미묘한 음악에 비하면 참으로 정취가 없다는 생각이 들었다. 천상에 걸려 있는, 치지 않아도 저절로 울리는 악기를 생각하면, 주변에 있는 거문고나 쟁(箏) 같은 것은 초라한 모방으로밖에 여겨지지 않았다.

4

　시가데라 고승은 싸우고 있었다.

　젊은 시절 육신과의 싸움에는, 내세를 얻는다는 희망이 있었다. 하지만 노년에 이르러서의 이 절망적인 싸움은 돌이킬 수 없는 상실의 감정과 이어져 있었다.

　후궁에 대한 사랑이 불가능하다는 것은 태양처럼 확실하여 의심의 여지가 없었다. 또 한편으로, 이 사랑에 사로잡혀 있는 동안은 정토로 가는 것이 불가능하다는 것도 명백하다. 참으로 자유로운 마음이었던 고승이 한순간에 캄캄한 어둠에 휩싸여버린 것이다. 어쩌면 젊은 시절의 싸움을 헤쳐 나올 수 있었던 용기는, 만약 원한다면 당장에라도 가능할 일을 기꺼이 금하고 있다는 긍지에서 나온 것인지도 몰랐다.

고승은 또다시 두려움을 얻게 되었다. 한 발짝 앞에 무언가가 기다리고 있을지도 모르는, 현세의 이 깊은 어둠에 눈을 떴다. 그 고귀한 수레가 시가의 호숫가에 다가오기 전까지는, 자신을 기다리고 있는 것은 머지않은 열반뿐이라고 믿었던 것이다.

화좌관도, 총상관(總相觀)*도, 잡약관(雜略觀)**도 다 허사였다. 마음을 집중하면 어김없이 후궁의 아름다운 얼굴이 떠올랐다. 호수의 물을 바라보며 수상관을 하려고 해도 허사였다. 잔잔한 물결 아래서, 아른아른 후궁의 아름다운 얼굴이 떠올랐기 때문이다.

자연스러운 귀결이지만, 마음의 집중에 해가 된다는 것을 깨닫자 고승은 애써 마음을 모호하게 흩트리려고 했다. 실제로 집중이 오히려 더 깊은 미혹으로 이어지는 것에 고승은 놀랐지만, 그 반대의 시도는 결국 미혹을 시인하는 것밖에 되지 않았다. 마음이 무겁게 꺾이자, 거기서 벗어나려고 애쓰기보다, 차라리 후궁의 얼굴에 생각을 집중하는 편이 그나마 편하게 느껴졌다.

고승은 후궁의 환영을 온갖 모습으로 치장하는 것에 기쁨을 느꼈다. 그렇게 사랑의 상대를 점점 더 눈부신 존재로 만들어, 점점 더 멀고 점점 더 불가능한 존재로 만드는 것에 왜

---

* 부처의 몸 전체를 보며 명상하는 것.
** 부처의 미간에 난 흰 눈썹만을 보며 명상하는 것.

이토록 기쁨을 느끼는 건지 알 수가 없었다. 오히려 후궁을 주변에 흔히 있는 비천한 여체로 상상하는 편이 더 자연스럽지 않을까. 그러는 편이 적어도 환영 속에서나가 사랑하는 쪽을 유리하게 하는 것이 아닐까.

그렇게 생각하자, 고승은 자신이 그리고 있는 후궁이 그저 단순한 육체도 아니고, 또한 단순한 환영도 아니라는 것을 깨닫게 되었다. 고승은 분명 실상을, 실체를 그리고 있었다. 여인에게서 그런 실체를 찾는다는 것은 이상한 일이다. 덕이 높은 승려는 사랑에 빠져서까지도 추상을 통해 그 본질에 다가가려는 평소의 수련을 잃지 않았던 것이다. 후궁은 드디어 2백5십 유순의 거대한 연꽃의 환영과 하나가 되었다. 수많은 연꽃에 떠받들어져 잠들어 있는 그녀는 수미산보다도, 하나의 나라보다도 거대해진 것이다.

사실은, 이 사랑을 불가능한 것으로 만들면 만들수록, 고승은 그만큼 더 깊이 부처를 배반하는 결과가 되었다. 왜냐하면 이 사랑의 불가능이 어느새 해탈의 불가능과 하나가 되어버렸기 때문이다. 이루어질 수 없는 사랑이라고 생각하면 할수록, 망상은 확고해지고, 사념(邪念)은 움직일 수 없는 것이 되었다. 희망이 있는 사랑이라고 생각하면 오히려 단념하기 쉽지만, 이 불가능한 사랑은 호수처럼 고요히 땅을 뒤덮고, 흘러갈 기색도 보이지 않았다.

고승은 어떻게든 한 번 더 후궁의 얼굴을 보고 싶었지만,

다시 만난다면 거대한 연꽃이 되어버린 여인의 환영이 흔적도 없이 무너져 내릴 것 같아 두려웠다. 무너지면 고승은 확실히 구원을 받는다. 이번에야말로 확실히 해탈한다. 고승은 그것이 두려웠던 것이다.

이런 고독한 사랑은 끝내는 자기 자신을 속일 만큼 묘한 술수를 생각해 내는 법이어서, 드디어 후궁을 만나러 갈 결심이 섰을 때, 고승은 자신의 몸을 태우는 듯한 병이 반쯤 나은 것 같은 기분이 들었다. 그렇게 결심했을 때의 이상한 기쁨을, 고승 스스로가, 사랑에서 거의 벗어난 기쁨으로 착각했을 정도다.

5

후궁이 거처하는 곳의 정원 한구석에 지팡이를 짚은 초라한 노승이 말없이 서 있는 것을 보고도 사람들은 그다지 이상하다고는 생각하지 않았다. 수행자나 걸인이 귀족들의 정원에 서서 동냥을 구하는 모습은 드물지 않은 풍경이다.

시녀 하나가 후궁에게 그것을 알렸다. 후궁은 장난삼아 발 너머로 그쪽을 바라보았다. 정원의 신록 그늘 아래, 쇠약해진 노승이 고개를 떨구고 서 있다. 후궁은 잠시 동안 바라보았다. 그것이 분명 시가의 호숫가에서 보았던 고승이라는 것을 깨닫자, 역시 안색이 변하지 않을 수 없었다.

후궁은 망설였다. 어떻게 해야 할지 결심이 서지 않았기에,

그대로 내버려두라고 말했다. 시녀는 명을 받들어 그렇게 했다.

후궁의 마음에 불안함이 생겼다. 그때 처음으로 불안함이 생긴 것이다.

현세를 버린 사람의 모습은 많이 보았지만, 내세를 팽개치고 온 사람의 모습은 처음 본다. 그것은 불길했고, 이루 말할 수 없이 두려웠다. 이 귀부인은 고승의 사랑 속에서 그려보았던 공상의 즐거움을 잃어버렸다. 만약 고승이 그녀를 위해 내세를 내어준다 해도, 내세가 그녀의 손에 고스란히 넘어올 일은 절대 없을 것이다.

후궁은 자신의 화려한 옷과 아름다운 손을 보고, 멀리 정원에 서 있는 승려의 늙고 추한 얼굴과 추레한 승복을 보았다. 그 결합에는 뭔가 지옥의 매혹이 있었다. 하지만 그것은 생각했던 장대한 꿈과는 다르다. 고승은 지옥에서 온 사람처럼 보인다. 그의 등 뒤에 정토의 빛을 어른거리게 하던 그 덕망 높은 풍모는 어디에도 없다. 정토를 상상하게 하던 모든 광채가 그에게서 사라져버렸다. 시가의 호숫가에서 보았던 고승과 같은 사람임에 틀림없지만 다른 사람인 것만 같다.

후궁도 궁정 사람들처럼 자신의 감동을 경계하려는 경향이 있었다. 감동할 만한 것이 눈앞에 나타난 후로, 계속 그러했다. 노승의 이토록 깊은 사랑의 증거를 보고는, 오랫동안 꿈꿔온 최상의 사랑도 이런 평범한 모습인가 하고 낙담했다.

시가데라 고승은 지팡이에 의지해 겨우 도성에 도착했을 때, 거의 피로를 잊고 있었다. 후궁의 거소에 몰래 들어가, 드리워진 저 발 너머에 사랑하는 여인이 있는 것인가 하고 생각하자, 모든 거짓의 꿈에서 깨어났다.

사랑이 이토록 무구한 형태를 취했을 때, 내세가 다시금 고승을 매혹하기 시작한 것이다. 고승은 정토를 이토록 순수하고 절실한 형태로 그려본 적이 없었던 것 같은 기분이 들었다. 정토를 향한 동경은 거의 관능의 형태를 취했다. 이제는 오직, 내세의 방해가 될 이승의 망상을 떨치기 위해 후궁을 만나 사랑을 고백하는 일만 남았을 뿐이다. 그것뿐이다.

노구를 지팡이에 의지한 채 서 있는 것은 무척이나 고통스러웠다. 5월의 밝은 햇살이 어린 나뭇잎 사이로 고승의 머리 위로 쏟아졌다. 고승은 몇 번이나 어지러웠지만 지팡이로 버텼다. 후궁이 어서 깨닫고 불러준다면 남은 과정은 끝나리라. 그러면 그곳에는 정토가 문을 열고 기다리고 있을 것이다. 고승은 기다리고 있다. 정신이 아득해지는 듯한 피로를 지팡이로 버티며 기다리고 있다. 마침내 해가 기운다. 해질녘이 된다. 그래도 후궁에게서 기별은 없다.

후궁은 고승이 그녀의 등 뒤로 정토를 상상하고 있다는 것을 알 도리가 없었다. 발 너머로 몇 번이고 정원을 바라보았다. 고승이 서 있다. 석양이 비친다. 고승은 아직 서 있다.

후궁은 두려워졌다. 망집의 살아 있는 혼령을 보는 듯한 기분이 든 것이다. 그녀는 지옥에 떨어지는 공포에 사로잡혔다. 저토록 덕망 높은 승려를 미혹시킨 이상, 정토는 결코 자신을 부르지 않고, 지옥이 맞이하러 올 것이라는 공포에 사로잡혔다. 그때 이미, 그녀가 꿈꾸던 최상의 사랑은 깨져버린 것이다. 사랑받는다는 것은 지옥이다. 고승과는 반대로, 그녀는 고승을 통해 지옥을 보았다.

그러나 이 거만한 귀부인은 용케 공포와 싸워냈다. 정신을 가다듬고, 타고난 잔인함으로부터 도움을 받았다. 고승은 언젠가는 쓰러질 것이다. 쓰러질 때까지 기다리면 된다고 생각한 것이다. 그리고 이제는 쓰러졌을까 하고 발 너머로 눈길을 돌렸지만, 아직도 가만히 서 있는 모습에 초조해졌다.

밤이 되었다. 달빛이 비치자, 고승이 서 있는 모습은 백골이 서 있는 것만 같았다.

후궁은 두려움으로 잠도 이루지 못했다. 더 이상 발 너머를 보지 않고 그쪽으로는 등을 돌리고 있어도, 고승의 응시가 느껴졌다. 과연 그것은 평범한 사랑이 아니었다. 하지만 사랑받는다는 공포와 지옥에 떨어지는 공포 속에서 귀부인은 오히려 더 강하게 정토를 염원했다. 자신이 염원하는 정토만큼은 상처받지 않게 지키고 싶다고 생각했다. 그 정토는 고승의 정토와는 다르고, 고승의 사랑과는 관계없는 정토다. 만약 고승에게 말을 건다면, 자신이 염원하는 정토는 무너질 것만 같았다. 고승의 사랑은 자신과는 아무 관계도 없고,

고승은 그저 제멋대로 사랑하고 있을 뿐이기에, 자신이 정토에 받아들여질 자격을 잃을 리는 전혀 없다고 생각했다.

그렇게 생각은 해도, 밤이 점점 깊어지고 찬 기운이 심해져 혹시나 고승이 쓰러져 죽는다면, 그때도 마음이 흔들리지 않을 자신이 없어졌다.

고승이 서 있다. 달이 숨자, 그것은 기괴한 모습의 말라 죽은 나무처럼 보인다.

나는 저 모습과는 아무 관계도 없어, 하고 후궁은 속으로 외쳤다. 어찌하여 이런 일이 일어났을까, 후궁은 이해할 수가 없었다. 드문 일이지만, 그렇게 생각하는 순간, 후궁은 자신의 아름다움을 완전히 잊었다. 어쩌면 일부러 잊었다고 하는 편이 적당할 것이다.

이윽고 하늘이 희부옇게 밝아왔다.

새벽 어스름 속에 고승은 아직도 서 있다.

후궁은 패했다. 시녀를 불러, 정원에 있는 고승을 발 앞으로 오게 했다.

고승은 육체가 썩어 문드러지기 직전의 망아(忘我)의 경지에 있었다. 기다리고 있는 것이 후궁인지 내세인지, 전혀 알 수 없었다. 시녀가 새벽녘 정원에 내려와 다가오는 모습을 보면서도, 자신이 기다리던 것이 왔다고는 느껴지지 않았다.

시녀가 후궁의 말을 전했다. 고승은 입속으로 무시무시한 소리를 질렀다. 그것은 거의 소리가 되지 않았다.

시녀가 손을 잡으려 하자, 고승은 그것을 물리쳤다. 그리고 이상할 정도로 확고한 발걸음으로 발 앞까지 걸어갔다.

발 안쪽은 어두워, 밖에서는 후궁의 모습이 보이지 않는다. 고승은 그 앞에 무릎을 꿇고 두 손으로 얼굴을 감싼 채 울었다.

통곡은 길고, 아무 말도 나오지 않는다. 언제까지나, 그렇게 울고 있을 뿐이다.

그때, 어스름 속에 갇힌 발 아래로 눈처럼 하얀 손이 살며시 내밀어졌다.

시가데라 고승은 사랑하는 이의 손을 두 손으로 고이 받들었다. 그리고 그것을 이마에 대고, 뺨에 대었다.

후궁은 자신의 손에 닿는 차갑고 묘한 손을 느꼈다. 이내 그 손이 뜨거운 것으로 흠뻑 젖었다. 후궁은 타인의 눈물에 젖은 자신의 손을 불쾌하게 느꼈다.

그러나 희미하게 밝아오는 하늘빛이 발을 통해 들어오는 것을 느꼈을 때, 귀부인은 깊은 신심으로부터 너무도 고귀한 영감에 문득 사로잡혔다. 자신의 손에 닿은 이 낯선 손은 부처의 손이 틀림없다고 생각한 것이다.

후궁의 마음속에 환상이 되살아났다. 청금석으로 된 정토의 땅, 무리 지어 서 있는 칠보의 누각, 음악을 연주하는 천인의 모습, 수정 모래가 깔린 황금 연못, 눈부시게 빛나는 연꽃, 가릉빈가의 울음소리 같은 것이 되살아난 것이다. 그런 정토가 내 것이 될 수 있다면, 또한 실제로 이제는 그렇게 믿어지기도 했지만, 고승의 사랑을 받아들여도 좋겠다는 생각이 들었다. 후궁은 이 부처의 손을 가진 남자가 발을 걷어주시오, 하고 청하기를 기다렸다. 고승은 그렇게 청할 것이다. 발은 걷힐 것이다. 시가의 호숫가에서처럼, 후궁의 비할 데 없이 아름다운 모습이 나타날 것이다. 고승은 안으로 불러들여질 것이다. ……

후궁은 기다렸다.

그러나 시가데라 고승은 아무것도 말하지 않았고, 아무것도 원하지 않았다. 후궁의 손을 꼭 붙잡고 있던 늙은 손이 이윽고 풀렸다. 눈처럼 하얀 손은 새벽빛 속에 남겨졌다.

고승은 떠나갔다. 후궁의 마음은 차가워졌다.

며칠 후, 시가데라 고승이 암자에서 입적했다는 소문이 전해졌다. 후궁은 여러 아름다운 경전을 바쳤다. 그것은 무량수경, 법화경, 화엄경 같은 거룩한 경문이었다.

나팔꽃

 내 여동생은 전쟁이 끝난 해 11월에 장티푸스로 죽었다. 향년 17세. 전쟁이 끝나자 곧바로 학교로 피난살이 짐들이 돌아와, 그것을 리어카에 실어 나르는 작업을 하고 있을 때, 초가을의 아직 더운 햇볕에 목이 말랐다. 불탄 자리에 있던 납관에서 나오는 물을 마셨다. 그게 감염 경로가 아니었을까, 하고 친구가 말했다.

 나는 여동생을 무척 사랑했기 때문에 그 죽음은 큰 충격이었다. 소년 시절부터 용돈을 아껴 여동생에게 선물을 사주는 취미가 있었지만, 여동생은 늘 그다지 기뻐하지 않는 표정을 했다. 활동사진을 보여주러 데리고 갔다. 연극을 보여주러 데리고 갔다. 하지만 늘 마지못해 따라오는 느낌이다. 특히 사춘기로 접어든 후로는 더 심했다. 나는 그런 여동생을 우격다짐으로 예뻐하는 것을 좋아했다.

여동생은 평소 오빠가 하는 말을 바보 취급하며 대들었고, 싸우기라도 한 뒤에는 내 방 벽에 연필로 '오빠 바보'라고 낙서를 하기도 했지만, 죽기 전날, 이미 의식을 잃은 여동생이 반쯤 헛소리처럼 "오빠, 정말 고마워"라고 말한 것이 아직도 귓전에 남아 있다. 간호사도 부족하던 때라 어머니와 내가 번갈아 밤을 새워 간호한 것을 알았을까.

여동생에게는 어딘가 애처로운 데가 있었다. 내가 품은 것은 애련의 정이었을 것이다. 여동생은 자신의 안에서 서서히 싹트기 시작하는 것의 불안과 싸우며 끊임없이 초조해하는 것처럼 보였다. 나는 그것을 사춘기의 초조함이라 생각했지만, 여동생의 안에서 움트고 고개 들려고 했던 것은 삶의 나무가 아니라 죽음의 나무였는지도 모른다.

여동생은 어릴 때부터 묘하게 살림꾼 같은 데가 있어 (여동생은 학교에 들어가기 전까지 그것을 "샬림꾼"이라고 발음했다), 빈 초콜릿 상자에 영수증을 모으는 취미가 있었다.

"저기, 이번 달 가스 영수증은 없어? 나한테 맡겨두면 돼."

그렇게 종종 하녀에게 말하곤 했다. 나는 여동생의 이런 궁상떠는 성격을 꽤 놀려댔다.

여동생이 죽은 후, 나는 자주 여동생의 꿈을 꾸었다. 시간이 흐를수록 죽은 이에 대한 기억은 옅어지는 법인데도, 꿈은 하나의 습관이 되어 지금까지 규칙적으로 이어지고 있다.

나는 죽은 이의 영혼에 대해 늘 애련의 정을 품는다. 영혼들은 쓸쓸하고 슬프고 가여운 존재처럼 여겨진다. 그것은 우리가 어린 시절 동물들의 세계에 품은 감상적인 기분과 비슷하다. 미개 민족들이 동물들을 죽은 인간의 영혼이 나타난 것으로 믿는 이유를 나는 이해한다. 우리가 가진 연민의 감정은 미지의 것, 불가해한 것에 이르는 다리인 것이다. 우리는 그런 것들과 동경으로 연결되기도 하고 연민으로 연결되기도 한다.

동경과 연민은 이해할 수 없는 것에 대한 아이처럼 부드러운 감정의 양면이었다. 종종 멀리 숲에서 올빼미가 우는 소리를 잠자리에서 귀 기울여 듣고 있으면, 어린 나는 동물 세계의 자유에 대한 동화적인 동경의 마음과, 어두운 숲속 나무 구멍에서 눈을 동그랗게 뜨고 계속 노래해야 하는 저 작은 '생명'을 향한 연민의 마음을 함께 느꼈다.

영혼이라는 것에 역시 삶의 형태를 부여하지 않으면, 우리의 상상의 날개는 퍼덕이지 못할지도 모른다. 생명 중에서도 신비로운 것, 이해할 수 없는 것, 깊은 밤에 날아다니며 울음소리를 주고받는 작은 새와 같은 것, 그런 것들에 기대어 생각하지 않으면, 영혼의 모습을 마음속에 그려낼 수 없을지도 모른다.

그러고 보니 여동생에게는, 살아 있을 때부터, 신비롭고 온순한 작은 동물이 생각에 잠겨 있는 듯한 표정이 있었다.

*

꿈속에서 여동생은 꼭 살아 있었다. 의사가 포기해버린 몸이 뜻밖에 기적적으로 살아나, 우리 가족의 단란함 속에 다시 나타나곤 하는 것이다.

"다행이야, 나아서 다행이야."

그렇게 말하면서도 나는 한 줄기 불안을 지우지 못한다. 어쩌면 이게 꿈은 아닐까 하는 의심을 지우지 못한다……

나는 긴 여행을 끝내고 집으로 돌아갔다. 밤이다. 집으로 돌아왔는데, 또 나가야 할 일이 있는 것 같다. 뭔가 중요하고 급한 일이다. 짐이 있어서 역에서 집까지 타고 온 자동차를 대문 앞에서 기다리게 한다.

나는 집 안을 들여다본다. 집 안은 고요하다. 다들 나간 것 같다.

잠시 후 현관으로 나온 것은 여동생이다.

"미쓰코, 너 혼자야?"

"응, 집 보고 있어."

나는 여동생이 있는 것에 어떤 이상한 느낌도 들지 않는다. 집 안으로 들어가니, 안쪽 거실에 희미한 전등이 켜져 있었다. 촛불 다섯 개 정도의 밝기다. 언제나 이 방은 아주 밝다. 왜 그런 전구를 쓰고 있는지 모르겠다. 전에 쓰던 전구가 나갔겠지 하고 나는 생각했다.

동생의 얼굴은 어두워 잘 보이지 않는다. 입고 있는 옷의 무늬도 잘 알 수 없다. 아이 옷 같은 유카타를 입고 노란색 오비를 매고 있다.

"무슨 무늬야? 좀 보여줘" 하고 내가 말했다.

여동생은 말없이 등불 밑으로 가서 소맷자락을 펼쳐 보여주었다. 선명하고 커다란 보라색 나팔꽃이 물들여져 있다. 여동생이 대여섯 살 무렵에 입었던 유카타다.

"꽤 오래된 옷이네" 하고 내가 말했다.

"응" 하고 여동생이 대답했다.

어두워서 얼굴은 잘 보이지 않지만, 고개를 숙이며 살짝 웃은 것 같기도 하다. 그리고 손끝을 양쪽 겨드랑이 밑에 집어넣으며 뭔가 생각하는 듯한 모습이었다. 나는 차를 마시고 싶다고 말했다. 여동생이 어두운 부엌에 서서 달그락거리며 뭔가를 했다. 평소에는 그런 것을 해주는 아이가 아니다.

"자, 여기 차."

여동생이 선 채로 찻주전자를 내밀었다. 내가 찻잔에 차를 따르고 있을 때, 여동생은 방 한구석에 앉아 조용히 있었다. 차를 마시는 동안, 나는 여동생이 사라져버린 것 같은 기분이 들었다. 손가락으로 찻잔을 쓰다듬는다. 따뜻하고 기묘하게 매끄럽다. 젖어 있나 했는데 그렇지는 않다.

"아직 거기 있어?"

내가 그렇게 물었다.

대답은 없지만 기척이 느껴져, 있다는 것을 알았다.

"언제까지 그러고 있을 거야?"

내가 또 물었다. 대답은 없다. 조금 있으니 아주 먼 목소리로 "아, 피곤해" 하고 대답한 것 같은 느낌이 들었다.

"병은 확실히 나은 거야?"

"응, 나았어."

이번에는 또렷이 대답했다. 무릎걸음으로 다가오더니 탁자에 가만히 몸을 기댔다.

"그래도 아직 피곤해."

"가엾게도."

나는 머리에 손을 갖다 대고 쓰다듬었다. 머리카락은 건조하고 숱이 많았다. 여동생은 또 일어서더니 부엌으로 갔다. 물소리가 나고, 접시 부딪히는 소리가 났다.

"뭐가 그렇게 바빠?"

먼 목소리가 물소리에 섞여 울려 퍼졌다.

"뭐가 그렇게 바빠?"

손목시계를 보니 벌써 나가야 할 시간이다. 나는 현관으로 가서 문을 열었다. 어느새 여동생이 등 뒤에 서 있다.

"잘 다녀와."

"오늘은 늦을지도 몰라. 다들 돌아오면 그렇게 말해줘."

"응."

"그럼 다녀올게."

"잘 다녀와."

여동생은 시멘트 바닥을 나막신 끝으로 가볍게 차며, 살짝 초조해하는 듯한 모습이었다. ……

나는 기다리고 있던 차를 타고 마을 사이를 잠시 달렸다. 마을은 이미 불빛이 꺼져 있고, 다니는 사람이 없다. 꾸벅꾸벅 조는 사이에 떠오른 것이 있어 눈을 떴다. 떠오른 생각은 이런 것이다.

'방금 만나고 온 건 유령이었어.'

그렇게 생각하자 차가운 쇳덩이 같은 것이 가슴을 조이는 듯한 기분이 들었다. 몸을 앞으로 기울여, 운전석 등받이에 두 손을 뻗었다. 운전사에게 이렇게 말했다.

'방금 만나고 온 거, 어떡하죠, 그건 유령이에요.'

소리쳤다고 생각했는데, 목소리조차 나오지 않는다. 상대방에게 통하는 말이 되지 않는다는 게 분명히 느껴진다. 운전사는 대답이 없다. 나는 그의 등에 손을 얹고 흔들었다.

운전사가 갑자기 핸들에서 손을 떼며 뒤돌아보았다. 이렇게 말했다.

"그래. 유령이야."

그 얼굴은 완전히 어두워 제대로 보이지 않는다. 갑자기 손이 뻗어 와 내 팔을 붙잡았다. 내 팔을 붙잡은 것은 사실은 손이 아니다. 손톱이 내 팔에 박혀, 그쪽으로 내 몸을 끌어당기고 있었던 것이다.

히나의 집

 이것은 조금 동화 같은 이야기이기도 하고 소꿉놀이 같은 이야기이기도 하다. 하지만 나는 실제로 그 이야기 속에 살았고, 평소의 내가 허풍쟁이인 것을 모르는 너라면, 분명 믿어주리라 생각한다.

 나는 올해는 그럭저럭 취직도 정해지고 대학도 졸업해, 겨우 일단락 짓고 봄을 맞이했지만, 작년 3월에는 대학 2학년 연말시험을 끝내고, 아직 당장은 사회로 나아가는 불안한 출발을 기다리지도 않으며 들뜬 기분으로 지냈다.
 너도 알다시피, 나는 작년에 신중을 기해, 학점을 아주 조금밖에 따지 않았다. 그만큼 공부는 더 깊이 했는데, 2월 24일부터 시작된 시험이 3월 2일에 벌써 끝나버렸다. 그래서 나는 아직도 시험 귀신에게 붙잡혀 있는 친구를 내버려두고, 한가하게 긴자 거리를 걷고 있었다. 3월 3일 오후 네 시쯤이었다.

 영화라도 볼까 해서 집을 나섰지만, 떠돌이인 나는, 신문의 영화란을 보고 어느 극장에서 무엇을 몇 시 몇 분에 상영하는지 확인하고 나서 집을 나서는 습관이 없다. 그냥 훌쩍 나선다. 극장 앞에 간다. 간판을 본다. 마음에 들지 않는다. 그러면 또 다른 극장 앞까지 느릿느릿 걸어간다.

 그렇게 나는 네다섯 곳을 다녔다. 어느 극장에도 백 엔 남짓을 내고서 들어가고 싶은 영화는 걸려 있지 않았다. 그중에서도 평이 좋은 영화가 하나 있었지만, 그건 유난히 영화가 보고 싶어지는 시험 직전에 이미 보았다. 나머지는 침울한 중년의 비련이나 카리브해의 해적이 어떤 위험에 닥쳐도 살아남는 진부한 로맨스 따위로, 시험이 끝난 다음 날 볼만한 것은 없었다.

 나는 단념하고 또다시 걷기 시작했다. 여기저기 상점의 쇼윈도에는 복숭아꽃이 꽂혀 있고 히나단(壇)*이 꾸며져 있었다. 사실은 오늘이 히나마쓰리 날이라는 것을 나는 그제야 알았다. 작년 여름, 여동생이 죽고 나서, 자식이라고는 네 살 위 오빠인 나만 남은 부모님은 벽장 속 상자에서 히나 인형

---

* 3월 3일 여자아이의 행복을 기원하는 명절 행사인 히나마쓰리에 쓰이는 계단식 단으로, 히나 인형과 복숭아꽃 등을 함께 놓아 꾸민다.

을 꺼내 도코노마에 장식할 기력을 잃어버렸다.

오늘이 바로 히나마쓰리였다. 하지만 그런 건 나와는 아무 상관도 없었다. 그도 그럴 것이 히나마쓰리에 관심을 가질 대학생은 하이쿠나 끄적이는 별난 청년밖에 없을 것이다.

히나마쓰리든 아니든, 그날은 이른 봄의 아름다운 날씨였다. 먼지 섞인 바람이 불어대는 계절은 아직 오지 않아, 하늘은 차가운 청자 같았고, 힘없는 솔 자국 같은 구름이 펼쳐져 있었다. 그리고 그 하늘은 조금씩 어두워지고, 벌써부터 켜지기 시작한 가로등과 빌딩의 불빛이 낮의 빛을 거리에서 몰아내고 있었다.

나는 술을 즐기지 않는다. 저녁을 혼자 밖에서 먹을 만큼 용돈의 여유도 없다. 보고 싶은 영화가 없으면 세타가야의 집으로 돌아갈 수밖에 없다.

하지만 혼자서 걷는 게 즐거웠기 때문에, 외투 주머니에 손을 찔러 넣고 어슬렁어슬렁 걷다가, 서점에 들러 4, 5분쯤 서서 책을 읽고는 다시 그곳을 나왔다.

그때 나에게, 시험이 끝난 다음 날의 자유로운 저녁을 함께 손잡고 걸어줄 여자 친구는 없었나, 하고 너는 말하는가?

없었다. 나는 연애 경험은 있었지만, 그 이상의 경험은 없었다. 큰 목소리로 항변하고 싶지만, 일부 어른들이 생각하듯, 전후의 청년들은 하나같이 십대 때 동정을 잃었다는 따위의 어처구니없는 억측은 사실과 거리가 멀다. 어느 시대든 청춘이 살아가기 힘든 이유는 외부보다는 내부에 있다. 오늘날처럼 청춘을 방해하는 외부의 장해가 많은 시대에는 내부의 장해는 신경 쓰지 않아도 되기 때문에, 동정을 잃지 않는 건실한 청년의 수가 오히려 많다 라는 반대 논리도 성립하는 것이다.

나는 이런 설교를 시작할 마음은 없었다. 무엇보다, 이런 억지 논리는 나와 맞지 않는다.

솔직히, 그때 나는 여자 친구가 없었다. 반년 전까지는 있었지만……, 그녀는 결혼해버렸다.

…… 그런 이유로, 이제 집에 갈 수밖에 없었고, 집에 가는 것도 그리 싫지는 않았지만, 그렇다고 굳이 돌아가고 싶지도 않은 기분으로 나는 막연히 긴자를 돌아다니고 있었다. 이런 기분으로 긴자를 걷고 있는 사람이 분명 나 말고도 많을 것이다.

저녁 무렵은 사람들이 가장 북적이는 시간인데, 길 가는 여자들의 얼굴이 쇼윈도의 불빛에서 멀리 떨어진 데서는 아련히 어둡게 보이는 것이 좋다. 스키야바시 네거리로 나온다. 거기서 도바시로 향하는 넓고 어두운 길을 걷고 싶어졌다. 그곳의 인도는 지나가는 사람이 아주 드물다. 이미 셔터를 내린 D 빌딩에서 두세 건물 떨어진 곳에서 나는 근사한 파친코 가게를 하나 발견했다.

 너도 알다시피, 나는 파친코의 명수다. 이런 명수는 그다지 자랑거리는 되지 않는다. 그 파친코 가게는 분명 술집인지 뭔지를 개조한 것으로, 외관은 산장 스타일예, 내부에도 때에 찌든 커다란 대들보가 가로놓인 천장이 있다. 서른 대쯤 되는 기계에 손님은 일고여덟 명뿐이었다.

 첫 번째 기계에서 바로 히카리 담배 두 갑을 땄다. 양철에 채색한 오카메 얼굴, 양철로 된 선명한 후지산 위에서 작은 바퀴가 빙글빙글 돌아간다. 구슬이 그곳을 지나간 뒤에도 바퀴는 여전히 돌고 있다. 나는 왠지 그 뒤에 아주 작은 생쥐가 한 마리씩 살고 있는 것 같은 기분이 들었다. …… 얼마 안 있어 구슬이 양철 부채 뒤로 갑자기 몸을 숨긴다. 신호를 보내는 벨 소리, 기세 좋게 쏟아져 나오는 구슬.

 하지만 누군가 걱정이 되어 뒤에서 조정을 했는지, 그 기계는 더 이상 전혀 운이 없었다. 나는 경품인 히카리를 받으러 갔고, 또 하고 싶어져 구슬을 사서, 운이 좋을 것 같은 기계를 골라 그 앞으로 갔다. 운이 좋을 것 같은 기계는 왠지 감으로 알 수 있다.

 그때 옆자리 기계에 열심히 매달려 있는 한 여학생의 모습이 눈에 들어왔다. 처음 눈에 띈 것은 요즘 보기 드문 땋아 내린 머리 모양이었다. 윤기 있는 검은 머리를 단단히 땋아 묶은 머리끈은 한쪽은 늘어뜨려져 있고, 다른 한쪽은 무슨 표식처럼 어깨 위에 둥글게 걸쳐져 있다.

그녀는 수수하지만 브러시로 잘 손질된 감색 외투를 입고, 홍백의 얼룩무늬 목도리 아래로 세일러복을 드러내고 있었다. 대개 소녀의 뒷목덜미는 보송보송한 솜털로 덮여 있어 생쥐 같은 느낌을 주지만, 그녀의 살갗은 귀에서 목덜미까지 눈이 번쩍 뜨일 만큼 하얗다.

하지만 내가 얼굴을 엿보려는 호기심이 생긴 첫 번째 이유는 분명 요즘 보기 드문 그 땋은 머리였다 해도 좋을 것이다.

나는 파친코의 핸들을 튕기며 곁눈으로 그녀의 옆얼굴을 훔쳐보았다.

'어, 죽은 여동생이다.'

그 순간, 나는 그렇게 생각했다.

그 인상은 묘했다. 찬찬히 보니, 소녀는 그다지 여동생과 닮지는 않았다. 눈썹이 조금 짙은 것도, 둥근 얼굴의 보조개도 (아마도 그 보조개는 파친코에 열중해 힘주어 입을 다문 탓에 나타났을 것이다), 귀여운 코도, 커다란 눈도, 딱히 여동생을 닮은 건 아니었다. 아마도 여동생이 죽었을 때의 나이와 비슷한 또래 소녀를 보면, 곧바로 여동생을 떠올리는 버릇이 그 무렵의 내게 남아 있어서일 것이다.

나는 이번에는 눈길을 돌려 핸들을 튕기고 있는 소녀의 손가락을 보았다.

손가락은 왠지 '꿈결 같은' 듯한 모습을 하고 있었다. 그다지 가늘지 않고 오히려 조금 투박하고 물에 불은 듯한 손가락이었지만, 핸들에 걸쳐진 엄지와 그 아래 네 손가락의 표정이 마치 무의식적으로 움직이는 듯한 명한 상쾌를 나타내고 있다. 손가락에 힘을 줄 때는 마치 그 손가락이 뭔가에 강요받는 듯한 모습으로 핸들을 누르는 것이었다.

나는 그 손가락의 움직임에 마음을 빼앗겼다. 아무리 구슬을 넣어도 전부 허탕으로 끝났다. 하지만 소녀는 구슬 상자에 산더미처럼 구슬을 가지고 있어, 기계적으로 하나씩 오른쪽 구멍에 넣고는 기계적으로 손가락을 움직이고 있었다. 문득 그 손가락이 누군가에게 보여지고 있다는 것을 의식한 듯, 부자연스러운 기색을 띠기 시작한 것을 나는 알아차렸다.

정신을 차리고 눈을 들었다. 소녀가 나를 가만히 보고 있었던 것이다.

그녀는 웃고 있었다. 눈은 웃지 않는다. 그런 인상적인 눈을 나는 처음 보았다. 크고 검은 눈동자가 나를 가만히 지켜보고 있었는데, 그것은 외국인의 시선처럼 뭔가 이해하기 힘든 별개의 감정이 움직이고 있는 듯한 눈이었다. 하지만 맞은편의 눈은 분명 내 감정을 꿰뚫고 있고, 검은 불꽃을 뿜으며 모조리 태워버리려는, 뭐라 형용할 수 없는 눈이었다. 동그랗고 탐스러운 얼굴과 미소는 내게 잘 익은 오렌지를 떠올리게 했다.

나는 혀가 꼬여버렸다.

"어떻게 하는지 가르쳐줄까요?"

소녀는 말없이 고개를 크게 끄덕였다. 그렇게 크게 끄덕이는 모습이 마치 중대한 의견에 찬성하는 것처럼 보여 우스웠다. 그것이 내 마음을 편하게 했다.

"이렇게 하는 거예요. 먼저 기계 앞에 가서 핸들 밑에 네 손가락을 갖다 대고 엄지로 핸들을 눌러요. 그렇게 해서 들어가면 되는 거고, 안 들어가면 이번에는 밑에 댄 손가락 중 하나를 빼고 세 손가락으로 해봐요. 그렇게 하나씩 줄여가다가 들어가는 데서 멈추면 돼요. 요령은 엄지가 아닌 네 손가락을 어떻게 조절하느냐예요."

"이렇게?"

그녀는 어린아이처럼 내가 말한 대로 해보았다. 그러자 핸들 밑의 손가락이 세 개가 되었을 때, 멋지게 구슬이 흘러나왔다. 한 번 더 하자, 또 나왔다.

그녀는 그다지 즐거워하는 얼굴도 아니었다. 그리고 구슬이 그 정도 나오자 더는 미련 없다는 표정으로, 마치 화장대의 거울 앞을 떠나는 여자처럼 파친코 유리 앞에서 일어났다.

'어, 나한테 인사도 없이 갈 모양이네.'

그렇게 생각하며 나는 두 손에 구슬을 담고 출구 쪽으로 가는 그녀의 뒷모습을 바라보았다. 경품 창구에서 그녀는 고개를 숙이고 뭔가를 말하고 있었다. 곧이어 그 손이 히카리 한 갑을 받아들더니, 무척 기쁜 듯한 얼굴로 내 쪽으로 돌아왔다.

"이거, 드릴게요. 정말 고마워요."

"괜찮아요?"

나는 받는 걸 거부하지 않는 성격이다. 히카리를 호주머니에 넣고, "안녕" 하고 가버릴 것 같은 소녀의 얼굴을 바라보았다. 소녀는 아무 말도 없다. 가만히 그곳을 떠나지 않는 것이다. 나는 할 수 없이 다시 파친코 쪽으로 몸을 돌렸다. 전부 허탕으로, 구슬은 하나도 나오지 않는다. 구슬이 다 떨어지자, 손수건을 꺼내 더러워진 손을 닦았다.

그렇게 해서 두 사람은 나란히 파친코 가게를 나오게 되었다. 나는 내심 무척 기뻤기 때문에 어깨를 나란히 하며 그녀의 얼굴을 보지 않고 걸었다.

나는 지금까지 이런 경험을 한 적이 없었다. 얼마쯤 걸어가자, 소녀가 내 팔에 매달렸다. 그것은 너무도 자연스러워, 그런 동작이 나를 조금도 놀라게 하지 않았을 정도였다.

'이상해. 이 여자애, 너무 순진한 건가? 아니면 어린아이인 척하는 창녀일까?'

교차로에서 멈춰 섰을 때, 소녀는 공중의 전광판 뉴스를 열심히 보고 있어, 신호가 파란불이 되어도 내가 재촉할 때까지 움직이려고 하지 않았다.

우리는 어디를 향해 걸은 것도 아니다. 소녀는 말없이 따라올 뿐이다. 가끔 길모퉁이에서 강아지가 쫓아와 계속 따라올 때가 있는데, 이 소녀가 꼭 그랬다.

나는 천천히 사정을 들어보고 싶은 유혹을 느꼈다. 상대가 어떤 종류의 여자이든, 이쪽은 일개 학생이고, 가진 게 없는 자는 빼앗길 걱정을 하지 않아도 된다.

"배 안 고파요?" 하고 나는 물었다.

"네, 조금 고파요."

소녀는 희미하게 웃었다. 그 웃음에 조금도 천박함이 없는 것이 내 마음에 들었다.

나는 유라쿠초 역 앞 북적이는 거리 한 모퉁이에 있는 학생들이 가는 레스토랑에 들어갔다. 그리고 소녀의 주문을 듣고, 치킨라이스 둘을 주문했다. 치킨라이스라니, 귀여운 저녁밥이잖아? 그녀는 얌전히, 이따금 내 눈을 쳐다보며 밥을 먹었다.

나는 아무리 생각해도 이 소녀의 마음을 모르겠다. 듣고 있는 너도 모르겠지만. 우선, 옷차림은 수수해도, 어쩌다 만난 사람에게 밥을 얻어먹어야 할 정도로 가난한 느낌은 전혀 없다.

"넌 이름이 뭐야?"

나는 이름부터 먼저 물었다.

"간다 교코."

"넌 지나가다 만난 남자 아무하고나 사귀는 거야?"

이 질문은 조금 실례였지만, 그녀는 조금도 개의치 않는 것처럼 보였다.

"아니, 너하고만 그래."

"고마워." ── 나는 장난스러운 표정을 지어 보일 여유가 생겼다. "근데…… 난, 별로 특징도 없고, 왜 내가 아니면 안 되는 거지? 알 수가 없네."

교코는 희고 귀여운 목을 젖히고 컵의 물을 마셨다.

"왜냐하면 널 봤을 때, 난 이 사람이구나 하는 생각이 들었어. 전부터 몇 번이나 네 꿈을 꾼 적이 있어. 꿈속의 사람이랑 꼭 닮았거든, 네가. …… 오늘이 히나마쓰리지? 우리 집에선 오래된 히나 인형을 장식하고 시로자케*를 마셔. 집에는 엄마와 나뿐이야. 엄마가 오늘 아침에 히나단을 보면서 이렇게 말했어. '넌 정말 예쁜 여자 히나인데 남자 히나가 없구나'라고."

"흐음." ── 나는 점점 흥미로워졌다.

"그래서 난 이렇게 말했어.

'괜찮아. 내가 남자 히나를 찾아올 테니까.'라고.

---

* 히나마쓰리 때 마시는 술로, 흰 색의 달콤한 맛이다.

'그래. 찾아오렴. 안 그러면 히나마쓰리를 못 하니까.'

'저녁때까지 찾아올 테니까 기다리고 있어.'

'그래. 빨리 찾을 수 있도록 히나 님에게 기도하고 있을게.'

'엄마, 사실 난 전부터 꿈속에서 보는 사람이 있어. 오늘은 꼭 그 사람을 만날 것 같거든.'

'어떤 사람인데?'

'정말 좋아 보이는 사람이야. 분명 엄마도 마음에 들 거야.'

'기대되는구나. 어서 찾아오렴.'

그래서 난 오늘 도쿄까지 온 거야."

"도쿄까지라니, 집이 도쿄가 아니야?"

"도쿄도이긴 한데, 기타타마군(郡)이야."

"정말? 멀구나. 거기서 너 혼자 자주 와?"

"영화 같은 거 보러 나와."

"친구는 없어?"

"친구 같은 건 하나도 없어."

이 단언에는 일말의 감상(感傷)도 없어, 그것이 당연하다고 여기는 말투였다.

나는 놀라면서 그녀의 이야기를 홀린 듯이 들었다. 자동차 경적 소리도, 파친코 가게의 확성기에서 흘러나오는 유행가도, 그 이야기를 듣는 동안 전혀 귀에 들어오지 않았다. 그뿐만이 아니다. 가게 안에서 흘러나오는 재즈 레코드까지도 완전히 내 귓전을 그냥 스쳐 지나간 것이다. 쥐 죽은 듯, 가게 안에는 우리 둘뿐인 듯한 느낌이었다.

그런 이야기를 하는 동안, 그녀는 치킨라이스 접시를 깨끗이 비웠다. 그리고 아직 3분의 1쯤 남아 있는 내 접시를 보며 물었다.

"안 먹어?"

밥을 먹고 나서 우리가 어떻게 했을 것 같아? 당연한 이야기이지만, 나는 그녀의 말대로 기타타마군인지 하는 곳에 있다는 집까지 따라갔다.

무사시코가네이 역은 미타카 역에서 두 정거장을 더 간다. 주오선을 타고 가는 긴 시간 동안, 나는 교코를 찬찬히 관찰할 수 있었다. 러시아워여서 나카노, 오기쿠보 근처까지는 무척 붐비는 바람에, 그녀는 손잡이를 잡고 있던 내 몸에 간신히 매달린 채, 흔들릴 때마다 내 외투 깃을 잡아당겼다.

사랑에 빠진 소녀는 이런 태연한 표정을 짓지 않는다는 것은 나도 알고 있다. 그녀는 말없이, 삼나무 무늬가 그려진 내 외투 천을 신기하다는 듯이 바라보고 있었다. 키는 딱 내 어깨쯤이었다. 그러다가 손가락으로 무늬의 결을 따라 그려보기도 하고, 그러다가 손을 뻗어 내 학교 배지를 만져보기도 했다. 그녀는 나를 나무처럼 다루었던 것이다.

"이 J라는 휘장은 뭐야?"

"법률이야."

"법률? 흠, 대단하네."

그렇게 말하는 말투가 무덤덤하다. 두 사람은 창밖에서 가까이 다가오는 신주쿠 거리의 가로등 불빛을 보았다.

나는 전차가 그 불빛 한가운데서 멈추고, 발차하고, 또다시 그 불빛의 낙원에서 멀어져가는 것이 오늘밤에는 묘하게 느껴졌다. 타고 있는 전차가 마치 배 같은 느낌이 들었다. 미지를 향해 나아가는 기분은 언제나 항해를 떠올리게 하는 법이다.

자리가 비어서 두 사람은 앉았다. 더는 할 이야기가 없었다. 여기서 더 말하려고 하면, 신상에 관한 이야기나 심문, 어느 한쪽이 되어버린다.

교코도 나도 정면을 바라보며 서로 몸을 기대고 있었다. 내 얼굴이 남자 히나에 어울린다고는 전혀 생각하지 않았지만, 나는 마치 한 쌍의 히나 인형이 솜에 싸여 상자 속에 들어 있는 것 같다는 생각이 들어 우스웠다.

무사시코가네이 역에서 내리자, 마을은 아주 작아 곧바로 어두운 들길로 접어들었다. 나는 교코가 걷는 대로 따라 걸었다. 발소리는 나만 났는데, 하필이면 산 지 얼마 안 된 학생 구두여서 도심의 거리를 걸을 때는 그다지 귀에 거슬리지 않지만, 이런 한적하고 어두운 길에서는 따각따각 소리가 무섭도록 크다. 나는 교코의 발소리가 전혀 나지 않는다는 것을 깨달았다. 이 발견은 나를 순간 오싹하게 했다. 하지만 이유는 별것도 아니었다. 그때서야 알았는데, 그녀는 고무 밑창의 운동화를 신고 있었던 것이다.

그 두 발이 어두운 길 위에서 소리도 없이 가볍게 움직이는 모습이 하얀 밤나비 한 쌍처럼 보였다.

밤은 추웠다. 나는 외투 깃을 세우고 걸었다. 길 양옆에는 무사시노의 흔적인 느티나무 가로수가 줄지어 있고, 그 길이 끝나자, 잘 일구어진 부드러운 검은 흙이 울퉁불퉁 끝없이 이어지는 밭이 펼쳐졌다. 밤하늘은 옅은 구름으로 뒤덮이고, 달은 아직 뜨지 않았다. 멀리 낮은 숲 그림자가 이어져 있는 것이 어렴풋이 보일 뿐이었다.

자전거의 불빛이 흔들흔들 다가왔다.

타고 있는 젊은이가 몸을 기울여 우리를 힐끗 보며 지나갔다.

그 불빛이 우리의 외투를 비추었을 때, 나는 처음으로 뭔지 모를 일종의 색정에 가까운 것을 느꼈다. 그때까지의 과정은 너무도 비현실적이어서, 색정이니 연정이니 하는 것과는 거리가 멀었지만, 자전거 헤드라이트의 별것 아닌 불빛이 갑자기 우리 둘이 걷는 것을 현실적으로 만든 것이다.

그래서 입맞춤이라도 했냐고, 너는 놀리고 싶겠지. 인적은 드물고 길은 어두워, 입맞춤쯤은 아무것도 아니었다. 하지만, 하지 않았다. 나는 겨우 그녀의 손을 잡았을 뿐이었다. 손은 정말 작고, 부드럽고, 또 지독히 차가웠다.

나는 내가 대담하다는 생각은 전혀 하지 않았다. 처음 만난 여자에게 이끌려 이런 외딴곳까지 따라오고도, 아무렇지도 않다는 것은 조금은 대담한 부류에 속할 것이 틀림없다. 하지만 나는 그 모든 것이 자연스럽게 느껴졌고, 마취에 걸린 것처럼 아무 생각도 들지 않았다.

교코는 길을 왼쪽으로 돌고, 또 오른쪽으로 돌았다. 묘지와 대숲 옆을 지날 때, 그녀는 무섭다는 듯이 내 손을 꼭 잡았다.

이윽고 높은 생울타리 옆을 빠져나오자, 조용한 물소리가 들렸다.

"여긴 어디야?" 하고 나는 물었다.

"둑이야. 저 가로수는 유명한 벚나무 가로수야."

과연 먹을 듬뿍 묻혀 그린 듯한 커다란 벚나무 고목이 아직 앙상한 가지인 채로 길보다 반 미터쯤 높은 둑 위에 줄지어 있었다.

"저기가 집이야!"

교코가 새된 목소리로 외쳤다. 성긴 생울타리 사이로 불빛이 새어 나오고 있었다.

"정원으로 들어가서 놀라게 해줄까?"

생울타리 앞까지 오자, 그녀는 우스꽝스러울 정도로 소리를 죽이며 말했다. 그리고 내 손을 잡고 생울타리 한쪽 모퉁이의 사립문을 열고 정원으로 들어갔다. 정원은 2백 평쯤 될까. 나무는 많지 않고 마른 풀이 그대로 엎드려그 있다. 군데군데 얼룩조릿대가 자라 있는데, 집 가까운 곳의 얼룩조릿대는 석조(石槽) 주변으로 더한층 높이 자라, 방 안의 불빛을 희미하게 받고 있다. 그 옆에는 늙은 홍매화 한 그루가 꽃을 띄엄띄엄 피우고 있는 것이 보였다.

불이 켜진 실내는 유리문을 통해 잘 보였다. 3조 정도 크기의 방에 커다란 히나단이 꾸며져 있고, 주홍색 펠트 천과, 황궁 히나 한 쌍의 금관 장식인 듯한 금빛이 살짝 흔들리는 것이, 정원에서 바라보니 선명하게 아름답다.

몸집이 작은 초로의 여인이 화로에 고개를 숙인 채 앉아 있었다. 다다미 위에 잡지 같은 것을 펼쳐놓고, 손을 쬐면서 읽고 있는 것 같다.

쿄코는 흰색 운동화를 신고 춤을 추듯 통통 뛰면서 유리문 앞까지 가더니, 갑자기 유리를 손바닥으로 깨뜨릴 듯한 소리를 내며 두드렸다.

자그마한 할머니가 용수철이 튀듯 일어나는 것이 밖에서도 보였다.

쿄코는 기쁜 듯이 큰 소리로 말했다.

"엄마, 찾아왔어!"

나는 그곳으로 가기가 쑥스러웠다. 나 자신이 찬장 구석 어딘가에 오랫동안 숨겨져 있다가 오늘밤 저 통통한 손가락으로 끄집어내어진 펜나이프나 지갑, 귀한 쟁반 같은 것이 되어버린 듯한 기분이 들었던 것이다.

간다네 집에서 보낸 히나마쓰리의 밤은, 내가 태어난 후로 이토록 히나마쓰리다운 밤을 맛본 것은 처음이었을 만큼 완벽했다. 바깥은 고요했다. 귀를 기울이면, 간신히 멀리서 전철 소리가 들리는 정도였다.

방 안의 불빛은 지나치게 밝아, 히나단을 앞에 두고 앉은 손님에게는 너무 쑥스러울 정도였다. 나는 내 가슴에 반짝이고 있는 금색 단추가 이상하게 쑥스럽게 느껴졌다. 똑바로 공손하게 앉았다.

"잘 오셨어요."

교코의 어머니는 깊이 머리 숙여 인사했다. 내가 머리를 들어 올리니, 맞은편의 머리는 아직도 다다미방에 엎드려 있었다.

이 집은 모든 것이 왠지 모르게 점잖은 척, 호들갑스레 예의를 차리며 행해졌다. 교코는 어머니를 도우려고 함께 부엌으로 갔다. 나는 잠시 그 다다미방에 혼자 남겨졌.

불빛에 비쳐 환히 드러난 히나단은 아름다웠다. 그 히나인형 세트는 오래된 유서 깊은 물건이다. 무엇보다, 히나의 얼굴에 기품이 있다.

맨 위 단의 인형 뒤에는 작은 금색 병풍이 쳐져 있는데, 병풍의 금속 장식까지 매우 정교하게 세공되어 있어, 요즘 만든 싸구려 물건이 아니다. 하늘거리는 불꽃을 비단 속에 감싼 등롱도 그렇다. 세 명의 궁녀도, 오른쪽 귤나무, 왼쪽 벚나무의 정교한 꽃도, 다섯 명의 악기 연주자도, 하인도, 전부 제대로 된 고풍스러운 세공이다. 하인의 우스꽝스러운 외모는 두루마리 그림에 나오는 서민의 얼굴을 그대로 본떠 놓았다.

떡은 굽 달린 금박 칠기 그릇에 담겨 있고, 시로자케는 금박 문양이 그려진 한 쌍의 작은 유리병에 들어 있었다. 향수병 크기만 한 병이었다. 그중에서도 특히 놀란 것은 도구들의 세공이 정교하고 종류가 다양한 것인데, 문이 달린 옷장, 책 상자, 궤짝, 수레, 화로 등 모든 것이 궁정풍의 금박 칠기였다. 그리고 맨 아래 단에는 다양한 옛 기메코미 인형, 고쇼 인형, 상아로 만든 호랑이와 사자로 꾸며져 있었다.

"많이 기다리셨죠?"

교코의 어머니가 밥상을 들고 들어왔다. 그 뒤를 따라 교코도 진지한 표정으로 밥상을 들고 와서 내 옆의 방석에 앉아 가져온 상을 자기 앞에 놓았다.

나는 굉장히 놀랐다. 두 사람이 가져온 밥상이 어처구니가 없을 만큼 작았던 것이다.

그것은 과장해서 말하면, 재떨이만 한 크기의 밥상으로, 상에 놓인 음식 또한 핀셋으로 만들었나 싶을 정도의 요리였다. 상 위에는 버섯이 국그릇도 있고 밥공기도 있었다. 그릇 뚜껑을 여니, 담홍색의 아주 작은 밀과자 조각, 당면 서너 줄기, 파드득나물 잎 하나가 떠 있었다.

나는 손을 대기가 어려워 난처했다.

교코는 힐끗 나를 보더니 웃으며 말했다.

"시로자케는 어때?"

"그래. 시로자케가 좋겠구나" 하고 어머니도 말했다.

우리의 밥상 위에는, 눈 안에도 들어갈 것 같은 작은 나무 술잔이 놓여 있었다.

부엌으로 간 어머니가 붓통 같은 것을 가져왔다. 붓통처럼 생긴 것은 자루가 긴 작은 술주전자였다. 그리고 그 주둥이에는 홍백색 종이로 접은 나비가 금색 은색의 끈으로 매여 있었다.

내가 우물쭈물하며 잔을 내밀자, 시로자케가 한두 방울 또르르 떨어지더니 술잔이 채워졌다.

"자, 쭉 다 마셔요. 어서."

진지한 얼굴로 어머니가 권하는 바람에 단숨에 잔을 비운 나는 술잔을 통째로 삼킬 뻔했다.

시로자케가 연거푸 따라지고, 술주전자가 금세 비는 바람에, 어머니는 몇 번이나 그것을 채우러 일어났다. 참 일을 번

거롭게 하는구나 싶었지만, 남의 집이니 가만히 있을 수밖에 없다.

얼마쯤 있다가 교코가 말했다.

"아, 취했나 봐. 기분 좋아."

"꽤 마셨으니까. 무리도 아니지."

"나, 빨개?"

"아니, 안 빨개. 불빛에 비쳐 반짝반짝 히나처럼 예뻐."

"엄마, 나 졸려."

교코는 내가 옆에 있다는 것도 잊은 듯 어리광 섞인 목소리가 되었다. 몸을 비틀며 나른한 듯 앉아 있는 다리는 주름이 많은 스커트에 꼼꼼히 싸여 있었다.

"졸리면 가서 자렴."

"그만 실례하고 자러 갈까."

"괜찮겠어요? 얘는 정말 철부지라서."

어머니가 나를 보며 그렇게 말했다. 전혀 취하지 않았고 또 취할 리도 없었지만, 나는 왠지 그 자리의 분위기 때문에 마치 술에 취한 듯한 기분이었다. 히나단 위의 등롱 불빛이 내 눈에 번져 보였다.

"전 괜찮습니다."

"자, 그럼 일어나, 교코. 잠옷은 저기서 갈아입으면 되니까."

"그럼 쉬어, 오빠."

교코는 처음으로 나를 그렇게 부르더니 살짝 몸을 돌리며 일어섰다.

"오빠, 그럼 먼저 실례할게."

──두 사람이 가버리자, 나는 문득 정신이 들었다.

'먼저 실례할게'라니, 대체 무슨 말이지?

나는 딸을 재우고 돌아온 어머니에게 작별 인사를 했다. 어머니는 어떻게든 가지 못하게 한다. 이제 전철이 끊겼다고 한다. 하지만 시간은 아직 열 시였다.

나와 어머니는 오래 실랑이를 벌였다. 우리 집은 무단으로 집을 비우는 게 곤란했다. 하지만 거절하고 있는 내 눈이, 꺼져가는 등롱의 불빛에 흔들리고 있는 황궁 히나를 보자, 마음이 꺾였다. 나는 그 땋아 내린 머리를 생각하며, 지금까지 없었던 묘한 기분이 들었다.

"그럼 오늘밤은 신세를 지겠습니다."

학생답게 예의 바르게 말했다. 내가 잘 방은 물론 별실이 틀림없다. 거기서 땋은 머리 소녀의 환영을 보며 천천히 잠들어야지.

어머니가 잠옷을 가져왔다. 나는 권해주는 대로 그것으로 갈아입었다.

그 사이에 어머니는 히나단의 등롱의 초가 다 타자, 새 초에 불을 붙였다. 그리고 다른쪽 등롱의 불은 불어서 껐다.

불어서 끄려면 발돋움을 해야 할 정도로 키가 작았다. 그녀는 불을 붙인 등롱을 들고 잠옷 차림의 나를 안내하러 복도로 나갔다. 복도는 쌀쌀했다. 맨 끝 방의 미닫이문을 열자, 어둠 속에서 묘한 달콤한 냄새가 났다.

"들어가요."

그녀가 말했다.

화려한 무늬의 비단 이불을 깔아놓은 바닥에 하얀 베개가 보였다. 어머니는 등롱을 베개 쪽으로 가져갔다. 그러자 그 맞은편에 또 하나의 베개가 보이고, 그 베개에 누워 있는 윤기 나는 많은 머리가 보였다.

나는 숨을 멈췄다.

뒤돌아본 얼굴은 작은 등롱의 불빛 속에서 웃고 있었다. 그리고 말없이 이불을 걷어 올리며 내게 들어오도록 권했다. 희미한 불빛에 어렴풋이 소녀의 가슴이 보였다. 교코는 알몸이었다.

보통 동정과 처녀는 동침을 해도 완전한 행위에는 이르지 못하는 법이다. 그날 밤, 동정인 내가 그렇게 도취한 것은 불쾌한 결말을 이끌 수밖에 없었을 것이다. 하지만 기적이나 있을 수 없는 일이 일어나기에 그토록 어울리는 밤은 없었고, 그것을 생각하면 나는 아무 말도 할 수가 없다.

이튿날 아침은 옅은 안개가 끼어 있었다. 그녀는 둑을 따라 나를 배웅하다가 결국 역까지 따라왔다. 그동안 둘은 말이 없었다. 개찰구에서 헤어질 때, 교코가 무슨 말을 했다고 생각하나.

"잘 다녀와요."

그렇게 말한 것이다. 그리고 그 검은 불꽃 같은 눈동자로 나를 가만히 바라보며 손을 잡았다.

*

나는 다시는 히나의 집을 찾지 않았다.

두려워서였을까? 하룻밤의 환영을 현실로 만드는 것이 싫어서였을까? 어쨌든 마지막까지 내게는 불가해한 것뿐이었기에, 그 불가해한 것을 소중히 간직하고 싶어서였을까? 아마도 가장 그럴듯한 설명이라면, 그 하룻밤이 평범한 동정의 남자가 보내는 첫날밤으로는 더할 나위가 없다고 생각했기 때문이다.

초여름에, 나는 현실적인 여자 하나를 알았다. 가을 중순에, 나는 그 여자에게 버림받았다.

그때, 견디기 힘든 충동이 나를 덮쳤다. 미친 듯한 걸음으로 집을 나가, 주오선 밤 전차를 탔다. 무사시코가네이 역에서 내렸다.

달 밝은 가을밤으로, 그날 밤 교코와 걸었던 길은 벌레 소리로 가득했다. 달은 무수한 나무 그림자를 기괴한 형태로 길 위에 그리고 있었다. 거의 뛰다시피 하듯 나는 서둘러 갔다. 그 때문에 꺾어야 할 길을 착각한 것 같다. 아무리 걸어도, 그 생울타리도, 물소리가 들리는 둑으로 나가는 네거리도 보이지 않았다.

약방 겸 잡화점 겸 담배 가게처럼 보이는 시골 가게 하나가 아직 열려 있어, 계산대에 뚱하게 앉아 있는 가게 주인에게 간다네 집이 어디인지 물었다.

"아, 그 미친 모녀가 사는 집 말인가?"

주인은 뚱한 얼굴에 어울리지 않는 서글서글한 콧소리로 말했다.

"미친 사람이라고요? 교코가 그 집 딸 이름인데요."

"그래. 딸도 엄마도 얌전한 미치광이인데, 색광이야. 이혼한 남편이 보내주는 돈으로 저렇게 아무것도 안 하고 지내지. 잘 모르는 사람은 미치광이라는 생각은 못 하는데, 남자를 몇 명이나 끌어들였는지 몰라. 한때는 꽤 소문이 자자했지. 그런데 요즘은 아무도 떠드는 사람이 없어. 소문내는 사람이 지친 거지. 게다가 지난 반년 동안은 남자 얘기도 안 들리고. 어떻게 살고 있는지 호기심에 보러 가는 사람도 아무도 없고 말이야."

나는 충격으로 새파래졌다. 길을 묻고는, 제대로 인사도 하지 않은 채 가게를 떠났다.

갈까 말까, 얼마를 망설였을까. 너도 상상이 가겠지. 하지만 망설이며 걷는 사이에 나는 희미한 물소리를 들었다. 둑길로 나온 것이다.

간다네 집은 바로 가까이에 있었다. 가을이라 생울타리는 그때만큼 성기지는 않았지만, 내 발걸음을 따라 불빛이 언뜻언뜻 새어나왔다. 나는 사립문 앞에 섰다. 문을 밀자 쉽게 열렸고, 가을 풀과 벌레 소리로 가득한 황폐해진 정원이 눈앞에 펼쳐졌다.

그때 똑같은 위치에서 내 눈에 들어온 것이 있다. 붉은 것과 반짝반짝 빛나는 것이다. 유리문 안에 그것이 또렷이 보인다. 히나단이 그날 밤과 똑같이 꾸며져 있었던 것이다.

한가을에 히나마쓰리를 하는 집이 어디 있냐고, 너는 웃겠지. 하지만 미치광이라면 한여름에도 히나마쓰리를 할 권리가 있는 것이다.

나는 한 곳을 뚫어지게 바라보았다.

그때와 똑같은 세일러복의 소녀와, 작은 몸집의 어머니가 마주 앉아 있었다. 그 소녀의 옆에 내가 있었을 때와 똑같은 모습, 똑같은 위치, 똑같은 방향으로 앉아 있는 것이다. 그 맞은편에는 눈이 번쩍 뜨일 것 같은 주홍빛 펠트 천 위에, 황궁 히나의 금빛 장신구가 반짝이며 흔들리고 있다. 그리고 내 귀는 가을의 벌레 소리로 가득했다.

나는 한참을 그렇게 있었다. 모녀는 꼼짝도 하지 않았다. 마치 목각인형 같았다. 그리고 만약 내가 말을 걸면, 그들이 진짜 목각인형으로 변해버리지는 않을까 하는 생각이 들었다. ……

얼마 안 있어 나는 그곳을 떠나 역으로 되돌아갔다.

너는 어떻게 해석할까?

모녀는 내가 그녀를 버린 날부터 매일 밤 저렇게 나를 기다리고 있었던 게 아닐까? 남자 히나가 돌아올 때까지, 여자 히나는 가을이 되어도 히나마쓰리를 멈출 수 없었던 게 아닐까?

너는 이것이 감미로운 생각이라고 말할까? 대개 감미로운 이야기에는 감미로운 생각이 따르는 건 어쩔 수 없다. 만약 광기라는 것이 이토록 감미로운 이야기를 낳는다면, 제정신인 우리는 제정신으로는 생각할 수 없는 감미로운 공상을 그것에 헌사해야만 하지 않을까?

아니면 너는, 내 이야기가 터무니없는 거짓이라고 말하는 건 아니겠지.

표

1

이 근처 상점 연합회는 한 달에 한 번 상점 주인들이 모여 월례회를 연다. 상공연합중앙금고의 지점장을 불러 금융 이야기를 듣기도 한다. 다 같이 하코네로 버스 여행을 갔다 와서 그때 찍은 8밀리 컬러 필름 상영회를 열기도 한다. 모임 장소는 주로 회원 중 하나인 도모에 스시 집의 이층이다.

오늘 월례회는 가을 축제에 대해 의논하기 위해서다. 경찰은 제례용 가마를 내보내는 것에 반대했는데, 그 구역이 매년 차량 통행이 늘어 수습 못 할 사태가 예상되기도 하고, 또 정작 동네 청년들이 가마를 메려 하지 않아, 그들 대신 불량배들이 끼어들어 말썽을 일으킨다는 것이다. 하지만 신사(神社) 쪽은 올해가 정식 제례여서 꼭 가마를 내고 싶어 한다.

무슨 일이 있어도 가마를 내보내라고 주장하는 쪽은 히사고야 술집 주인으로, 이 모임에서는 히사고야 씨로 불린다. 강하게 반대하는 쪽은 혼다 카메라점 주인으로, 이 모임에서는 혼다카메 씨로 불린다. 여기서는 가게 이름이나 상품명을 줄여서 서로를 부르는 것이 관례다.

"하지만 혼다카메 씨, 당신 물건이 망가질까 봐 가마를 반대하는 건 상가 전체의 번영을 도모한다는 이 모임의 취지에 반하는 거 아니오? 역시 이런 문제는 자기 입장은 잠시 내려놓고 생각해야지."

마쓰야마 센이치로가 그렇게 말했을 때는 이미 술상이 차려져 있었고, 센이치로도 꽤 취해 있었다. 그리고 격한 논쟁이 벌어졌다. 그러나 만사에 중재를 맡고 있는 찻집 주인인 도쿠시마 노인이 이를 수습한 뒤로는, 세금에 대한 푸념이 이어졌는데, 세무서 공무원이 갑자기 찾아와 젊은 사람들의 가죽점퍼까지 조사하며 어디에 필요해서 이런 걸 샀느냐고 따졌다는 둥, 세금을 낼 바에야 첩을 두는 게 낫겠다는 둥, 여느 때처럼 잡담으로 이어졌다. 그때쯤에는 술자리가 꽤 어수선해져, 가마 문제는 다음 달로 미뤄지게 되었다.

마쓰야마 센이치로는 양복점 주인으로, 마쓰테이 씨로 불린다. 장인(匠人)도 세 명을 두었고, 이 근방에서 학생이 취직하면 대개 마쓰야마 테일러에서 양복을 맞추는 것이 관례였다.

요즘 센이치로는 술에 만취할 때가 많아졌다. 젊은 손님을 전부 도심의 백화점에 빼앗겼지만, 그렇다고 옛 장인 기질 때문에 이제 와서 작업복 따위를 만들 생각은 없어, 말하자면 동네의 배려로 연합회 중장년 회원들의 옷을 만드는 것이 주된 일이 되었기 때문이다.

그뿐 아니라 엎친 데 덮친 격으로 이래저래 기가 죽을 때가 많다. 몸집도 작은 주제에 취하면 목소리가 커지는데, 성격이 쾌활해 보여도 사실은 스스로 그렇게 꾸미는 데가 있다. 뭔가 대단찮은 일을 외곬으로 깊이 생각하는 경향이 있는 동시에, 허세를 부리고 세간의 시선을 무척 신경 쓴다.

그는 술에 취해 조금 전의 가마 이야기를 다시 꺼냈다.

"히사고야 씨가 가마를 반대하는 이유가 뭔지 듣고 싶군. 깨질 염려가 있는 물건을 비치해두는 혼다카메 씨도 상가 전체의 번영을 생각해서 앞장서 찬성하고 있는데, 신사와 인연도 오래된 히사고야 씨가 강하게 반대한다는 건 도무지 이해할 수가 없어. 뭔가 남한테 말 못 할 사정이 있나 싶은데, 히사고야 씨가 찬성하면 문제는 원만히 해결될 거야."

"아냐, 마쓰테이 씨" 하고 누군가가 쉰 목소리로 말했다.

"당신이 잘못 이해한 거요. 가마를 반대하는 건 혼다카메 씨이고, 히사고야 씨는 처음부터 찬성하고 있잖아?"

"아냐" 하고 센이치로는 고집스레 말했다. "아까- 내가 분명히 듣기로는 히사고야 씨가 반대했고 혼다카메 씨가 찬성했어."

"그 반대야" 하고 찻집 주인 도쿠시마 노인도 말했다. "내가 중재한 내용이라 똑똑히 기억해. 이러면 월례회도 앞으로 회의록을 남겨야겠군. 쓸데없는 논쟁만 늘어서 안 되겠어."

"뭐가 쓸데없는 논쟁이에요?" 하고 센이로는 얼굴이 퍼래져서 말했다. "아까 분명히 히사고야 씨가 반대한다고 들었는데……"

"자, 자, 됐어, 됐어."

이야기는 어느새 흐지부지 끝났지만, 갑자기 격앙했다가 또 갑자기 화해했다가 할 만큼 다들 취해 있었다. 생선 가게의 오니시가 샹송을 불렀다. 약국의 무라코시는 늘 하던 대로 어설픈 마술을 보였다.

도모에 스시는 오래된 건물이라 술자리가 시끌벅적해지면 가게가 삐걱댄다. 자갈을 실은 트럭이 집 앞을 지나갈 때마다 삐걱거렸는데, 그러다 결국 미닫이문이 잘 열리지 않게 되었다. 오래된 구조로, 이층에 방 두 개를 틔워 만든 방은 채광창의 장식 조각이며, 창에 붙어 있는 노인 형상의 부조며, 뒤틀린 도코노마 기둥이며, 어두운 도코노마에 걸린 가쓰 가이슈의 붓글씨며, 또 그 앞에 놓인 포대(布袋) 화상 장식품 같은 것이 전체적으로 시대에 뒤떨어진 모습이다. 하지만 회원들의 의견은 신입 회원인 레스토랑 주인 노구치가 계속 권하는 화려한 서양풍의 자기 가게 이층보다는, 도모에 스시의 이층이 훨씬 편하다는 것이다.

다만 오늘처럼 백중 대매출 시즌이 끝난 뒤의 푹푹 찌는 여름밤에는 냉방 시설이 없는 게 아쉽다면 아쉬운 점이다. 여름이라도 점주답게 다들 잘 차려입은 탓에 열심히 부채를 부치고 있어, 취할수록 땀이 쉬지 않고 흘러내린다.

"이쯤에서 여러분" 하고 도모에 스시 주인 이데가 말했다. "쫓아낼 마음은 전혀 없지만, 냉방도 없어 죄송하니 자연 냉방도 즐길 겸, 찬 맥주라도 들고 더위 식히러 강가로 가볼까요?"

사실은 이데가 그 말을 꺼냈을 때, 다들 기대하던 것은 다른 것이었다. 그가 새로 들인 8밀리 컬러 영화를 오늘밤에는 꼭 보여줄 거라고 기대하고 있었기 때문이다.

이데는 벌써 다섯 번이나 넌지시 비추며, 다음번 모임은 꼭 시사회가 될 거라고 암시했기 때문에 이렇게 많이 모이곤 했는데, 늘 결정적인 순간에 그는 이렇게 스윽 빠져나간다. 그러면 아무도 자신의 속내를 들키고 싶지 않은 마음에 화를 내면서도 말없이 단념하는 것이다.

"강에 더위를 식히러 간다니……. 연애하는 커플들 놀려댈 나이도 아닌데……."

시시하다는 듯 누가 말했다. 이럴 때는 몇몇이 따로 어울려 근처 술집에 가더라도 단체행동을 거스른 죄책감으로 기분 좋게 취하지도 못하기 때문에, 강에 가기 싫은 사람은 곧장 집으로 가는 수밖에 없다.

주인의 제안에 찬성한 사람들은 저마다, 마시다 남은 맥주병과 삶은 풋콩 바구니를 들고 일어섰다. 뒤늦게 마지못해 일어선 사람들은 바로 집으로 돌아가기로 한 무리였다. 그때, 건너편 방 한구석에서 가장 늦게 일어서는 누군가의 모습이 센이치로의 눈에 띄었다. 지금까지 와 있는 줄 몰랐는데, 시계방 주인인 다니였다.

다니는 서른이 넘은 독신으로, 늘 외눈 안경을 쓰고 시계 뒤판만 들여다보고 있어서인지 살짝 구부정한 장신이지만, 얼굴이 희고 이목구비가 단정해 동네 여자들에게 인기가 있다. 코는 높지만 입매는 빈상이다. 말이 없어 무슨 생각을 하고 있는지 잘 알 수 없는 데가 있다. 마른 팔 때문에 흰 반팔 셔츠의 소맷부리가 유난히 넓어 보인다.

'뻔뻔스럽게 잘도 이런 자리에 왔군.'

센이치로가 그의 모습을 보고 맨 처음 든 생각이다.

남의 아내를 자살하게 만든 주제에 뻔뻔스럽게. 센이치로는 다니가 두 번 다시 자기 앞에 얼굴을 내밀 수 없을 거라고 생각했다. 사건은 이 남자가 남의 아내에게 집적댄 것에서 일어난 것이다. 아내가 갑자기, 유서도 남기지 않고 자살한 것은 이 남자 때문이 분명하다. 이렇다 할 확실한 증거는 없지만 틀림없다.

그러니 오늘밤 이 남자가 이곳에 얼굴을 내밀었다는 것은 참으로 낯짝 두꺼운 짓이다. 그는 절대로 이곳에 있어서는 안 될 인간인 것이다.

그렇게 생각하니, 센이치로의 가슴에는 지금껏 잊고 있던 슬픔의 감정이 부글부글 끓어올랐다. 어떻게 그런 감정을 잊고 있었는지 이해할 수 없었다. 이 남자 때문에 그 순진하고 다정하며 순수한 젊은 도미코가 갑자기 목숨을 끊은 것에 대한 통한은, 이 자리의 누구도 입 밖에 꺼내지는 않았지만, 또다시 센이치로의 마음속에 끓어올랐다.

다만 도미코가 죽은 원인이 이 남자에게 있다는 확실한 증거를 잡지 못하는 것이 답답하다. 그의 직감은 분명히 그것을 알아차렸는데도, 다니는 이렇게 누구에게도 손가락질 받지 않고 살고 있다.

이렇게 마지못해 일어선 것을 보면, 다니도 곧장 집으로 돌아가려는 걸까? 센이치로는 오늘밤을 기회로 어떻게든 다니를 붙잡아 자백을 시키고 싶다는 생각이 들었다.

그는 자신도 강으로 가서 거기서 다니를 추궁해야겠다고 생각했다. 하지만 그런 마음을 먹기도 전에, 회색 바지를 접고 앉아 있던 다니가 그 바지가 힘없이 떠오르듯 일어서더니, 늘 그렇듯 왼쪽 어깨를 살짝 내린 채, 시끌벅적 계단을 내려가는 사람들 틈에 끼어 내려갔다. 센이치로는 왠지 다니가 두 번 일어선 것 같은 기분이 들었다.

2

강가로 가려면, 둑 위를 달리는 찻길을 건너야 한다. 상점가를 빠져나가 그곳으로 가는 동안, 강 위의 넓은 하늘은 보이지만 강은 보이지 않는다.

상가는 인파로 북적대고, 사람 그림자가 뒤섞인 곳을 자동차와 스쿠터가 거침없이 지나간다. 강으로 가는 사람은 혼다, 노구치, 오니시, 무라코시, 이데, 센이치로만 확실하고, 태도가 어정쩡한 사람들은 가는 척하다가 도중에 자기 가게 앞에 이르자 볼일이 생각났다는 듯 얼버무리며 "가보겠습니다" 하고 헤어졌다. 센이치로는 인파 속에서 보였다 가려졌다 하며 따라오는 다니가 자신의 시계방 앞을 이미 지나온 것을 보고 안심했다.

상가를 빠져나오자, 길은 바로 어두워졌다. 대유원지 쪽으로 가는 갈림길 역시 고가 선로 밑의 굴다리가 꽤 어두워, 어둠 속에서 사람들의 나막신 소리가 끊임없이 지면에 울리고 있다.

멀리 강 위의 하늘에는 달이 걸려 있고, 그 주변의 하늘은 물기로 흐릿하다.

센이치로는 다시 유원지 쪽을 뒤돌아보았다. 어두운 굴다리 끝에 일루미네이션으로 장식된 문이 반짝이고 있다. 그리고 문 표면이 꽉 차도록 유령과 요괴를 두드러지게 그린 간판이 달려 있고, 버드나무 가지가 무성하게 늘어진 사이로 '납량 요괴 대회'라는, 글자 하나하나가 도깨비불에 휘감긴 듯한 으스스한 글자가 깜빡이게 장치되어 있다.

센이치로는 문득 바지 호주머니에 손을 넣었다. 집에서 나올 때 신문가게 주인에게 받아 그대로 넣어둔 초대권 열 장이 구겨진 채 손에 느껴졌다.

그의 마음속에 재미있는 계획이 떠올랐다. 이 요괴 대회에 다니를 데려가서 여자 유령이나 목매어 죽은 가짜 시체를 보여주면, 그에게 조금의 양심이라도 남아 있다면, 분명 남들보다는 더 큰 공포와 불안을 보일 게 틀림없다. 그때의 얼굴 표정에서 분명 뭔가를 알아챌 수 있을 거라고 생각한 것이다.

'가짜만 있는 게 아니야. 가짜 유령 속에 섞여 있다가 진짜 도미코의 유령이 나와서 다니한테 실토하게 할지도 모르지.'

센이치로는 순간 그런 생각까지 들었다.

"이봐, 강도 좋지만 요괴 대회에 가볼까. 늘 가고 싶다면서 근처라 언제든 갈 수 있다는 생각에 매년 초대킥을 버리고 말잖아. 혼다카메 씨는 벌써 봤나?" 하고 센이치로가 말했다.

"아니, 아직."

혼다는 내키지 않는다는 듯이 말했다. 이 남자가 내키지 않아 하는 것은 늘 있는 일이고, 결국은 꼭 따라온다.

마술을 좋아하는 약국의 무라코시는 금세 신이 나서 곧장 앞장서서 걸어가며 말했다.

"그거 굿 아이디어네. 어떤 트릭인지 알아내볼까? 규모가 클수록 쉽게 들통나는 법이지."

다니는 애매한 표정으로 서 있었고, 오니시와 노구치, 이데는 다른 사람의 맥주병과 풋콩까지 받아든 채, 그래도 강가에서 달구경 하며 한잔하겠다고 우겼다.

그렇게 따로따로 흩어지려 할 때, 센이치로가 술김에 다니의 팔을 꽉 붙잡았다. 그 팔은 가늘고 힘줄이 불거져 있는데도 묘하게 매끄러워, 센이치로는 그 살갗의 감촉이 몹시 불쾌했다. 호색한의 팔이란 이런 걸까.

게다가 상대는 센이치로보다 훨씬 키가 커서, 팔 위쪽을 잡으려면 손을 뻗어야 한다. 자신에게 그런 볼품없는 꼴을 강요하는 상대의 키도 불쾌하다. 다니는 몹시 말라서, 팔을 꽉 붙잡아도 온몸이 흐늘흐늘 불안정하게 흔들려, 그대로 센이치로가 완력으로 잡아당기면 이쪽으로 쓰러질 것만 같다.

취했지만 얼굴에는 드러나지 않는다. 달빛 아래서 당황한 듯 눈을 움직이지만, 그 시선이 자신의 팔을 붙잡고 있는 센이치로의 얼굴만은 피하고 있다는 것을 알 수 있다.

결국, 유원지로 향하는 굴다리를 지난 것은 혼다, 무라코시, 센이치로, 다니 네 명이었다. 길 위의 인파는 때마침 끊어져, 네 사람의 나막신과 샌들 소리가 크게 울려 퍼졌다.

문 옆 매표소로 달려가려는 혼다의 유카타 소맷자락을 센이치로가 잡아당기며 점잖게 말했다.

"괜찮아. 나한테 초대권이 많이 있어."

개찰구에서 일행을 전부 앞쪽으로 밀며, 센이치로는 후하게 한턱내는 기분으로, 주정뱅이의 묘하게 단호한 손놀림으로 호주머니에서 표 열 장을 꺼내 개찰구 여직원에게 건넸다. 하늘색 겉옷을 입은 통통한 여직원이 먼저 들어간 인원수를 눈대중으로 힐끗 헤아리고는, 남은 초대권을 센이치로에게 돌려주었다.

"자, 이쪽으로, 이쪽으로."

센이치로는 남은 초대권을 호주머니에 구겨 넣으며, 자기 집 정원이라도 안내하듯 큰 소리로 말하며 앞장을 섰다. 앞가슴을 풀어헤친 셔츠 자락이 아직 반쯤 바지 속에 끼워져 있고, 주름진 속옷 셔츠를 볼품없이 휘감고 있다.

여름 동안은 유원지도 밤까지 운영하고 있어, 지지직거리는 레코드의 유행가를 확성기가 밤바람에 흩뿌리고, 빨강 노랑의 꼬마전구가 잔뜩 달린 회전관람차가 천천히 객차를 끌어 올리고 있다. 하지만 그 안에 탄 사람은 몇 안 된다.

요괴 대회 장소는 여기와는 반대쪽으로, 그라운드 건너편에 괴상한 장식을 덕지덕지 붙인, 격납고처럼 생긴 건물의 입구가 보였다.

3

무라코시, 혼다, 센이치로, 다니 순으로 한 사람씩만 들어

갈 수 있는 통로로 들어간다. 다니가 입구에서 잠시 머뭇거리는 모습이 센이치로의 눈에 띄었다. 입구 쪽 대나무 잎끝을 피하려고 얼굴을 돌린 채 큰 키를 뒤로 빼는 듯한 몸짓이 그렇게 보였는지도 모른다. 그때가 센이치로가 다니의 반응을 살피기 위해 처음으로 눈여겨본 때였는데, 그때 다니의 등 뒤로, 삭막하게 펼쳐진 그라운드 저편에, 꼬마전구가 잔뜩 달린 회전관람차가 때마침 선명하고 작은 바람개비처럼 멀리서 또렷이 떠오른 것이 보였다.

통로를 빠져나온 네 사람은 '고찰(古刹)의 요괴'라는 팻말이 붙은 어두침침한 원형의 방으로 나왔다. 먼저 온 관람객도 열 명쯤 있었는데, 여자아이는 억지로 무서워하는 듯한, 쥐어짜 낸 웃음소리를 내고 있었다. 하지만 서로의 얼굴이 보이지 않을 정도로 어둡다.

정면에 큰 불상이 앉아 있어, 그 목과 팔다리가 흔들흔들 움직이는데, 목이 이쪽을 향하면 눈이 번쩍번쩍 빛을 발하는 것이 마치 회전식 등대 같다. 장내에는 확성기로 끊임없이 사람의 비명소리와 피리 소리, 연극 무대의 둥둥 울리는 북소리 따위가 흐르고 있다.

"시시한 장난감이군, 기계장치인 게 이렇게 뻔한데."

무라코시의 목소리다.

통로는 불상 앞에서 복도를 돌게 되어 있는데, 그 한쪽 구역에 주변을 대숲으로 그럴듯하게 둘러싸고, 그 안쪽 외딴집에 사는 노파의 모습이 떠오르는 장치가 있다. 순식간에 그것은 머리를 빗는 오이와*의 모습으로 변한다. 그러다가 또 목을 맨 여자의 모습으로 변한다. 네 사람은 이 세 가지 모습의 변화를 세 번 네 번 거듭해서 보았다.

"분명 흔한 거울 장치이긴 한데, 각각의 거울 각도가 어떻게 되어 있는 거지?"

무라코시는 계속해서 따져보았다. 대숲 속에 얼굴을 들이밀고 뒤쪽 구조를 살펴보려고 했다. 그때, 뒤쪽의 검은 막이 젖히더니, 마치 밤에 공사 중인 집처럼, 알전구를 매단 목재와, 거기서 셔츠 한 장 차림으로 뭔가를 먹고 있는 젊은이들의 등이 보였다. 무라코시는 당황하여 고개를 뺐다.

"이 정도라면 오토 프로젝터로 슬라이드를 보여주는 편이 훨씬 박력 있었을 텐데, 주최자가 고리타분하군."

무라코시의 광학 지식을 완전히 경멸하는 혼다는 겸사겸사 자기 상품을 광고하며 큰 소리로 말했다. 그때 안쪽의 검은 막이 살짝 흔들려, 조금 전의 젊은이들이 시비를 걸까 봐 겁이 난 그는 입을 다물었다.

"하지만 혼다카메 씨, 그렇게까지 기계화해버리면 예술이란 게 맛이 없어지지."

무라코시가 집요하게 말했지만, 어둠 속에서 혼다의 대답

---

* 에도 시대의 '요쓰야 괴담'의 여주인공으로, 남편에게 독살 당하지만 유령이 되어 복수한다.

은 없었다.

 곳곳에서 흐늘흐늘 움직이는 요괴의 모습이나, 장지문 위에서 춤추는 해골 그림자 따위를 지나치며, 센이치로는 흰색 유카타를 입은 혼다의 등과, 회색 오비의 매듭을 표식으로 삼아, 취하지 않은 척 위태위태한 발걸음을 옮기며 1미터쯤 되는 통로를 더듬더듬 따라갔다.

 그러자 희미하게 시야가 열리더니, 거울로 만든 오래된 연못의, 시든 연잎으로 덮인 물가가 나왔다. 실제로 장마철 습기가 남아 있는 불안정한 무지개다리를 건너게 되어 있다. 주변에는 싸구려 접착제 냄새와 그림물감 냄새가 섞인, 어둡고 몸에 나쁜 냄새가 가득하다.

 다리 위는 파란 불빛에 비쳐 희미하게 밝다. 네 사람은 그곳에 멈춰 서서, 연못에 비치는 자신들의 먼 얼굴을 바라보았다.

 갈대숲 사이로, 허옇게 불어터진 발바닥을 이쪽으로 향한 채, 회색 옷을 입은 익사체의 인형이 떠내려왔다. 가까워질수록 그것이 오비만 두른 여자의 익사체라고 알게 된 것은, 풀어 헤쳐진 앞섶에서 새하얀 젖가슴이 엿보였기 때문이다.

 그 젖가슴은 장인이 공들여 만든 듯, 창백한 안료를 바른 봉긋한 가슴 끝부분에는, 임산부 같은 자줏빛 젖꼭지가 정교하게 솟아 있고, 옷 속의 아랫배 크기도 임신을 짐작할 수 있게끔 만들어져 있다.

무라코시도 혼다도 숨죽인 채 바라보며 한마디도 하지 않는다. 센이치로는 익사체의 얼굴이 마침 다리 밑으로 오기 직전에, 빛과 각도의 조화로 인해 죽은 도미코의 얼굴과 똑같이 보여 무서워졌다. 하지만 바로 위에서 내려다보이는 곳까지 오자, 굳은 인형의 얼굴일 뿐, 조금도 닮지 않았다.

센이치로는 그 순간, 술이 깨는 것이 느껴졌다.

친구들은 모두 다리 밑을 지나 떠내려가는 익사체를 따라 건너편 난간으로 이동하고 있다. 겨우 그쪽으로 방향을 돌린 센이치로는 건너편 갈대숲 속의 구멍으로, 컨베이어벨트의 움직임에 따라 쿵 하고 메마른 소리를 내며 거꾸로 떨어지는 익사체가 순간 허공에 떠오르며 드러낸 허옇게 쿨어터진 발바닥을 보았다. 보고 나서, 불쾌한 것을 보았구나 생각했다.

다리를 끝까지 건넌다. 길은 다시 한 사람씩 지나갈 정도로 좁아진다. 더구나 스펀지를 깐 바닥이 샌들을 신은 발밑을 묘하게 불안정하게 만든다. 그 길은 누가 코를 비틀어도 모를 만큼 어둡다.

센이치로는 갑자기 심해진 공포를 혼자 감당할 수가 없어져 뒤따라오는 다니를 찾았다. 잘 보이지 않아 낮은 소리로 불렀다.

"이봐, 이봐."

키가 큰 다니가 고개를 숙이며 얼굴을 가까이 갖다 대는 것이 느껴졌다. 그 귓전인 듯한 곳에 입을 가져가자, 센이치로는 어둠 속에 감도는 짙은 포마드 향을 느꼈다.

"이봐. 방금 그 물에 빠진 시체, 도미코를 꼭 닮지 않았어?"

다니의 반응을 살필 여유가 그때의 센이치로에게는 전혀 없었다. 그런데도 그 말을 들은 다니의 웃는 얼굴이 선명히 느껴졌다. 다니는 분명 웃었지만, 거의 소리가 없는 그 웃음이 어둠 속에서 확실히 보였을 리가 없다.

길은 어디가 어딘지 알 수 없이 갈수록 어두워지고, 여기저기 여자 손님들이 지르는 진짜 비명소리가 덤불을 타고 들려올수록, 센이치로는 바로 뒤에 오는 다니가 조금 전의 웃는 얼굴을 그대로 갖고 있는 듯한 기분이 들어 자꾸만 뒤를 돌아보았다. 다니의 흰색 반소매 셔츠의 가슴께는 보이는데 얼굴은 잘 보이지 않는다. 보이지는 않지만, 웃고 있는 것 같지는 않다. 어쩌면 다니는 센이치로가 뒤돌아볼 때마다 재빨리 웃음을 거두는 것일까.

센이치로는 왠지 그쯤에서 집에 돌아가 눕고 싶은 마음이 들기 시작했다. 이대로 가면 아무래도 보지 말아야 할 것을 보게 될 것만 같았기 때문이다.

덤불 속에 '절대 금연'이라는 큰 게시물이 걸려 있는 것은 분위기를 깼지만, 모퉁이에 오래된 우물이 있고, 물에 젖은 유령이 두레박에 매달려 올라오는 장치가 있었다.

유령이 불쑥 올라오는 것이나 그 일그러진 얼굴은 오히려 무섭지 않지만, 유령이 숨어 있는 동안 우물 안에서 사람을 부르는 목소리가 음산하게 울리며 되풀이된다. 녹음된 여자 목소리가 기계를 통해 울리는 만큼 더더욱 비정상 같아, 병들고 쇠약해진 목구멍에서 쉰 목소리가 올라오는 것처럼 느껴진다.

"센 짱."

센이치로는 분명히 그렇게 부르는 소리를 들은 것 같았다.

도미코는 젊었고, 둘 사이에 아이가 없었기 때문에 신혼 때 부르던 이름을 그대로 불렀다. 아주 친한 사람 외에는 도미코가 남편을 '센 짱'이라 부른다는 것을 몰랐다. 방금 그 목소리가 도미코라는 생각이 들자, 그의 마음은 슬픔과 미안함으로 가득해지고, 저렇게 다정하고 순수한 여자였으니 센이치로의 가혹한 문책을 견딜 수 없었겠구나 생각했다.

그렇다면 모든 것은 다니의 잘못이다. 그는 다니의 얼굴에서 양심의 가책을 보고 싶어 뒤를 돌아보았지만, 다니는 센이치로보다 한 발 뒤로 물러나, 대숲 쪽으로 반쯤 기댄 듯이 서서, 무력하게 따분하다는 듯 우물을 바라보고 있을 뿐이었다.

"도미코 목소리 같지 않아?"

센이치로가 말을 걸었다. 이번에는 다니는 웃지 않았다. 그리고 애매하게 등을 돌리며 나막신으로 종잇조각을 발로 차는 듯한 몸짓을 했다.

그때, 또 우물에서 기계적으로 두레박에 매달린 작은 몸집의 유령 인형이 흠뻑 젖은 회색 옷자락을 늘어뜨리며 튀어나오는 바람에, 작은 물방울이 센이치로의 손등에 튀었다.

── 미로 같은 길은 끝도 없이 이어진다. 그리고 조금 전 앞쪽에 있던 젊은이 여러 명이 서둘러 뛰어나갔는지, 앞에는 유카타를 입은 혼다의 등과 오비의 매듭이 보였다 사라졌다 할 뿐 장내는 묘하게 고요하다.

가끔 천장의 피아노 줄을 타고 유령이 공중을 달리다가, 그 옷자락으로 손님의 목덜미를 치며 섬뜩하게 할 때도 있다. 하지만 그런 충격에는 센이치로도 익숙해졌다. 그저 터벅터벅 의무적으로 걷는 동안, 놀라게 하는 그런 여러 장치는 머릿속에서 사라지고, 이유 없이 기분이 우울해졌다. 옆의 수풀에는 푸른 도깨비불이 떠돌고, 외눈박이 아이가 야광색으로 칠한 붉은 혀를 늘어뜨린 채 눈동자의 불빛을 껌뻑이고 있다.

술이 깰 때 종종 이런 기분이 들지만, 오늘밤은 그것과도 다르다. 끝도 없이 기분이 가라앉아, 마음 한구석에서 퍼내고 퍼내도 쓸쓸함의 물이 스며 나오는 듯한 기분이 든다.

한시라도 빨리 여기서 나가고 싶다. 이제 다니의 기분 따위는 어찌 되든 상관없다. 발걸음을 재촉하면서도, 뛰기라도 하면 정말로 무서워서 그러는 것 같아 꼴이 우스울 테니, 혼다라도 쫓아가려는 생각에 수풀 모퉁이까지 오자, 그곳에서 수풀은 아무렇게나 헤쳐져 있고, 통로와는 별도로 기어서라면 빠져나갈 수 있을 정도의 샛길이 보였다.

그 너머로, 빛이 새어 드는 벽이 보인다. 젊은이들이 종종 장난으로, 기껏 만든 장치를 망가뜨려 샛길을 만들기도 하고, 숨어 있다가 여자를 놀라게 하는 장소를 마련하기도 한다는 것을 작년 여름에도 센이치로는 들은 적이 있다. 이 샛길은 그것이 틀림없다. 조금이라도 빨리 밝은 곳으로 나가고 싶어 그는 수풀 아랫길로 몸을 숙이려고 했다.

"그쪽이 아냐."

그런 목소리가 들리더니 뭔가가 어깨를 쳤다. 돌아보니, 다니가 뒤에 서 있다. 센이치로는 몸을 숙인 채 다니를 노려보았지만, 그는 수풀 꼭대기와 겨룰 만큼 크게 보였다.

그때 또 다니가 웃는 것 같은 기분이 들었지만, 센이치로는 화가 치밀어 개의치 않고 불빛을 향해 샛길을 빠져나갔다. 수풀은 끝이 나고, 수풀을 그린 배경 그림 뒤쪽으로 나왔다. 새어 들어온 불빛은 그곳의 철문 위에 덩그러니 켜져 있는 비상구 램프였다.

'뭐야, 바보같이.'

꿈에서 깬 것처럼 센이치로는 철문을 올려다보았다. 손잡이에 손을 대자, 자물쇠가 잠겨 있지 않아 부드럽게 열렸다.

그곳은 뒤쪽 산과 접해 있고, 출구의 옆문인 것 같은데, 밖에는 옥외등도 없어 달빛을 품은 고요한 하늘이 높이 떠 있다. 산의 잡목이 바람에 술렁이고 있다. 사람 그림자도 없고 건물을 따라 좁은 자갈길만이 희부옇게 보인다.

그 길을 따라 건물 모퉁이를 돌면 북적이는 출구가 나올 것이다. 걸어가다가 센이치로는 건물 모퉁이에 서 있는 유카타 차림의 여자를 보았다.

자갈길을 걷는 센이치로의 샌들 소리에 여자가 뒤돌아보았지만, 어두워서 얼굴은 보이지 않는다. 여자가 자갈길을 따라 걸어오자, 센이치로는 머릿속이 흐릿해지고 무릎이 덜덜 떨리며, 강한 힘에 억눌린 것처럼 몸을 움직일 수가 없어졌다. 여자는 발꿈치를 끄는 듯한 걸음으로, 몹시 걷기 힘들다는 듯이 걸어왔다. 가까이 다가오자, 분으로 옅게 화장한 얼굴이 드러난다. 도미코의 얼굴이다.

센이치로는 비명을 지르며 빠져나가, 사람들이 북적이고 있을 출구를 향해 자갈길을 달렸다.

4

―― 출구 앞에는 아직 무라코시 일행의 모습은 없었다. 뛰다가 벗어던진 센이치로의 샌들을 들고 뒤따라온 도미코는 유카타 속의 풍만한 가슴을 헐떡이며 말했다.

"왜 그래? 무슨 일이야? 이상하게."

그러면서 새파랗게 질려 주저앉은 센이치로의 어깨를 흔들었다.

"뭐가 무섭다고 그래? 애도 아니고. 날 보고 도망치다니 정신이 나갔어? 왜 그래, 센 짱?"

환한 전깃불 아래서 보는 도미코의 얼굴은 평소와 다름이 없다. 뾰로통하게 입을 부풀려 말하는 표정에 비해 옷차림은 조금 나이 들어 보이는데, 가슴이 풍만해 아무리 옷깃을 여며도 단정치 못해 보인다. 반쯤은 센이치로의 취향으로, 동네 불량소녀처럼 눈 밑에 아이라인을 그려 넣었다. 열다섯 살이나 많은 센이치로를 아이 취급하는 말투는 센이치로의 장사가 잘 안되면서 점점 더 심해져, 요즘은 남들 앞에서도 거리낌이 없어졌다.

"무슨 일이야? 이런 데서."

"무슨 일이냐니, 내가 묻고 싶은 말이야. 내가 일부러 데리러 왔잖아. 세타가야의 큰아버님, 큰어머님이 성묘 갔다 오는 길에 들렀다며 당신 기다리는 중이야. 오래 기다리시게 하면 안 되니까 도모에 스시집에 갔더니, 더위 식히러 강으로 갔다더라고. 그래서 강으로 갔는데 거기도 없는 거야. 겨우 이데 씨 일행을 만났는데 여기를 알려줬어. 참 나, 나이 먹어 가지고 어이가 없네."

마음이 조금 진정되자 센이치로는 이렇게 생생히 살아 있는 도미코를 어떻게, 잠시라고는 해도 자살한 여자로 생각했는지 이유를 알 수 없었다. 이유는 분명 있겠지만, 어디서 어떻게 현실의 실타래가 꼬이기 시작했는지 알 수가 없었다. 도미코를 죽은 사람이라고 생각한 것은, 아무리 취했다 해도 그렇게 생각하게 만들 만큼의 힘이 어디선가 작용했던 게 틀림없다. 그 힘이 어렴풋이 상상되지만, 그 이상을 상상하는 것은 왠지 두려워서 할 수 없다.

둘이서 굴다리를 지나서 어두운 길을 빠져나와, 겨우 환한 상가로 나오자 이미 가게들은 거의 문이 닫혀 있었지만, 밤새 가로등이 그리운 불빛을 길 위에 떨어뜨리고, 인적도 아직 끊기지 않아 센이치로는 기분이 쾌활해졌다.

마쓰야마 테일러는 상가 건너편의 변두리 쪽인데, 도모에 스시보다 두 집 더 앞쪽에 있어, 이쪽에서 가면 연합회 회원들의 가게 대부분을 지나치게 된다. 노구치의 레스토랑은 아직 문이 열려 있어, 찻집으로 북적대는 그 모던한 가게 안을 센이치로는 속상하다는 듯이 들여다보았다. 오니시의 생선 가게는 문이 닫혀 있었는데, 쪽문으로 밝은 가게 안을 들여다보니, 가게를 청소하는 청년들의 고무장화와 반짝이며 튀는 물방울이 보였다.

다니의 시계방은 입구도 진열창도 함석 문이 닫혀 있고 간판도 적막해, 마치 팔려고 내놓은 가게 같은 느낌이었다. 이층 창에서 새어 나오는 불빛도 없었다. 그 앞을 지나갈 때, 도미코가 말했다.

"이 가게도 그때 이후로 더 이상 안 되네. 친척이 대신하고는 있는 모양이지만."

그리고 두세 걸음 걷더니 도미코는 한 손을 소매 안으로 집어넣고 고개를 숙이더니, 조개가 거품을 뿜듯이 키킥 하고 웃었다.

"말해줄까?"

"뭘?"

"난 말이야, 다니 씨가 자살한 이유를 알 것 같아. 그 사람, 나한테 연애편지를 보냈는데 내가 매정하게 답장도 안 보내서 그런 것 같거든. 그 사람도 의외로 로맨티스트였으니까. …… 그 편지, 사실 그 사람 유품이라 생각해서 갖고 있어. 집에 가서 보여줄까? 큰어머님 앞에서 읽으면, 큰어머님은 분명 쓰러지실 거야."

센이치로는 호주머니 안에 손을 넣으려고 했지만, 이상하게 손이 떨려 잘 들어가지 않는다. 간신히 끄집어낸 요괴 대회 초대권 남은 것을 걸으면서 허겁지겁 세어보았다.

신문 판매소에서 받은 표는 분명 열 장이다. 네 명이 썼으니 남은 표는 여섯 장이어야 한다. 아무리 세어보아도 표는 일곱 장이다. 집에 도착할 때까지 센이치로는 도미코가 무슨 말을 걸어도 대답이 없고, 구겨진 표를, 기괴한 도깨비불과 요괴 그림이 그려진 일곱 장의 표를 몇 번이고 다시 세었다.

괴물

쓰러진 것은 저녁 다섯 시가 넘어서다.

5월의 바다는 지협의 산들에게 일몰을 맡긴 채, 물러가려는 빛을 향한 조용한 기도와도 같은 황혼의 표류를 경건히 떠받들고 있다.

절벽의 바위 그늘에서 물수리 한 마리가 날아올랐다.

그곳에 둥지를 친 모양이다.

그것이 꼭대기의 적송 가지 끝에 앉아 쉬고 있을 때, 예전에 사냥에 빠진 적이 있는 나리모치는 물수리라는 것을 알았다. 이 맹금의 날개 색은 소나무 줄기와 큰 차이가 없다. 하지만 석양이 가지 끝을 붉게 비추고 있어, 치켜올린 어깨에 움츠린 머리를 움직이고 있는 맹금의 움직임이 눈에 보였다.

물수리는 다시 날개를 펼쳤다. 불길할 정도로 어두운 크고 긴 날개다. 적송의 가지 끝을 빠져나가 하늘 높이 날아올랐다. 저녁 하늘의 이상하게 투명한 대기 속을 올라갔다. 뭔가 절박하고 무서운 충동을 몸속에서 느끼고 있는 게 분명하다. 그것은 드넓은 하늘을 꿰뚫으며 눈부시게 약동하는 한 점으로 변해, 더 높이 날아오르다 사라지는 듯이 보였다.

나리모치는 툇마루 끝에 서 있었다. 처마와 닿을 듯 말 듯한 하늘을 올려다보려고 발돋움을 했다. 그때 무리한 자세가 굳어 있던 뇌혈관을 터뜨린 것이다.

이즈 반도에 붙어 있는 비속한 온천지에서 조금 떨어진 고지대에 있는 별장이었다. 바로 아래에는 버스 도로가 우회하여 지나가는 터널이 있다. 터널 뒤쪽은 그대로 절벽이 되어 바다 풍경과 이어져 있었다. 마쓰다이라 나리모치는 이 별장의 세 칸짜리 별채를 얻어 머물고 있었다. 지금은 세상을 떠난 두 번째 아내의 딸이 곁에서 그를 돌보고 있었다.

하루 동안의 혼수상태에서 나리모치가 깨어났을 때, 먼저 나른한 듯한, 극도로 낮으면서도 소란한 느낌의 소리를 들었다. 등나무 시렁을 날아다니는 벌의 날갯짓 소리라는 것을 깨닫기까지는 몇 분이 걸렸다. 의식이 또렷해지자 그는 먼저 지금 당면한 의문인, 자신이 놓인 위치와 단절된 의식의 배후에 일어난 사건에 대해 물어보려고 했다. 이상한 마비된 느낌이 있었다. 말을 잃어버렸다. 좌측 내낭(內囊) 출혈로 오른쪽 반신이 불수가 된 동시에, 또 다른 부위의 작은 출혈이 언어중추를 침해한 것이다.

"정신이 드셨어."

"무슨 말을 하려고 하시는데."

"접니다. 히가키예요. 저 알아보시겠습니까?"

별장 주인인 통통한 중년 남자 히가키가 나리모치의 눈앞에 얼굴을 들이밀었다. 그것을 보자 이마에 층층이 얹은 얼음주머니 밑에서 늙은 귀족의 눈이 순간 공포어 질려 번쩍 뜨이더니, 당황한 듯 껌뻑거리다가 닫혔다. 히가키의 얼굴에서, 사소한 도둑질로 양쪽 뺨을 맞고 있는 소년의 얼굴을 보았기 때문이다.

히가키도 나리모치의 공포를 직감했다. 얼굴을 떼고, 나리모치의 딸인 이쓰코에게 눈짓을 하며 고개를 살짝 저었다.

나리모치는 눈을 감았다. 분노가 온몸에 흘러넘쳤다. 한순간이라 해도, 공포를 느꼈다는 것에 화가 치밀었다. 지금까지 긴 생애 동안 단 한 번도 인간에 대한 공포라는 것을 몰랐던 그다.

주변이 술렁이기 시작했다. 일어섰다 앉았다 하며 옷자락이 스치는 소리, 버선발이 가볍게 다다미를 치며 일어서는 메마른 소리, 다다미가 희미하게 삐걱대는 소리가 났다.

"의식은 돌아왔군."── 장남인 나리아키의 목소리다. 냉혹하고 높은 음성이 나이보다 젊게 들린다.

"하지만 입이 불편하신 모양이야."── 히가키가 말한다.

"아무 말도 못 하시네."

"간호하기 힘들겠어."

"예, 그래도 전"── 이쓰코가 말한다. "간호사에겐 못 맡기겠어요. 저 혼자서 할게요. 걱정하지 마세요."

"말을 못 하는 편이 더 낫지 않나?"── 이쓰코의 언니 데루코는 주변을 개의치 않고 말했다.

"그 편이 이쓰코한테도 더 편해."

"후후."── 나리아키가 웃었다.

나리모치는 어두운 분노에 휩싸여 일어나려고 했다. 몹시 뜨겁고 나른했지만, 왼손은 움직였다. 이불이 흔들리고, 얼음주머니의 얼음이 딱딱한 모서리로 이마를 스치며 뺨 쪽으로 무너져 내렸다. 신음 소리에 네 사람이 달려와 '절대 안정'이 필요한 환자를 눌렀다.

밝은 경적이 울렸다. 터널로 들어가는 버스다. 모터 소리가 정원의 흙을 타고 희미하게 울리며 다가왔다. 그 소리가 멀어지자, 잊고 있었다는 듯 파도 소리가 들려온다. 나리모치는 문득 물수리가 날아오르는 모습이 떠올랐다. 벌써 전생의 기억처럼 느껴진다. 하늘은 빛이 반짝이고, 구름의 고리는 이 세상 같지 않게 장엄했다.

마쓰다이라 나리모치 자작은 자신의 생애를 악마적인 강렬한 영향력이라기보다는 정신적인 힘의 도움으로 살아왔다. 또 그렇게 살아왔다고 믿었다. 어릴 적부터 잔혹한 장난에 흥미가 있어, 활로 고양이를 쏘아 그 목을 잘라서 매화나무에 걸었다. 길을 잃은 참새 새끼에게 끓는 물을 붓고는 즐거워했다.

사람을 끄는 인간적인 매력이라고는 털끝만큼도 없는 인품이 평생 이렇게까지 자신이 원하는 대로 남들을 움직일 수 있었던 이유는 무엇일까. 가문의 덕분이라고 할 수도 있겠지만, 더 높은 가문의 사람들도 나리모치의 손에 실컷 농락을 당한다. 자존심이 세서라고 할 수도 있겠지만, 그는 자신의 자존심을 깎아내리는 행동도 때와 장소에 따라서는 아무렇지도 않게 했다. 이 별장에서 지내라는 히가키의 제안을 간단히 받아들인 것이 그 좋은 예다.

늘 많은 사람을 상처 입히고 불행에 빠트린다는 자각이 나리모치의 삶을 지탱해왔다. 그는 자신의 몸이 지닌, 일종의 타고난 어두운 힘을 확신했다. 예를 들면, 예감이나 뭔가를 알아맞히는 것에 천부적인 재능도, 광적인 자부심도 가지고 있었다. 그가 어떤 남자를 저주한다. 그 남자는 반드시 죽거나 중병에 걸렸다. 남의 불행을 보는 것은 더없는 위로였다. 중년 시절에는 어울리지도 않게 한때 자선 사업에 몰두했지만, 그것은 지독한 가난이나 역병을 보는 것이 눈을 즐겁게 했기 때문이다.

그는 중상이나 비방, 이간질, 빈정거림, 온갖 욕설, 헛소문이나 추문 따위를 정말 사랑했다. 분수에 맞지 않게 출세한 남자를 실각시키거나 금슬 좋은 부부를 파경으로 몰 때는 놀라우리만큼 정열을 쏟았는데, 그 정열은 명분 없는 복수의 정열이었다. 이유 없는 행복만큼 그에게 모욕을 느끼게 하는 것은 없었다.

교토 제국대학을 중퇴한 후, 그는 귀족 자제들의 쓰레기 처리장이라고 불리는 궁내성에 들어갔다. 동료가 궁녀 하나와 연애를 했다. 나리모치는 그것을 큰 소리로 폭로해 그 동료를 곤궁에 빠뜨렸는데, 그것이 오히려 자신의 무덤을 파게 만들었다.

그 무렵 그의 사촌 여동생에게 황족 청년과의 혼담이 들어왔다. 그 황족 청년은 집안 사람들 앞에서 "저는 동정(童貞)입니다" 하고 공언한 사람이다. 나리모치는 그의 옛 친구로, "전하, 전하" 하고 추켜세우며 어른들 몰래 그에게 유흥을 가르쳤다. 그런데 혼담이 들어오기 전에, 이 전하가 아주 비겁한 수법으로 나리모치가 아끼던 기생을 가로챈 것이다. 이에 앙심을 품은 나리모치가 교토의 여러 요정에서 전하가 일삼은 방탕한 행실의 확실한 증거를 모아 사촌 여동생의 집으로 보낸 바람에 결국 혼담은 깨지고 말았다. 황족은 "이 원한은 평생 잊지 않겠다"라는 절교장을 친필로 써서 나리모치에게 보냈다.

그해 겨울, 볼일이 있어 나리모치가 영지에 가 있던 사이,

궁내성에 있는 그의 사무실 책상에서 대단히 불경스러운 문서가 발견되었다. 화풀이하듯 그 황족을 조롱하는 노래 구절이 쓰여 있고, 폐하의 호색을 풍자하는 글까지 있었다. 그때는 마침 메이지 시대 말기로, 고토쿠 슈스이 사건*으로 세상이 떠들썩하던 무렵이었다. 장난삼아 쓴 그 글 때문에 나리모치는 사회주의자라는 오해를 받았다. 일부러 오해한 사람들이 있었던 것이다. 동료를 곤궁에 빠뜨린 나리모치의 행태를 예전부터 미워한 사람들이었다.

그 글을 일부러 황족 청년에게 가져간 남자가 있다. 황족 청년은 격노한다. 종질료(宗秩寮)의 총재가 황족 가문으로 찾아간다. 교토로 돌아온 나리모치는 이 사건이 세간에 알려지면 오히려 황족의 추문이 될 것에 착안해, 교묘히 수를 써 근신 처분을 받는 것으로 끝났다. 하지만 궁내성 일은 그만두었다.

나리모치는 전하를 저주했다. 그의 저주는 매우 근대적이고 프로테스탄트적인 저주로, 거창한 주문이나 주술은 필요 없다. 그저 늘 마음에 새기고, 잊지만 않으면 되는 것이다. 1914년, 황족 청년은 급환으로 세상을 떠났다.

나리모치는 춘화나 음란한 사진 따위를 모으는 취미가 있었다. 특히 1차 세계대전이 끝난 후에는 독일에서 온갖 다양

---

* 메이지 천황 암살 계획 사건이 발단이 되어 고토쿠 슈스이 등 전국의 사회주의자, 무정부주의자들이 사형, 징역에 처해진 사건.

한 음화가 대량 수입되었다. 그는 또 그 무렵부터 카메라에 빠졌다. 다양한 인화 기술을 사진사에게 배웠다. 미워하는 남자의 사진을 춘화 속 인물의 머리와 바꿔치기하고, 이 기괴한 창작을 남에게 보여주지 않고 혼자서 즐겼다. 자작 가문의 집사이자 관리인이기도 했던 모 은행장은 돈 대출을 꺼린 탓에, 사진 속 자신의 대머리를 춘화 속 독일 미인의 풍만한 배에 갖다 대어야 했다. 당사자는 그런 사정을 꿈에도 모른 채.

'그 자식, 요즘 자기도 모르게 좋은 꿈을 꾸겠군.'

나리모치는 그런 생각을 입 밖에 내고 싶어, 이튿날 아침 굳이 은행장을 찾아가 말하는 것이다.

"그건 그렇고, 어젯밤은 꿈자리가 좋으셨지요?"

"무슨 말씀이십니까?"

"좋은 꿈을 꾸지 않으셨을까 하고 상상해봤습니다."

"자작. 놀리시면 안 됩니다."

그 전해에 아버지가 세상을 떠났기 때문에 나리모치는 작위를 이어받았다.

하지만 이 은행장과 은행 덕분에, 여러 명문가의 도산을 초래한 주고은행의 파산에도 자작 가문은 아무런 피해도 입지 않았다. 그런데도 나리모치는 꾀병을 부려 은행장의 아끼는 딸 결혼식에 참석하지 않았다. 그 아름다운 딸에게 은

근히 초야권(初夜權)*의 행사를 꿈꾸던 나리모치는, 그와는 한마디 상의도 없이 정해진 혼담이 불쾌했던 것이다. 그리고 유부녀가 된 그녀를 끈질기게 꼬드겨 무너뜨리고는, 그것을 일부러 자기 입으로 그녀의 남편에게 떠벌리며 자랑했다. 그녀는 두 아이를 남겨두고 목을 맸다. 남편은 재혼을 받아들이지 않았다.

나리모치는 장년 시절에 재미있는 호적수를 만났다. 기온(祇園)의 오후쿠라는 기녀인데, 오사카의 일류 상인과 한 번 결혼했다가 이혼당하고 다시 유곽으로 돌아온 그녀를 첩으로 둔 것이다. 이혼의 원인으로 여러 소문이 떠돌았는데, 예를 들면 이런 소문이다.

전처의 자식을 오후쿠는 지독히 미워했다. 하지만 겉으로 드러내는 여자는 아니었다. 시어머니에게도 사랑받고, 상냥하고 몸가짐이 단정한 후처로 보였다. 전처의 자식은 여덟 살 난 남자아이다. 계모인 오후쿠는 종종 추운 밤에 아이의 이불을 걷어내 감기에 걸리게 했고, 또 과자나 좋아하는 음식을 억지로 아이에게 먹여 배탈이나 식중독을 일으키도록 꾸몄다. 건강한 아이여서 그런 미온적인 학대는 효과가 없었다.

어느 날 밤, 오후쿠는 의붓아들과 함께 목욕을 했다. 밖에

---

* 중세 유럽 등에서 그 지방을 통치하는 권력자가 신랑보다 먼저 신부와 잠자리를 할 수 있었던 권리.

서 아궁이에 불을 때는 하인에게 더 뜨겁게 때도록 욕실 안에서 명령했다. 때마침 오후쿠에게 전화가 걸려 왔고, 하녀가 전하려고 욕실 안으로 불쑥 들어갔다. 그런데 오후쿠가 벌거벗은 채 덮개를 덮은 욕조 위에 앉아 있다. 아이의 모습은 없다. 증기에 질식하기 직전 아이가 구조되었다. 오후쿠가 장난을 친다며, 욕조에 잠긴 아이의 머리 위로 두꺼운 편백나무 판자 덮개를 덮어버린 것이다.

하녀가 그것을 주인에게 고해, 오후쿠가 쫓겨났다는 소문이었다.

하지만 나리모치의 첩이 된 후로 그녀에게 그런 그늘은 조금도 없었다. 말수가 적어지고, 아이를 낳았다. 나리아키와 데루코다.

두 아이 모두 생후 한 달 만에 나리모치가 본처에게 보냈다. 나리모치가 일석이조라고 생각한 것은 그렇게 하면 두 여자를 동시에 불행하게 만들 수 있기 때문이다. 말하자면, 하나는 아이를 빼앗긴 어미가 되고, 아이를 낳지 못하는 또 하나는 질투라는 형벌을 받는다. 본처가 불임이 된 것은 첫 임신 때 나리모치가 뭔가에 화가 나 아내의 배를 걷어찼기 때문이다. 엄청난 출혈이 있었고, 불임 증세가 굳어졌다. 본처는 훗날 폐결핵으로 죽었다.

―― 그렇게 또 꾸벅꾸벅 졸며 하루가 지났다. 귓가에 느닷없이 날카로운 아이 웃음소리가 났다. 뒤이어 제지하는 헛소

리가 들린다. 아이는 웃지 않고는 오래 있지 못한다. 또 웃기 시작한다. 나리모치는 게슴츠레 눈을 떴다. 정원에도, 바다 위 하늘에도, 화창한 5월의 싱그러움이 가득하다. 반짝이는 가루약을 흩뿌린 듯한 넓은 구름이 있다. 그것이 먼바다에서 처마 끝 하늘까지 덮고 있다.

"아저씨, 깨셨습니까? 애들이 소란을 피워 죄송합니다."

젊고 힘찬 목소리가 그렇게 말했다. 나리모치의 경박한 행동이 원인이 되어 목을 매어 죽은 부인의 아들이자, 지금은 세상을 뜬 은행장의 손자인 히사오였다. 어머니의 죽음에 나리모치가 관여되었다는 것을 꿈에도 모른 채 자랐고, 할아버지를 따라 어릴 때부터 나리모치의 집에 종종 놀러 갔다. 그 스스럼없는 아이는 무릇 인간의 악의라고 하는 것을 조금도 믿지 못하는 서른다섯 살의 쾌활한 청년이 되었다. 더할 나위 없이 잘 자랐다.

나리모치는 얼굴을 정원 쪽으로 더 돌렸다. 히사오는 툇마루에 아무렇게나 걸터앉더니, 바다를 보고 있는 아내를 불렀다.

히사오가 입은 양복은 격자무늬에 꽤 화려한 것이다. 대학 시절 축구선수여서 어깨가 넓다. 그 어깨에 걸친 카메라를 내려 나리모치에게 보여주었다. 나리모치가 고르는 미국의 새로운 회사 제품이다. 말만 할 수 있으면 미제 카메라 따위에 만족하고 있는 히사오를 빈정거려줄 텐데, 그럴 수가 없으니 눈썹을 찡그리며 씁쓸히 입을 일그러뜨렸다. 하지만 히사오는 다시 아내의 이름을 부르며, 이 수염투성이 노인의 추한 얼굴은 보지 않았다.

등나무 시렁에는 오늘도 벌이 날아다니고 있었다. 주변에 보이지 않는 벌집이 있는 게 분명하다. 나리모치는 겨우 고개를 들고 보았다. 그러자 시야를 가르며 한줄기 바다가 보였다. 그곳에 애매한 가지색을 띤 섬 그림자가 희미하게 떠 있었다.

그때 아이의 손을 잡아당긴 젊은 부인의 모습이 나타났다. 그녀는 버릇없이 환자 앞에서 떠드는 아이를 데리고 절벽 쪽으로 산책을 가려고 한 것이다. 나리모치는 정원의 잔디밭을 웃으며 다가오는 그녀를 보았다. 유행하는 옷을 입고 있고, 나리모치의 원시안에는 귀걸이가 흔들리며 반짝이는 것이 보인다.

귀걸이는 황금 고리와 그 끝에 달린 마노(瑪瑙) 세공으로 만들어진 것 같다. 그 반짝임이 춤추는 작은 주홍빛 불꽃처럼 보였기 때문이다.

말로 표현할 수 없는 질투가 늙은 귀족의 마음속에 일었다. 그는 뭔가를 말하려고 했다. 그 나이에도 여자의 마음을 사로잡고, 남자의 마음에 상처 입히는 말은 넘치도록 쌓여 있었다. 그러나 입에서는 뜻 모를 중얼거림이 새어 나올 뿐이다. 입은 하려는 말의 형태를 허공에 그린다. …… 하지만 형태는 이내 안개처럼 변하며 무너져 사라졌다 …… 그는 일어나려고 했다. 이유도 없이 사람을 후려치는 것이 일상다반사였던 일생이었다. 그런데 몸이 무거운 정원석처럼 바닥에 파묻혀 움직이지 않았다.

이쓰코는 어디에 간 거지.

히사오 부부는 아무 걱정이 없어 보여 문병 온 사람 같지 않았다. 환자 취급을 하지 않는 정도가 아니라, 나리모치를 아예 벙어리 노인처럼 취급했다. 대답을 바라지도 않고 연신 말을 걸었다. 주말여행을 가는 길에 문병하러 들렀다고 히사오는 말했다. 아내인 무쓰코는 남편과 마주 보며 툇마루에 앉아서 이따금 나리모치가 가엽다는 듯이, 또는 조심스러운 듯이 바라보았다.

"집을 봐주셔서 정말 고마워요."

이쓰코가 장바구니를 들고 정원으로 들어오며 말했다.

"깨어나셨어요. 얼굴만 뵈면 병환이라는 생각도 안 드네요."

"대답을 들을 수 없어 아쉽지만, 제가 방금 이것저것 아저씨께 얘기했습니다."

"정말 죄송해요. 차를 좀 내올 테니 건넌방으로 가시지요."

부부와 아이를 안내해주고, 이쓰코는 다시 돌아와 아버지의 이마에 손을 짚으며 물었다.

"기분은 좋으세요?"

나리모치는 끄덕였다. 말이 통하지 않는다는 것이 이렇게까지 모든 것을 바꿔버리는 것일까. 분을 바르지 않은, 교토의 비구니 같은 이쓰코의 붉은 뺨, 입가에 솜털이 난 맨 입술, 가느다란 눈을 나리모치는 보았다. 평소 딸의 얼굴을 그다지 본 적이 없는 나리모치이다. 본다고 해도 이렇게 가까이서 찬찬히 쳐다본 적은 없었다. 하물며 그 얼굴이 이토록 젊음의 향기를 발하고 있다는 것은 몰랐다. 땡볕에 먼 마을까지 장을 보고 오느라 이쓰코는 살짝 땀이 났다. 눈꺼풀이 발그스름하고, 뺨은 달아올라 있었다. 내쉬는 숨에는 5월의 바닷바람과 풀 냄새와, 비 온 후 햇살에 비쳐 아지랑이를 피우는 과실수의 나무껍질 같은 향기가 섞여 있었다. 살짝 보이는 혀는 단단한 복숭아색의 살을 촉촉한 타액 속에서 교활한 생물처럼 움직이고 있었다. 아직 누구의 소유도 아닌 젊음이 이쓰코의 얼굴을 음울한 것으로 보이게 했다.

　이쓰코의 눈에는 두려움이 없다. 그것이 나리모치를 절망하게 했다. 연민도 없다. 이쓰코는 그저 친절한 것이다. 지금까지 아버지 곁에서 집안일을 돌본 것도, 결혼을 하지 않은 것도, 결코 희생하려는 마음에서가 아니다. 좋아서 하는 것이다. "기분은 좋으세요?" 하고 묻는 이쓰코의 그 다정한 말 속에 나리모치는 그런 감정들을 보았다. 견디기 힘든 발견이다. 저리 가라는 표시로 눈을 감았다.

　"가만히 계세요. 움직이면 안 좋아요."

나리모치가 쓰러지기 전에는 이쓰코가 이렇게 다정한 말을 한 적이 없다. 얼마쯤 있다가 나리모치가 눈을 가늘게 떠보니, 복도에서 응접실로 달려가는 건강한 맨발이 보였다. 늘 대충 스커트에 맨발로 아무렇지도 않게 장을 보러 가는 그녀는, 살짝 햇볕에 그을린 살갗에, 파란 분필 자국 같은 정맥이 비쳐 보이는 아름다운 다리를 갖고 있었다. 그 다리는 반짝반짝 윤이 나는 복도에 비친 흰 유리문을 밟으며 거리낌 없이 응접실 쪽으로 달려갔다.

'저 애 엄마인 둘째 아내가 죽은 것만큼은 내 탓이 아니야. 나는 저 애 엄마에게 죄지은 기억은 없어. 기묘한 일이지. 내가 죽인 여자가 열다섯이나 되는데 말이야. 어떤 여자는 나한테 떠밀려 정원의 퍼붓는 빗속에서 한 시간도 넘게 울었지. 나가서 끌어올려줄 수도 있었지만 새로 맞춘 양복이 젖는 게 싫었으니까. 나는 그동안 심심해서 영자신문을 구석구석까지 읽고 있었지. 영자신문이라면 읽는 데 시간이 걸리거든. 거기에 실린 커다란 미키모토 광고가 묘하게 기억에 남는군. 그 여자는 사흘 후에 어이없이 급성폐렴으로 죽어버렸지. 난 부의금으로 5엔을 보냈어. 저급한 신문이 폭로 기사를 써서 날 악인 취급했었지. 난 일부러 기자를 불러 신바시에서 거하게 대접했어. 그랬더니 정정 기사가 나오더군. 나를 "인품이 훌륭한 남자"라고 써준 거야. 인품이 훌륭한 남자. 인품이 훌륭한 남자라고.'

웃으려고 했지만 웃음은 구멍 난 풍선처럼 조금도 부풀지 않는다. 입이 경직된 채 일그러질 뿐이다. 그는 얼음주머니가 아직 이마에 있는 것 같아 손을 대보았다. 얼음주머니는 이미 치워져 있었다. 물베개가 토라진 듯한 탄력으로 나리모치의 머리를 받치고 있었다.

그때, 그는 자신의 얼굴에 그늘이 지는 것이 느껴졌다. 장지문에 한 손을 대고 선 채, 네댓 살 먹은 남자아이가 나리모치를 내려다보고 있었던 것이다. 조금 전에 본 히사오의 아들이다.

나리모치는 이유 없는 공포를 느꼈다.

아이는 한 손으로 반바지를 걷어 올려 허벅지의 가려운 곳을 긁고 있었다. 그대로 나리모치를 바라보며 살짝 웃었다. 그러더니 고양이처럼 장지문 모서리에 몸을 비비는 듯한 모습을 보였다. 결심한 듯, 조금 더 병상으로 다가왔다.

나리모치는 아이를 미워한다. 그는 아이라는 것이 세상에서 왜 사랑받는지 이상하다고 생각했다. 히사오가 어릴 때도 뭔가 마음에 켕기는 것이 있었기에 잘 대해줬을 뿐이다.

아이는 이부자리 옆까지 와서 쪼그려 앉아 노인의 얼굴을 빤히 바라보았다. 그 표정에도 두려움은 없고, 호기심 외에는 아무것도 없다. 나리모치는 자신에 대한 호기심 중에, 질투가 섞인 호기심이 아니면 용서하지 않았다. 하지만 네 살 먹은 아이에게 질투가 있을 리 없다. 아이는 입을 살짝 벌리고 노인을 물끄러미 바라보더니, 긴 한숨을 쉬었다. 한숨을 잘 쉬는 아이가 있는 법이다. 그러더니 손을 뻗어 노인의 머리를 누르며 진지하게 물었다.

"아야 아야, 아픈 거야?"

나리모치는 필사적으로 고개를 흔들며 두려운 눈으로 아이를 노려보았다. 그러자 이 대담한 아이는 싱긋 웃으며 눈을 반짝였다. 양쪽 입가에 달걀노른자가 희미하게 말라붙어 있었다.

아이는 표범처럼 이불 위로 뛰어오르더니 환자의 목 위에 다리를 벌리고 올라탔다. 그리고 늘어진 볼살을 양쪽으로 힘껏 잡아당기며 웃었다. 그러고는 수염을 잡아당기고, 흰머리를 좌우로 잡아당기고, 귀를 잡아당기고, 귓불을 가지고 놀았다. 나리모치는 움직일 수 있는 손으로 막으려고 했다. 하지만 이불 속에 있는 쇠약한 손은 네 살 아이의 체중을 뿌리칠 힘이 없었다. 그러다가 아이의 통통하게 살이 오른 손가락이 노인의 주름투성이 목을 쥐었다. 순식간에 나리모치의 얼굴이 붉게 변했다.

"날 죽이네! 날 죽여!"

겨우겨우 손을 이불에서 꺼내 붙잡으려고 한다. 그러자 아이는 잽싸게 그 손을 빠져나가 방 건너편으로 도망치며 끝도 없이 웃었다. 그때 머리맡에 초인종이 있다는 것을 떠올린 나리모치는 손으로 더듬어, 쇠 종을 황급히 흔들었다.

달려온 이쓰코와 히사오 부부는 그 모습을 보며 아무렇지 않다는 듯 웃었다. 어른들이 웃는 것을 보자, 아이도 점점 더 웃었다. 아무도 나리모치의 위기를 알아주는 사람은 없었다. 노인의 눈빛에 깃든 날카로운 분노에도, 구원을 바라는 절실한 표정에도 불구하고, 침이 흐르는 그 입가의 우스꽝스러운 추한 모습은 그대로였다. 이쓰코가 무릎을 꿇고 나리모치의 침을 수건으로 닦았다. 아무 감정 없이 이마의 땀을 닦았다.

"얘가 또 아저씨한테 친하다는 표시를 내고 싶어 했구나. 조금 전에도 아저씨 코 고는 소리를 듣고 웃더니. 아저씨도 애가 웃었다고 화를 내는 건 어른스럽지 않아요."

"어때요, 이쓰코 씨? 우리 애랑 아저씨가 사이좋게 있는 사진 좀 찍어주실래요?"

"좋은 생각이네. 이 정도 빛이라면 아직 찍을 수 있어. 이쓰코 씨, 괜찮죠?"

반대할 줄 알았던 이쓰코는 바로 찬성했다.

"좋죠, 아버지? 사진 좀 찍었다고 병이 더 나빠졌다는 말은 들은 적이 없어요."

나리모치가 있는 필사적으로 고개를 젓는 바람에 이쓰코가 그 뜻을 전했지만, 히사오는 개의치 않고 준비를 시작했다. 아이를 머리맡에 앉혔다. 나리모치는 찍히지 않으려고 베개 위에서 고개를 뒤로 젖혔다. 셔터가 눌렸고, 헐떡이는 짐승 같은 입이 찍혔다.

 나리모치는 실신하여 이틀 동안 모호한 의식 속을 헤맸다. 의사는 또 다른 혈관이 터졌다고는 보지 않았다. 그것보다는 오히려 신경질환의 발병을 의심했다.

 나리모치는 수많은 환영을 보았다. 물수리가 날개를 펴고 날려고 한다. 하지만 날 수 없다. 구슬픈 울음소리를 내며 달밤의 정원을 허우적대며 돌아다닌다. 그러자 무수한 개미들이 물수리에 달려들어, 산 채로 물어뜯어 죽이고 창자에 새까맣게 몰려든다. ……

 또, 달밤의 바다 위에는 나리모치에게 학대당한 남녀들이 거대한 검은 화물선에 가득 실려 이쪽 만(灣)을 향해 다가오는 것이 보인다. 화물선이 절벽 아래에 닻을 내린다. 가방을 들고 선객들이 줄줄이 절벽을 기어오른다. 손톱이 자라 있어, 바위 모서리에서 바위 모서리로 재빨리 옮겨가며 가방도 떨어뜨리지 않는다. 많은 얼굴들이 절벽 위에서 나란히 나리모치의 병실을 엿보고 있다. ……

 대체로 상투적인 환영이다. 나리모치에게는 시인의 소질이 전혀 없었다. 이런 평범한 환영에도 그는 진솔하고 순수한 공포의 헛소리를 지르는 것이었다.

 사오일쯤 지나자 그는 실신 전의 상태로 돌아와, 말은 못하고 반신불수인 채, 왕성한 식욕을 회복했다.

 5월 중순을 넘긴 어느 날 아침이었다.

그날 아침은 훌륭했다. 바다는 평온하고 하늘은 구름 한 점 없이 맑았다. 많은 어선들이 나가 있어 나리모치의 병실에서도, 바다에 흩뿌려진 수많은 흰 돛이 서로에게 빨려들듯이 움직이거나 스쳐 가는 것이 보였다. 적송 가지에는 작은 새들이 떼 지어 지저귀고 있었고, 정원의 태산목은 촌스러운 조화 같은 커다란 꽃을 피웠다. 벌은 더한층 분주하게 날아다니고, 자동차 경적도 여느 때보다 자주 들려왔다. 터널을 빠져나가 온천지로 향하는 승용차나 지프차가 많다. 그래서 일요일이라는 것을 알았다. 실신한 날로부터 딱 일주일이 지나 있었다.

히가키와 나리아키, 데루코, 그리고 조금은 책임을 느낀 히사오도 와서 전날 밤부터 머물고 있었다. 이쓰코는 은 스푼으로 우유를 아버지의 입에 가져갔다. 얼굴 밑에는 수건이 깔려 있다. 우유는 가끔 흘러내려 턱을 따라 수건을 적셨다. 기분이 좋은 나머지, 세심한 신경을 쓰지 못한 이쓰코가 스푼을 거칠게 집어넣다가, 틀니를 뺀 연한 잇몸을 찔렀다. 나리모치는 앙갚음으로 입안에서 우유를 있는 대로 뱉어버렸다.

끊임없이 화를 내고 있는 이 유폐된 영혼을 이해해주는 사람은 아무도 없었다. 다들 히가키의 비속한 농담에 웃었고, 이쓰코조차 종종 그 농담에 빠져, 스푼을 든 손을 멈추었다.

"근데, 저기, 저희가 아버님을 돌봐야 하는데, 이렇게 수고

해주셔서 늘 그 마음은 잊지 않고 있어요. 정말이지 이쓰코까지 돌봐주시다니. …… 히가키 씨는 대단하세요. 보통 사람은 할 수 없는 일이에요."

히가키를 치켜세우는 것이 이해관계상 유리하다고 느낀 데루코가 이렇게 뻔히 보이게 입에 발린 말을 꺼냈다. 하지만 자기 돈은 한 푼도 쓰지 않는 이 친척이 자신의 태만함은 나 몰라라 하며 "대단하세요" 따위의 말을 하는 것이야말로 "보통 사람은 할 수 없는 일"이었다.

공주처럼 자란 그대로 약삭빠른 데루코는 오빠 나리아키를 세상 물정 모르는 사람이라며 경멸했지만, 으십보백보였다.

"히가키 군에겐 정말 폐를 끼치고 있지. 정말이지 감사하네."

나리아키는 나리아키대로 거만하게 말했다. 작곡가가 되려고 했지만 게으른 탓에 아무것도 못 되고, 아버지의 저택에서 앙고라토끼를 키워 그 수입으로 먹고사는 남자가, 증권회사 사장에게 그런 말을 하는 것은 기이한 느낌을 주었다.

"그런 말씀은 곤란합니다. 아니에요. 저는 그저 좋아하는 마음으로 하고 있는 거니까요. 제가 아버님의 큰 팬이거든요. 전 어르신을 위해서라면 뭐든지 해드리고 싶은 마음입니다. 봉건적이라느니 말씀하시면 안 됩니다. 아버님이 정말 좋아서 이러는 거니까요, 그뿐입니다."

"어디가 좋은 걸까?"

"여뀌 먹는 벌레*라는 말도 있지만, 아버지는 오히려 마늘 아냐?"

"그래도 마늘은 어쨌든 호르몬제라도 되죠."

이쓰코는 말이 없었다. 말이 없다는 것은 비난의 표시로, 이미 그녀는 아버지를 간병 받아야 할 애착 인형처럼 대하고 있었는데, 그런 말을 들으니 아버지에게도 듣는 귀, 보는 눈이 남아 있다는 생각을 했다. 아버지의 귀, 아버지의 눈은 육체와는 다른 세계에 있는 것 같았다. 그것은 오히려 다른 세계에서 가만히 이 세상을 향해 있는 귀와 눈 같았다. 그 다른 세계에서 무슨 말이 들린다 해도, 이 세상에서는 수치가 되지 않은 것이다. 이 세상의 귀, 이 세상의 눈 앞에서만 사람은 후안무치하게, 있는 그대로 행동할 수 있는 것이리라.

"다 드셨나요?"

"도중에 그만 드셨어요."

"제가 드려보지요."

히가키는 바지 앞주름은 신경 쓰지 않고 똑바로 앉아 우유 스푼을 쥐었다.

나리모치는 또다시 알 수 없는 공포를 예감했다. 하지만 공포는 이미 그의 생활이 되었다. 인간에 대한 공포는 이미

---

* 쓴맛의 여뀌 풀을 먹는 벌레라는 말로, 사람은 저마다 자기 취향이 있다는 뜻이다.

그의 신조가 되어 있었다.

히가키의 눈과, 눈곱으로 반쯤 덮인 늙은 귀족의 눈이 마주쳤다. 히가키의 작은 눈, 통통한 턱, 둥글둥글한 코, 그 모든 것을 나리모치는 우습게 보았던 것이다. 히가키에게 신세를 지게 된 것도, 말하자면 더 심하게 그를 비웃기 위해서였다.

── 히가키는 치아가 고르지 못한 입가에 선의를 가득 담고, 선의를 너무 먹어서 트림이 나올 것 같은 표정으로 스푼을 내밀었다. 손바닥으로 한쪽 뺨을 얻어맞았을 때의 날카로운 소년의 표정을 거기서 찾아내기란 이제 어려웠다.

── 25년 전의 일이다. 그 무렵 집에서 부리던 집사의 아들이 정원의 정자에 깜빡 두고 온 나리모치의 라이터를 훔쳤다. 훔쳤다기보다는 신기해서 살펴보고 있는데, 찾으러 온 나리모치가 소년을 붙잡아 뺨을 때렸다. 왜소한 소년이었고 머리가 좋았다. 나리모치는 머리가 좋은 건 인정했지만 얼굴이 추한 것이 마음에 들지 않았다. 나리모치는 아름다운 것에도 잔혹했지만, 그 잔혹함에는 사랑이 섞여 있었다. 하지만 추한 것에는 인정사정없었다.

그 때문에 고지식한 아버지에게 의절당한 히가키는 어느 주식 매매상의 집에 서생으로 들어가 살았다. 주인의 인정을 받으며 앞길을 다져나갔다. 전쟁이 끝나고, 분점을 나눠 받았다. 자수성가하여 한 증권회사의 사장이 되었다. 이 별장을 사서, 전쟁 때 화재로 집을 잃은 전 주인과 그 딸을 손님 대접을 하며 맞이한 것이다.

── 히가키는 스푼에 우유를 가득 담았다. 그 스푼을 나리모치의 아랫입술에 들이밀었다. 가족들도 얼굴을 갖다 대며 히가키를 응원했다.

"아버님, 드십시오" 하고 냉혹한 명령조로 나리아키가 말했다. 그런 식으로 말하는 남자는 의외로 속은 무른 법이다.

"드세요. 맛있어요" 하고 성의 없이 데루코가 말한다.

"히가키 씨, 좀 더요, 좀 더" 하고 천진난만한 히사오가 말한다.

나리모치는 이에 대한 순간적인 반응으로 모든 것이 결정될 것만 같은 기분이 들었다. 이런 예감은 대체로 틀리지 않는다. 사실 인생에는 겉보기엔 볼품없는 중요한 순간이 더러 있는 법이다. 그것은 과장해서 비유하자면, 군중 속에 섞인 암살자가 더욱 눈에 띄지 않는 차림을 하고 있는 것과 비슷하다.

입을 굳게 닫고 받아들이지 않는 것도 하나의 즐거움이다. 얼굴을 돌리며 우유를 쏟아버리는 것도 하나의 즐거움이다. 또 입술에 힘을 주고 스푼을 밀쳐버려, 히가키의 코끝에 개처럼 우유가 묻는 것을 보는 것도 하나의 즐거움이다.

나리모치는 슬쩍 눈을 돌려 이쓰코를 보았다. 이쓰코는 아버지의 깃털 이불에 기댄 채 몸을 돌려, 비단 이불 덮개에서 빠져나온 하얀 깃털 한 올을 집어 손가락으르 장난을 치고 있었다. 그녀는 나리모치가 어떤 태도를 보이든 관심이 없는 듯한 모습이었다. 하지만 그녀가 뭔가를 바라고 있다는 것은 누가 봐도 분명했다. 다만 아무도 보고 있지 않았을 뿐이다.

나리모치는 그것을 보며, 무의식중에 무언가이 순순히 몸을 맡기는 기분이 들었다. 입을 순순히 벌렸다. 우유가 반쯤 마비된 입속으로 미끄러지듯 흘러 들어갔다.

"어머, 드셨어."

"어떻습니까? 잘하죠?"

히가키가 말했다. 나리모치는 거짓말처럼 그의 스푼으로 몇 번이나 마셨다.

보기 지겨워진 데루코가 이쓰코의 손거울을 빌려 화장을 하러 일어섰다. 거울은 5월의 아침 햇살을 잠시 방 안에 흩뿌렸다.

이쓰코가 말했다.

"이 정도면 아버지는 금방 좋아지시겠어요."

"그럼요, 그럼요."

히가키가 말했다.

얼마 후 이쓰코는 점심 준비를 하러, 히가키와 히사오는 산책을 하러 일어섰다.

나리모치는 거의 생전 처음이라고 해도 좋을, 달콤한 융화의 감정 속을 떠다니고 있었다. 그는 하늘이 아름답다고, 바다가 아름답다고 느꼈다. 새의 울음소리도, 벌의 날갯짓 소리도 다정하게 들렸다. 그의 감정은 반신이 마비된 상태에서조차 왠지 모를 상쾌한 조화를 느꼈다.

데루코는 화장대가 없어 창틀에 손거울을 세우고, 선 채로 화장을 고쳤다. 화장이 끝났다. 손거울은 다시 그녀의 손에 쥐어진 채, 방 안 여기저기를 번개처럼 비추었다. 엎드려서 조간신문을 읽고 있던 오빠 나리아키가 말했다.

"그만둬, 성가시게."

"그래도 오늘 아침부터 화가 나서 못 살겠어요. 이쓰코 걔, 어린애라고 생각했는데, 저러는 거 좀 봐요. 우리만 이 좁은 방에 재우고, 자기 혼자 히가키 씨와 안채에서 자잖아요."

"히가키도 처음부터 그게 목적이었으니 어쩔 수 없지."

"그래도 정말 기가 막혀서."

"이번에 와 보니 이쓰코가 좀 달라졌나 했는데, 아하 하고 알아차렸지. 히가키는 좋은 찬스를 노렸던 거야."

나리아키는 잘난 척하며 하품을 했다.

그 말을 듣자, 나리모치는 감정의 평안함이 무너졌다.

'히가키 따위하고…… 하필이면 히가키 따위하고.'

그는 조금 전 이불의 하얀 깃털을 만지작거리던 이쓰코의 이상하게 진지한 모습을 떠올렸다. 그것이야말로 사랑이었던 것이다. 그 암시로, 하필이면 히가키의 스푼을 나리모치가 받아 먹은 것이었다. 차라리 독이었으면 좋았을 텐데. 독조차도, 주기를 기다리는 수밖에 없다. ……

나리모치의 눈은 분노로 타올랐다. 예언의 능력, 알아맞히는 능력도 눈앞에서 사라졌다. 어쩌면 저주도 더는 효과가 없을 것이다. 이렇게 갇혀버린 몸을, 이렇게 사로잡힌 영혼을 누가 이해할 수 있을까. 그 자신조차 알 수 없다. …… 그는 죽음을 바랐다. 그러나 죽음 역시 그의 바람과는 전혀 무관한 판단에 의해, 어느 아침 거지에게 던져진 찢어진 소액 지폐처럼 그의 몸 위로 춤추듯 내려올 것이 분명했다.

마쓰다이라 나리모치는 회한을 몰랐다. 그렇지만 일찍이 그가 남들에게 안겨준 불행이 강력하게 성장하여, 불행에서 불행의 자식이, 불행의 손자가, 불행의 후손이 놀랄 만큼 번식했다면, 나리모치는 그래도 뉘우침을 알기 위해 애쓰는 열정을 가졌을 것이다. 하지만 그가 뿌린 불행의 씨앗은 모조리, 변형된 애정이나, 뒤틀린 인도주의, 또는 부드러운 비난의 형태로 자랐을 뿐이었다. 단 하나도 그에게 앙갚음을 하지 않았다. 단 하나도! 그가 남의 불행과 상처를 즐거움으로 만든 그 강력한 판단과 똑같은 힘으로, 그에게 앙갚음한 것은 단 하나도 없었다. 받은 것이라고는 그저 저 붙임성 좋은 졸부가, 작고 꼴사나운 손에 스푼을 쥐고 그의 입에 넣어준 약간의 우유, 그것뿐이다. 그가 한평생 받은 보복은 오직 그것뿐이었다.

그토록 말을 하고 싶었던 나리모치는 분노에 찬 나머지 말을 할 수 없게 되자, 어떤 또다른 종류의 자유가 싹트는 듯한 기분이 들었다. 늙음과 병과 분비물의 냄새에 파묻힌 이 노인은, 꿈쩍도 하지 않는 둥지 안에서, 미묘한 복수에 기댄 삶을 은밀히 꿈꾸고 있었다. 이쓰코를 저런 비속한 돼지에게 맡길 순 없어, 하고 그는 속으로 생각했다. 적어도 이쓰코만큼은 나를 떠나지 않고, 나에게 진정한 불행이 되어야 해.

히가키의 행동은 점점 노골적이 되었다.

꾸벅꾸벅 졸다가 깨려고 할 때쯤,

"안 돼요. 여기선 안 돼요, 안 된다니까요."

하는 이쓰코의 목소리를 들은 적도 있었다. 두 사람은 아무 거리낌 없이 멋대로 행동하고, 좋아서 어쩔 줄을 모르며 종종 나리모치의 존재를 잊어버렸다. 자작이 초인종을 울릴 겨를도 없이 이부자리에 실수를 한 적도 있었다. 두 시간이 넘도록 아무도 알아채지 못했다.

어느 날 밤, 정전이 되었다. 이쓰코가 나리모치의 머리맡에 촛대를 들고 다가왔다.

촛대를 내려놓고 일어서서 안채로 가려고 했다. 나리모치는 이 기회를 기다리고 있었다. 옆으로 비어져 나온 왼발로 걸어 넘어뜨렸다.

이쓰코는 장난인 줄 알고 소리쳤다.

"그만하세요, 그만하시라니까요! 병이 도지잖아요."

나리모치는 쓰러진 딸의 두 발을, 자유로운 왼발과 움직이지 않는 오른발로 눌렀다. 그리고 왼손으로 촛대를 잡고 어깨로 딸의 가슴을 강하게 눌렀다.

 왼손은 숙련되어 있었기 때문에 제 할 일을 훌륭히 해냈다. 촛불의 불꽃으로 이쓰코의 뺨을 지진 것이다. 그녀가 세차게 저항하는 바람에, 머리카락 일부에도 불꽃이 옮겨 붙었다. 불꽃은 머리카락을 꼼꼼하게 감듯이 타고 올라갔다. 하지만 머리카락의 불은 크게 번지지는 않았다.

 —— 마쓰다이라 나리모치의 이 최후의 책략은 기대에 어긋났다. 요즘 세상에 보기 드문 인도적인 히가키는 한쪽 뺨 전체가 흉하게 일그러진 여자와 과감하게 결혼했다. 나리모치는 두 사람이 결혼한 일주일 후, 두 번째 뇌출혈로 급사했다.

우국

1

쇼와 11년 2월 28일 (즉, 2·26 사건* 발발 3일째), 근위 보병 제1연대 소속 다케야마 신지 중위는 사건 발생 이후 친구가 반란군에 가담한 것에 번민을 거듭하고, 끝내는 황군(皇軍)끼리 서로 공격하는 사태가 필연적으로 일어날 것에 통분하여, 요쓰야구 아오바초 6번지 자택의 8조 방에서 군도로 할복자살을 하였고, 레이코 부인도 부군을 따라 자결하였노라. 중위의 유서는 단 한 구절 "황군의 만세를 기원한다"였고, 부인의 유서는 양친을 앞서 떠나는 불효를 사죄하고, "군

---

* 1936년 2월 26일에 일어난 쿠데타 미수 사건. 일본 육군 청년 장교들이 약 천 5백 명의 병사를 이끌고 정부 요인들을 살해하고 총리 관저 등을 점거한 사건이다. 천황을 중심으로 한 군 주도의 국가 개조를 주장했지만, 천황의 분노를 사서 무력으로 진압되었다.

인의 아내로서 이르러야 할 날이 왔습니다" 등등이 적혀 있었다. 열부 열녀의 최후, 정녕 귀신도 통곡하게 할 모습이로다. 덧붙여, 중위는 향년 30세, 부인은 23세, 화촉을 밝힌 지 반년을 채우지 못했노라.

2

다케야마 중위의 결혼식에 참석한 사람은 물론이고, 신랑 신부의 기념사진만 본 사람도 이 두 미남 미녀의 외모에 새삼 감탄의 목소리가 흘러나왔다. 군복 차림의 중위는 왼손으로 군도를 짚고 오른손에는 벗은 군모를 든 채, 씩씩하게 신부를 감싸듯 서 있었다. 참으로 늠름한 얼굴로, 짙은 눈썹도, 부릅뜬 큰 눈도, 청년의 정결함과 결백함을 잘 보여주고 있었다. 신부의 하얀 예복 차림의 아름다움은 비할 데가 없었다. 고운 눈썹 아래 동그란 눈에도, 모양이 예쁜 가느다란 코에도, 도톰한 입술에도 아리따움과 고귀함이 서로 어우러져 있다. 예복 소맷자락에서 살며시 삐져나와 부채를 쥐고 있는 손가락 끝은 섬세하게 가지런히 놓인 것이 마치 박꽃의 봉오리처럼 보였다.

두 사람이 자결한 후, 사람들은 종종 이 사진을 꺼내 보며, 이런 더할 나위 없이 아름다운 남녀의 결합은 불길함을 품기 마련이라며 탄식했다. 사건 후에 보니, 기분 탓인지, 금색 병풍 앞의 신랑 신부는 서로 더없이 맑은 눈동자로, 바로 눈앞의 죽음을 꿰뚫어 보고 있는 것처럼 보였다.

두 사람은 중매를 선 오세키 중장의 도움으르 요쓰야 아오바초에 신혼집을 마련했다. 신혼집이라 해도, 작은 뜰이 딸린 방 세 칸짜리 낡은 셋집으로, 아래층의 6조 방도 4조 방도 해가 잘 들지 않아, 이층의 8조 방을 침실 겸 거실로 쓰고, 하녀도 두지 않고 레이코 혼자서 집을 지켰다.

신혼여행은 비상시라는 이유로 삼갔다. 두 사람이 첫날밤을 보낸 곳은 이 집이었다. 잠자리에 들기 전 신지는 군도를 무릎 앞에 놓고, 군인다운 훈계를 했다. 군인의 아내 되는 사람은 언제 어느 때든 남편의 죽음을 각오해야 한다. 그것은 내일 올지도 모른다. 모레 올지도 모른다. 언제 오더라도 당황하지 않을 각오가 되어 있는지 물었던 것이다. 레이코는 일어나서 장롱 서랍을 열더니, 가장 아끼는 혼수인 어머니에게 받은 단도를 꺼내, 남편과 마찬가지로 말없이 자신의 무릎 앞에 놓았다. 그것으로 훌륭한 묵계가 성립하였고, 중위는 두 번 다시 아내의 각오를 확인하는 일이 없었다.

결혼하고 몇 달이 지나자, 레이코의 아름다움은 더더욱 빛을 발해, 비 온 뒤의 달처럼 환해졌다.

두 사람 모두 참으로 건강하고 젊은 육체를 가졌기에, 그 정교(情交)는 격렬하여 밤에는 말할 것도 없고, 훈련에서 돌아와 먼지투성이의 군복을 벗는 사이에도 애가 달아, 집에 오자마자 중위는 신부를 그 자리에 쓰러뜨리는 일도 한두 번이 아니었다. 레이코도 곧잘 그에 응했다. 첫날밤 이후 한 달이 될까 말까 할 무렵, 레이코는 기쁨을 알았고, 중위도 그것을 알고 기뻐했다.

레이코의 몸은 희고 엄숙했으며, 부풀어 오른 젖가슴은 자못 강한 거부의 순결함을 보이면서도, 일단 받아들인 후에는 보금자리의 따스함을 머금었다. 그들은 잠자리 속에서도 무서울 정도로, 엄숙할 정도로 진지했다. 점점 격렬해지는 광란의 한복판에서도 진지했다.

낮에 훈련하다 잠깐 쉴 때도 중위는 아내를 생각했고, 레이코는 온종일 남편의 모습을 그리워했다. 하지만 혼자 있을 때도 결혼식 사진을 보고 있으면 행복을 확인할 수 있었다. 레이코는 불과 몇 달 전까지만 해도 길에서 스쳐 가는 사람일 뿐이던 남자가 그녀의 온 세상의 태양이 된 것에, 이제는 어떤 이상한 느낌도 들지 않았다.

이 모든 것은 도덕적이었고, '부부는 서로 화합해야 한다'라는 교육칙어의 가르침에도 부합했다. 레이코는 한 번도 말대꾸를 하지 않았고, 중위도 아내를 질타할 어떤 이유도 찾지 못했다. 아래층 신단에는 고타이 신궁의 부적과 함께 천황 폐하와 황후 폐하의 사진이 놓여 있고, 매일 아침 출근 전 중위는 아내와 함께 신단 앞에서 깊이 고개를 숙였다. 바치는 물은 아침마다 새로 길어 왔고, 비쭈기나무는 늘 윤이 나고 싱싱했다. 이 세상은 모든 것이 엄숙한 신의 위엄으로 지켜지고 있었고, 그러면서도 구석구석까지 몸마저 떨릴 듯한 쾌락으로 흘러넘치고 있었다.

3

사이토 내대신(內大臣)의 저택은 근처였는데도, 2월 26일 아침, 두 사람은 총소리도 듣지 못했다. 다만 10분간의 참극이 끝나고, 눈 내리는 어두운 새벽, 집합 나팔 소리가 중위의 잠을 깨웠다. 중위는 벌떡 일어나 말없이 군복을 입고는 아내가 내미는 군도를 차고, 동트기 전 눈 오는 아침 길을 달리기 시작했다. 그리고 28일 저녁까지 돌아오지 않았다.

레이코는 얼마 뒤 라디오 뉴스로 이 돌발 사건의 전모를 알았다. 그 후 이틀 동안 레이코 혼자만의 생활은 그야말로 조용하여, 문을 걸어 잠근 채 지냈다.

레이코는 눈 내리는 아침, 말도 없이 뛰쳐나간 중위의 얼굴에서 이미 죽음의 결의를 읽은 것이다. 남편이 이대로 살아 돌아오지 않을 경우에는 뒤를 따를 각오가 되어 있다. 그녀는 조용히 주변을 정리했다. 몇 벌의 나들이옷은 학창 시절 친구들에게 유품으로 주려고, 하나하나 종이 포장지에 싸서 그 위에 이름을 적어두었다. 평소에 늘, 내일을 생각해서는 안 된다는 남편의 말에 레이코는 일기조차 쓰지 않아, 지난 몇 달간의 행복의 기록을 찬찬히 되읽고 불 속에 던져 버리는 즐거움을 잃었다. 라디오 옆에는 도기로 만든 작은 개와 토끼, 다람쥐, 곰, 여우가 있었다. 그보다 더 작은 항아리와 물병이 있었다. 이것이 레이코의 유일한 수집품이었지만, 이런 것을 유품으로 준다 한들 의미도 없을 것이다. 그렇다고 굳이 관 속에 넣어 달라고 할 만한 것도 아니다. 그러자 그 작은 도기 동물들은 더더욱 오갈 데도, 의지할 데도 없는 표정을 띠기 시작했다.

레이코는 그중에 다람쥐를 손에 쥐어보고는, 자신의 이런, 어린아이 같은 애착 너머 저 멀리 남편이 체현하고 있는, 태양과 같은 대의(大義)를 우러러보았다. 자신은 기꺼이 그 빛나는 태양의 수레에 끌려가 죽을 몸이지만, 지금 이 몇 시간만큼은 혼자서 이 천진한 애착에 잠겨 있을 수 있다. 그러나 자신이 진정으로 이것들을 사랑한 것은 옛날이다. 지금은 사랑했던 추억을 사랑하고 있을 뿐이기에, 마음은 더욱 열렬한 것, 더욱 미칠 듯한 행복으로 가득 차 있다. …… 게다가 레이코는 생각만으로도 설레는, 밤낮의 육체의 기쁨을 쾌락 따위의 이름으로 부른 적은 한 번도 없었다. 아름다운 손가락은 2월의 추위에 더해 도기 다람쥐의 얼어붙을 듯한 감촉을 지녔지만, 그러는 동안에도 중위의 억센 팔이 뻗어오는 순간을 생각하면, 단정하게 차려입은 비단옷 앞자락의 반복되는 무늬 안쪽으로, 레이코는 눈을 녹일 듯한 뜨거운 과육의 촉촉함을 느꼈다.

뇌리에 떠오르는 죽음은 조금도 두렵지 않았고, 집을 지키고 있는 레이코는 남편이 지금 느끼고 있는 것, 생각하고 있는 것, 그 비탄, 그 고뇌, 그 생각의 모든 것이, 그의 육체와 완전히 똑같이, 자신을 쾌적한 죽음으로 데려가줄 거라고 굳게 믿었다. 그 사상의 어떤 파편에도 그녀의 몸은 쉽게 녹아들 수 있을 것 같았다.

그리고 나서 레이코는 시시각각 라디오 뉴스에 귀를 기울였고, 남편의 친구 몇몇의 이름이 궐기한 사람들 속에 들어 있는 것을 알았다. 그것은 죽음의 뉴스였다. 그리고 사태가 날이 갈수록 피할 수도 물러설 수도 없는 형태로 되어가는 것을, 칙명이 언제 내려질지도 모르고, 처음에는 유신(維新)을 위한 궐기로 여겨졌던 것이 반란이라는 오명을 뒤집어쓰게 된 것을 자세히 알게 되었다. 연대에서는 아무런 연락도 없었다. 눈이 쌓여 있는 시내에서 언제 싸움이 시작될지 알 수 없었다.

28일 해 질 무렵, 현관문을 거칠게 두드리는 소리를 레이코는 두려운 심정으로 들었다. 뛰어나가 떨리는 손으로 자물쇠를 열었다. 간유리 너머의 그림자는 아무 말이 없었지만, 남편임에 틀림없었다. 레이코는 문의 자물쇠가 이토록 답답하게 느껴진 적이 없었다. 그런 탓에 자물쇠는 손을 거역하고, 미닫이문은 좀처럼 열리지 않는다.

문이 열리기 바쁘게, 카키색 외투에 감싸인 중위의 몸이, 눈 진창에 무거워진 장화를 안으로 들이며 현관의 시멘트 바닥 위에 섰다. 중위는 문을 닫자마자 자신의 손으로 다시 자물쇠를 걸어 잠갔다. 그것이 무슨 의미였는지 레이코는 알 수 없었다.

"다녀오셨어요."

레이코는 깊이 고개를 숙였지만, 중위는 대답이 없다. 군도를 풀고 외투를 벗으려 하자, 레이코가 뒤로 돌아가 거들었다. 받아든 외투는 차갑고 축축해, 양지에서 풍기는 말똥 냄새가 지워진 채, 레이코의 팔에 묵직하게 얹혔다. 그것을 옷걸이에 걸고 군도를 안은 채 그녀는 장화를 벗은 남편을 따라 거실로 들어갔다. 아래층의 6조 방이다.

밝은 불빛 아래서 보는 남편의 얼굴은 덥수룩한 수염으로 덮여 있고, 딴사람처럼 초췌했다. 볼이 패이고 윤기와 탄력을 잃었다. 기분이 좋을 때는 집에 돌아오자마자 평상복으로 갈아입고 저녁밥을 재촉하는데도, 군복 차림으로 탁자 앞에 책상다리를 하고 앉아 고개를 숙이고 있다. 레이코는 저녁 준비를 해야 할지 물으려다 말았다.

잠시 후, 중위는 이렇게 말했다.

"난 몰랐어. 그 녀석들이 날 끌어들이지 않았어. 아마 내가 신혼이라 배려한 거겠지. 가노도 혼마도 야마구치도 말이야."

레이코는 남편의 친구이자 종종 이 집에도 놀러 왔던 활기찬 청년 장교들의 얼굴을 떠올렸다.

"어쩌면 내일이라도 칙명이 내려질 거요. 그 녀석들은 반란군이라는 오명을 덮어쓰겠지. 난 부하들을 지휘해 녀석들을 쳐야 할 거요. …… 난 못해. 그런 짓은 할 수 없어."

그리고 또 말했다.

"난 지금 경비 교대를 명령받고, 오늘 하룻밤 귀가를 허락받은 거요. 내일 아침엔 반드시 녀석들을 치러 나가야 해. 난 그렇겐 못 해, 레이코."

레이코는 똑바로 앉아 눈을 내리깔고 있었다. 잘 알고 있다. 남편은 이미 단 하나, 죽음이라는 말을 하고 있다. 중위의 마음은 이미 정해져 있다. 한마디 한마디의 같은 죽음이 뒷받침되고 있고, 이 검고 견고한 뒷받침으로 인해, 말은 흔들림 없는 힘을 드러내고 있다. 중위는 고뇌를 말하고 있는데도, 거기에는 이미 망설임은 없다.

하지만 이러고 있는 동안의 침묵의 시간에는, 눈 녹은 계곡물 같은 청량함이 있었다. 중위는 이틀에 걸친 긴 번뇌 끝에, 자기 집에서 아름다운 아내의 얼굴을 마주하고서야 비로소 마음의 평온을 느꼈다. 말로 하지 않아도, 아내가 내심의 각오를 헤아리고 있다는 것을 바로 알아차렸기 때문이다.

"괜찮겠소?" 하고 중위는 거듭된 불면에도 맑고 씩씩한 눈을 뜨고, 그제야 아내의 눈을 똑바로 바라보았다.

"나는 오늘밤 할복할 거요."

레이코의 눈은 조금도 멈칫하지 않았다.

그 동그란 눈은 힘찬 방울 소리 같은 생기를 보이고 있었다. 그리고 이렇게 말했다.

"각오는 하고 있었어요. 함께하고 싶습니다."

중위는 그 눈빛의 힘에 압도되는 듯한 기분이 들었다. 말은 잠꼬대처럼 술술 나왔고, 어떻게 이런 중대한 허락이 이렇게나 가벼운 표현을 취하는지 이해할 수 없었다.

"좋아. 함께 갑시다. 단, 내가 할복하는 걸 끝까지 지켜봐주면 좋겠소. 괜찮겠소?"

그렇게 말을 끝내자, 두 사람의 마음에는 갑자기 해방된 듯한 기쁨이 마구 솟구쳐 올랐다.

레이코는 남편의 이 커다란 신뢰에 크게 감격했다. 중위로서는 무슨 일이 있어도 죽음에 실패해서는 안 된다. 그러기 위해서는 끝까지 지켜봐 줄 사람이 있어야 한다. 그 일에 아내를 선택했다는 것이 첫 번째 신뢰다. 함께 죽기를 약속하면서도, 아내를 먼저 죽이지 않고, 아내의 죽음을 자신은 확인할 수 없는 미래에 둔다는 것은 두 번째이자 더 큰 신뢰다. 만약 중위가 의심 많은 남편이었다면, 다른 여느 동반자살처럼 아내를 먼저 죽이는 쪽을 택했을 것이다.

중위는 신혼 첫날밤부터 자신이 레이코를 이끌어, 레이코가 "함께하겠다"라고 거리낌 없이 말하게 된 것을, 교육의 큰 성과로 느꼈다. 그것은 중위의 자부심을 위로했지만, 그는 애정이 자발적으로 그렇게 말하게 했다고 생각할 만큼 자만에 빠진 해이한 남편은 아니었다.

기쁨은 너무도 자연스럽게 서로의 가슴속에 솟아올라, 마주 보는 얼굴에는 저절로 미소가 떠올랐다. 레이코는 신혼 첫날밤이 다시 찾아온 듯한 기분이 들었다.

눈앞에는 고통도 죽음도 없이, 자유롭고 드넓은 들판이 펼쳐지는 것 같았다.

"목욕물 데워놓았어요. 씻으시겠어요?"

"응."

"식사는요?"

그 말은 너무도 담담하고 가정적으로 들려, 중의는 하마터면 착각에 빠질 뻔했다.

"식사는 필요 없소. 술이나 데워주겠소?"

"예."

레이코가 일어나, 남편이 목욕 후에 입을 덧옷을 꺼내려 할 때, 열린 서랍이 남편의 주의를 끌었다. 중위는 다가가서 장롱 서랍 안을 들여다보았다. 가지런히 옷을 싸놓은 포장지 위에는 유품을 받을 이름이 하나하나 쓰여 있었다. 이런 당찬 각오를 본 중위는 슬픔은 조금도 느끼지 않았고, 마음은 달콤한 정서로 가득 채워졌다. 젊은 아내가 아이처럼 사놓은 물건을 보게 된 남편처럼, 중위는 사랑스러운 나머지, 아내를 뒤에서 끌어안으며 목덜미에 입을 맞추었다.

레이코는 목덜미에 중위의 간지러운 수염을 느꼈다. 이 감각은 단지 현세적인 것 이상으로 레이코에게 현실 그 자체였지만, 이제 곧 그것을 잃어버리게 된다는 느낌은 더없이 신선했다. 한순간 한순간이 생생하게 힘을 얻고, 온몸 구석구석이 새롭게 눈을 뜬다. 레이코는 버선의 발끝에 힘을 주며, 등 뒤로 남편의 애무를 받아들였다.

"목욕하고 술 한잔 하고 나서…… 괜찮겠소? 이층에 이부자리 좀 펴주시오……."

중위는 아내의 귓가에 그렇게 말했다. 레이코는 말없이 고개를 끄덕였다.

중위는 거칠게 군복을 벗고 욕실로 들어갔다. 멀리 목욕물 튀는 소리를 들으며 레이코는 방 안의 화롯불을 살피고, 술을 데울 준비를 했다.

덧옷과 허리띠, 속옷을 들고 욕실로 가서, 물 온도가 적당한지 물었다. 김이 자욱이 서린 속에서 중위는 책상다리를 한 채 수염을 깎고 있고, 물에 젖은 늠름한 등 근육이 팔의 움직임에 따라 기민하게 움직이는 것이 어렴풋이 보였다.

여기에는 어떤 특별한 시간은 없었다. 레이코는 부지런히 움직이며 즉석에서 안주를 만들고 있었다. 손도 떨리지 않고, 여느 때보다 민첩하게 척척 움직였다. 그래도 이따금 가슴속 밑바닥을 이상한 고동(鼓動)이 달려간다. 먼 곳의 번개처럼, 그것은 번쩍하고 강렬하게 달리다가 사라진다. 그것 말고는 무엇 하나 평소와 다른 게 없다.

욕실 안의 중위는 수염을 깎으면서, 몸이 한번 따뜻해지자, 그 견딜 수 없는 고뇌의 피로가 완전히 치유되어, 죽음을 앞에 두고도 몸이 즐거운 기대로 가득 차 있는 것을 느꼈다. 아내가 부지런히 움직이는 소리가 희미하게 들려온다. 그러자 이틀 동안 잊고 있던 건강한 욕망이 고개를 치켜들었다.

 두 사람이 죽음을 결심했을 때의 그 기쁨에 즈금도 불순함이 없다는 것에 중위는 자신이 있었다. 그때 두 사람은 물론 분명히 의식하고 있지는 않았지만, 남들이 모르는 둘만의 정당한 쾌락이 대의와 신의 위엄에 의해, 한 치의 빈틈도 없는 완벽한 도덕에 의해 지켜졌음을 느꼈다. 두 사람이 서로의 눈을 바라보며, 서로의 눈 속에서 정당한 죽음을 발견했을 때, 그들은 그 누구도 깨뜨릴 수 없는 철벽에 둘러싸인 채 타인의 손끝 하나도 닿을 수 없는, 아름다움과 정의의 갑옷으로 무장되었음을 느낀 것이다. 그렇기 때문에 중위는 자신의 육체적 욕망과 우국의 충정 사이에 어떠한 모순이나 당착도 찾지 못했을 뿐 아니라, 오히려 그것들을 같은 것으로 여기기까지 했다.

 어둡고 금이 간, 김이 서린 벽거울에 중위는 얼굴을 들이밀고 정성껏 수염을 깎았다. 이것이 그대로 죽은 얼굴이 된다. 보기 흉하게 수염이 남아 있으면 안 된다. 면도한 얼굴은 다시 생기 있게 빛이 나, 어두운 거울을 환히 밝힐 정도였다. 이 밝고 건강한 얼굴과 죽음의 결합에는 말하자면 어떤 산뜻함이 있었다.

 이것이 그대로 죽은 얼굴이 된다! 이미 그 얼굴은, 정확히 말해, 반쯤은 중위의 소유를 떠나 죽은 군인의 기념비 위의 얼굴이 되어 있었다. 그는 시험 삼아 눈을 감아보았다. 모든 것이 어둠에 휩싸여, 이제 그는 사물을 보는 인간이 아니었다.

 목욕을 끝낸 중위는 윤기 흐르는 뺨에 푸른 면도 자국을 반짝이며 활활 피어오르는 화로 옆에 책상다리를 하고 앉았다. 바쁜 중에도 레이코가 재빨리 화장을 고친 것을 중위는 알아차렸다. 뺨은 화사하고, 입술은 촉촉함이 더해져, 슬픔의 그림자도 없었다. 젊은 아내의 이런 당찬 성격이 드러난 모습을 보며, 그는 정말로 아내를 잘 택했다고 느꼈다.

 중위는 잔을 비우고 바로 레이코에게 건넸다. 한 번도 술을 마신 적이 없는 레이코가 순순히 잔을 받아 조심스레 입에 갖다 댔다.

 "이리 와요."

 중위가 말했다. 레이코는 남편 곁으로 가서 비스듬히 안겼다. 가슴은 세차게 파도를 치고, 슬픔의 정서와 희열이 마치 독한 술을 섞은 것만 같았다. 중위는 아내의 얼굴을 내려다보았다. 이것이 내가 이 세상에서 보는 마지막 사람의 얼굴, 마지막 여자의 얼굴이다. 나그네가 두 번 다시 찾지 않을 땅의 아름다운 풍경에 쏟는, 떠나는 이의 눈빛으로 중위는 찬찬히 아내의 얼굴을 살펴보았다. 아무리 보아도 질리지 않는 아름다운 얼굴은 단정하면서도 차가움이 없고, 입술은 부드러운 힘으로 아련히 닫혀 있었다. 중위는 저도 모르게 그 입술에 입을 맞추었다. 이윽고 정신을 차리고 보니, 얼굴은 흐느낌으로 조금도 추하게 일그러지지는 않았지만, 감긴 눈의 긴 속눈썹 그늘에서 눈물방울이 하염없이 흘러넘쳐, 눈꼬리에서 반짝이며 흘러내렸다.

이윽고 중위가 이층 침실로 올라가자고 재촉하자, 아내는 몸을 씻고 가겠다고 말했다. 중위는 혼자 이층으로 올라가, 가스스토브로 따스해진 침실로 들어가 이불 위에 큰대자로 드러누웠다. 이렇게 아내가 오기를 기다리는 시간조차, 무엇 하나 평소와 다른 것이 없었다.

그는 머리 밑에 깍지를 끼고, 스탠드 불빛이 닿지 않는 어슴푸레한 천장의 판자를 바라보았다. 그가 지금 기다리고 있는 것은 죽음인가, 아니면 미칠 듯한 감각의 기쁨인가. 그것들이 겹쳐져 마치 육체의 욕망이 죽음을 향하고 있는 것 같이도 느껴진다. 어느 쪽이든 중위는 이렇게까지 온몸의 자유를 맛본 적은 없었다.

창 밖에서 자동차 소리가 들린다. 길 한쪽에 남아 있는 눈을 차고 지나가는 타이어의 삐걱하는 소리가 들려온다. 근처 담벼락에 경적이 울려 퍼진다. …… 그런 소리를 듣고 있으니, 여전히 바삐 오가는 사회라는 바다 속에서, 이곳만큼은 외딴 섬처럼 우뚝 솟아 있는 듯이 느껴진다. 내가 걱정하는 나라는 이 집 주위에 크고 어수선하게 펼쳐져 있다. 나는 그것을 위해 몸을 바치는 것이다. 그러나 내가 몸을 멸하면서까지 간언하려는 이 거대한 나라는 과연 이 죽음을 한번이라도 생각해줄지 모르겠다. 하지만 그걸로 된 것이다. 이곳은 화려하지 않은 전장, 누구에게도 공훈을 보일 수 없는 전장이자, 영혼의 최전선이었다.

레이코가 계단을 올라오는 발소리가 들린다. 낡은 집의 가파른 계단은 자주 삐걱거렸다. 이 삐걱거리는 소리가 정겨워, 몇 번이나 중위는 잠자리에서 기다리며 이 감미로운 소리를 들었던 것이다. 두 번 다시 이 소리를 들을 수 없다고 생각하자, 그는 그것에 귀를 기울이며, 귀중한 시간의 한순간 한순간을, 그 부드러운 발바닥이 내는 삐걱대는 소리로 빈틈없이 채우려고 애썼다. 그렇게 하여 시간은 반짝반짝 빛을 발하며 보석처럼 변했다.

레이코는 유카타에 나고야 오비를 매고 있었고, 그 오비의 진홍빛은 흐릿한 어둠 속에서 거무스름했다. 중위가 그것에 손을 대고, 레이코의 손이 거들자, 오비는 하늘거리며 다다미 위에 떨어졌다. 아직 유카타를 입고 있는 아내의 양쪽 겨드랑이 밑으로 손을 넣어 안으려다가, 옆트임 안쪽의 따스한 살에 손가락이 끼었을 때, 중위는 그 손끝의 감촉에 온몸이 타오르는 것만 같았다.

두 사람은 스토브의 불빛 앞에서 어느새 자연스럽게 알몸이 되었다.

말은 하지 않았지만, 몸도 마음도, 설레는 가슴도, 이것이 마지막 행위라는 생각에 흥분해 있었다. 그 '마지막 행위'라는 글자는 보이지 않는 먹으로 두 사람의 온몸 구석구석에까지 쓰여 있는 것 같았다.

중위는 격렬하게 젊은 아내를 끌어안고 입을 맞추었다. 두 사람의 혀는 서로의 매끄러운 입속 구석구석까지 확인하며, 아직은 어디에도 징조가 보이지 않는 죽음의 고통이 달구어진 쇠처럼 감각을 새빨갛게 단련해주는 것을 느꼈다. 아직은 느낄 수 없는 죽음의 고통, 그 머나먼 죽음의 고통이 그들의 쾌감을 잘 단련해주었던 것이다.

"당신 몸을 보는 것도 이게 마지막이군. 자세히 보여줘."

중위가 말했다. 그리고 스탠드 갓을 저편으로 기울여, 누운 레이코의 몸 위로 불빛이 길게 비치도록 했다.

레이코는 눈을 감은 채 누워 있었다. 낮은 불빛이 이 희고 엄숙한 육체의 굴곡을 잘 보여주었다. 중위는 조금은 이기적인 마음으로, 이 아름다운 육체가 무너지는 모습을 보지 않아도 되는 행운을 기뻐했다.

중위는 잊을 수 없는 풍경을 천천히 마음속에 새겼다. 한 손으로 머리카락을 만지작거리고, 또 한 손으로는 조용히 아름다운 얼굴을 쓰다듬으며, 눈길 닿는 곳 하나하나에 입을 맞추었다. 후지산 모양의 고요하고 차가운 이마부터, 아련한 눈썹 아래 긴 속눈썹에 감싸인 채 감긴 눈, 단아한 코, 도톰하고 단정한 입술 사이로 살며시 드러난 반짝이는 이, 부드러운 뺨과 영리한 작은 턱, …… 이런 것들이 실로 환한 죽음의 얼굴을 떠올리게 해, 중위는 이제 곧 레이코가 스스로 찌르게 될 하얀 목을 몇 번이고 세차게 빨아서 발갛게 만들어버렸다. 다시 입술로 돌아가 입술을 가볍게 누르고, 그 입술 위에서 자신의 입술을, 가벼운 배가 물 위를 떠다니듯 움직였다. 눈을 감으니, 세상이 요람처럼 흔들렸다.

  중위의 눈이 보는 그대로를, 입술이 충실히 따라갔다. 높이 할딱이는 젖가슴은 산벚꽃 봉오리 같은 젖꼭지를 가졌고, 중위의 입술에 머금어져 단단해졌다. 양쪽 겨드랑이에서 완만히 흘러내리는 팔의 아름다움, 그 둥그스름함이 그대로 손목을 향해 가늘어지는 정교한 모습, 그리고 그 끝에는 결혼식 때 부채를 쥐고 있던 섬세한 손가락이 있었다. 손가락 하나하나는 중위의 입술 앞에서 수줍은 듯 손가락의 그림자 속으로 숨어버렸다. …… 가슴에서 배로 이어지는 타고난 자연스러운 굴곡은 부드럽고도 팽팽한 힘을 지녔고, 거기서부터 허리로 퍼져나가는 풍부한 곡선의 전조를 이루며, 한 치의 흐트러짐도 없는 육체의 올바른 규율 같은 것을 나타내고 있었다. 불빛에서 멀리 떨어진 그 배와 허리의 희고 풍만한 모습은 커다란 사발에 가득 담긴 젖과 같았고, 유난히 깨끗하고 옴폭한 배꼽은, 이제 막 그곳에 한 방울의 빗물이 세차게 뚫어놓은 신선한 흔적 같았다. 그림자가 서서히 짙어지며 모이는 부분에, 음모는 부드럽고도 민감하지 무성했고, 짙은 향기의 꽃이 타는 듯한 냄새는, 이제는 잠잠하지 않은 육체의 끊임없는 흔들림과 함께 그 주변으로 조금씩 짙어졌다.

마침내 레이코가 분명하지 않은 목소리로 이렇게 말했다.
"보여줘…… 나에게도 추억이 되게 잘 보여줘."

이토록 강하고 정당한 요구는 지금껏 한 번도 아내의 입에서 나온 적이 없었고, 그것은 마지막까지 절제하며 감춰온 것이 터져 나온 것처럼 들렸기에, 중위는 순순히 누워서 아내에게 몸을 맡겼다. 요동치던 하얀 육체는 나긋하게 몸을 일으켜, 남편에게 받은 그대로를 남편에게 돌려주려는 사랑스러운 소망으로 달아오른 채, 가만히 그녀를 올려다보고 있는 중위의 눈을 하얀 두 손가락으로 흐르듯이 쓰다듬으며 감겨주었다.

레이코는 눈꺼풀까지 발개지는 열기에 뺨이 달아오른 채, 사랑스러움을 참지 못해 중위의 짧게 깎은 머리를 끌어안았다. 젖가슴에 짧은 머리카락이 닿아 따끔거리고, 남편의 높은 코가 차갑게 파고들며, 숨결이 젖가슴에 뜨겁게 와 닿았다. 그녀는 몸을 떼고, 그 남자다운 얼굴을 바라보았다. 늠름한 눈썹, 감겨진 눈, 수려한 콧날, 꼭 다문 아름다운 입술,

…… 푸르스름한 면도 자국이 난 뺨은 불빛을 받으며 매끄럽게 빛나고 있었다. 레이코는 그 하나하나에 입을 맞추었고, 그러고 나서 굵은 목덜미에도, 단단히 솟아오른 어깨에도, 방패 두 개를 이어 붙인 듯한 억센 가슴과 그 황갈색 젖꼭지에도 입을 맞추었다. 살집 좋은 양 옆구리가 짙은 그림자를 드리우고 있는 겨드랑이에는, 달콤하고 암울한 냄새가 무성한 털에 감돌고 있고, 그 냄새의 달콤함에는 청년의 죽음을 실감하게 하는 무언가가 어려 있었다. 중위의 살결은 보리밭처럼 빛났고, 곳곳의 근육은 뚜렷한 윤곽을 노골적으로 드러내며, 복근에 새겨진 줄 아래에서 조신한 배꼽을 조이고 있었다. 레이코는 남편의 싱싱하고 탄탄한 배, 무성한 털로 뒤덮인 겸허한 배를 보고 있는 동안, 여기가 이제 곧 무참히 갈라질 것을 생각하자 애처로운 나머지, 그곳에 엎드려 울면서 입맞춤을 퍼부었다.

누워 있는 중위는 자신의 배 위로 쏟아지는 아내의 눈물을 느끼며, 그 어떤 극렬한 할복의 고통도 견디겠다는 용기를 다졌다.

이런 과정을 거치며 두 사람이 얼마나 큰 기쁨을 맛보았는지는 말할 필요도 없을 것이다. 중위는 씩씩하게 몸을 일으켜, 슬픔과 눈물로 늘어진 아내의 몸을 억센 팔로 끌어안았다. 두 사람은 양쪽 뺨을 서로 미친 듯이 비벼댔다. 레이코의 몸은 떨고 있었다. 땀에 젖은 가슴과 가슴이 꼭 달라붙어, 다시는 떨어질 수 없을 것처럼, 젊고 아름다운 육체의 구석구석까지 하나가 되었다. 레이코가 소리를 질렀다. 높은 곳에서 나락으로 떨어지고, 나락에서 날개를 달고 다시 아득히 높은 곳까지 날아올랐다. 중위는 장거리를 달리는 연대기수(聯隊旗手)처럼 헐떡였다. …… 그렇게 한 차례가 끝나자 또다시 순식간에 넘쳐흐르는 정염에, 두 사람은 또다시 끌어안고서 지치는 기색도 없이 단숨에 정상을 향해 올라갔다.

4

시간이 흘러, 중위가 몸을 뗀 것은 지쳐서가 아니다. 첫째는 할복에 필요한 강한 힘이 줄어들까 두려웠기 때문이다. 또 하나는 지나치게 탐하다가 마지막의 감미로운 추억을 해칠까 두려웠기 때문이다.

중위가 확실히 몸을 떼자, 여느 때처럼 레이크는 조용히 그에 따랐다. 두 사람은 알몸으로 서로의 손을 깍지 낀 채 드러누워, 가만히 어두운 천장을 바라보고 있다. 달이 한순간에 식어가지만, 스토브의 열기로 조금도 춥지 않다. 주위의 밤은 고요해, 차 소리조차 나지 않는다. 요쓰야 역 부근의 국영 전차나 시영 전차 소리도 해자(垓字) 안쪽에만 메아리칠 뿐, 아카사카 이궁(離宮) 앞의 넓은 차도에 접해 있는 공원 숲에 가로막혀 여기까지는 닿지 않는다. 이곳 도쿄의 한 구역에서 지금도 둘로 분열된 황군이 서로 대치하고 있다는 긴박감은 거짓말 같았다.

두 사람은 몸속에서 타오르는 열기를 느끼며, 조금 전 맛본 최상의 쾌락을 떠올리고 있다. 그 한순간 한순간, 끝없는 입맞춤의 맛, 살의 감촉, 아득한 쾌감의 한 장면 한 장면을 생각하고 있다. 그러나 어두운 천장의 판자에서는 이미 죽음의 얼굴이 엿보고 있다. 그 기쁨은 최후의 기쁨이고, 두 번 다시 이 몸으로 돌아오지 않는다. 하지만 생각해보면, 앞으로 아무리 오래 산다 해도 그만한 환희에 다다르는 일은 두 번 다시 없으리라는 것은 거의 확실했고, 그것은 두 사람 다 같은 생각이었다.

서로 깍지 낀 손끝의 감촉, 이것도 이제 곧 잃어버린다. 지금 보고 있는 어두운 천장 판자의 나뭇결무늬조차도 이제 곧 잃어버린다. 죽음이 바싹 다가오는 것이 느껴진다. 시간을 끌어서는 안 된다. 용기를 내어 이쪽에서 먼저 그 죽음에 덤벼들어야 하는 것이다.

"자, 준비합시다."

중위가 말했다. 그것은 분명 결연한 어조였지만, 레이코는 이토록 부드럽고 다정한 남편의 목소리를 들은 적이 없었다.

몸을 일으키자, 바쁜 일들이 기다리고 있었다.

중위는 지금까지 한 번도 이부자리를 펴고 개는 일을 도운 적이 없었지만, 쾌활하게 벽장을 열어 손수 이불을 가져가 넣었다.

가스스토브의 불을 끄고 스탠드를 치우니, 중위가 집을 비운 사이 레이코가 방을 정리하고 깨끗이 청스해둔 덕에, 한쪽 구석에 놓인 자단 탁자만 빼면 귀한 손님을 맞이하기 전의 거실 풍경과 다름없었다.

"여기서 자주 마셨지. 가노, 혼마, 노구치하고 달이야."

"잘 드셨지요, 다들."

"그 녀석들하고도 이제 곧 저승에서 만날 수 있겠군. 당신을 데려온 걸 보면 그 녀석들 어지간히 놀리겠네."

아래층으로 내려갈 때, 중위는 방금 환히 전등을 켠 이 청정한 방을 뒤돌아보았다. 거기서 술을 마시고 떠들며 악의 없이 자기 자랑을 하던 청년 장교들의 얼굴이 떠오른다. 그때는 이 방에서 자신이 배를 가르게 되리라고는 꿈에도 생각지 못했다.

아래층의 두 방에서 부부는 물 흐르듯 담담히 각자의 준비를 서둘렀다. 중위는 손을 씻은 다음 몸을 정갈하게 하기 위해 욕탕으로 들어갔고, 그 사이에 레이코는 남편의 덧옷을 개어 군복 상하의와 새 무명 훈도시*를 욕실에 내려놓고는, 유서를 쓸 종이를 탁자 위에 펼치고 벼루 뚜껑을 열어 먹을 갈았다. 유서의 문구는 이미 생각해두었다.

레이코의 손가락이 금박을 입힌 차가운 먹을 밀자, 연지

---

* 흰 색의 좁고 긴 천으로 만든 남성용 속옷.

(硯池)는 먹구름이 퍼지듯 순식간에 흐려졌고, 그녀는 이런 동작의 반복이, 이 손가락의 압력, 이 희미한 소리의 왕래가 오로지 죽음을 위한 것이라는 생각을 그만두었다. 죽음이 마침내 눈앞에 나타날 때까지는, 그것은 시간을 담박하게 잘게 자르는 일상의 평범한 일에 불과했다. 하지만 갈면 갈수록 매끄러움을 더해가는 먹의 감촉과 짙어지는 먹 냄새에는 말로 표현할 수 없는 어둠이 있었다.

맨살 위에 군복을 단정히 차려입은 중위가 욕실에서 나왔다. 그리고 말없이 탁자 앞에 정좌하고 붓을 든 채, 종이를 앞에 두고 망설였다.

레이코가 흰 예복을 한 벌 들고 욕실로 가서 몸을 씻고 옅은 화장을 한 다음, 흰 예복 차림으로 방으로 돌아왔을 때, 등불 아래의 종이에는 검은 글씨로,

황군 만세 육군 보병 중위 다케야마 신지

라고만 쓴 유서가 보였다.

레이코가 맞은편에 앉아 유서를 쓰는 동안, 중위는 말없이 진지한 얼굴로, 붓을 든 아내의 하얀 손가락의 단정한 움직임을 지켜보고 있었다.

중위는 군도를 들고, 레이코는 흰 예복의 오비에 단도를 꽂고, 유서를 든 채 신단 앞에서 나란히 묵념을 한 다음, 아래층의 불을 전부 껐다. 이층으로 올라가는 계단에서 뒤를 돌아본 중위는, 어둠 속에서 눈을 내리깔고 그를 따라 올라오

는 흰 예복 차림의 아내의 아름다움을 놀란 눈으로 바라보았다.

유서는 이층의 도코노마에 나란히 놓아두었다. 족자를 떼야 하겠지만, 중매를 서준 오세키 중장의 글씨인데다 '지성(至誠)'이라는 글자였기에 그대로 두었다. 설령 핏방울이 그것을 더럽힌다 해도 중장은 이해해줄 것이다.

중위는 도코노마의 기둥을 등지고 정좌하여, 군도를 무릎 앞에 가로놓았다.

레이코는 다다미 한 장을 사이에 두고 똑바로 앉았다. 모든 것이 하얀 탓에, 입술에 바른 연분홍이 무척 요염하게 보인다.

두 사람은 다다미 한 장을 사이에 두고, 가만히 서로의 눈을 바라보고 있다. 중위의 무릎 앞에는 군도가 놓여 있다. 그것을 보자, 레이코는 첫날밤이 떠올라 슬픔을 참을 수가 없었다. 중위는 억누른 목소리로 이렇게 말했다.

"옆에서 내 목을 쳐줄 사람이 없으니 깊이 찌를 거요. 보기 힘들지도 모르지만, 두려워해서는 안 되오. 어차피 죽음이란 옆에서 보면 무서운 법이오. 그걸 보고 의지가 꺾여선 안 되오. 알겠소?"

"네."

레이코는 깊이 고개를 끄덕였다.

그 희고 나긋한 모습을 보자, 죽음을 앞둔 중위는 묘한 도취를 느꼈다. 이제부터 내가 시작하려는 것은 지금껏 아내에게 보인 적이 없는, 군인으로서의 공적인 행위다. 전장의 결전과 맞먹는 각오가 필요한, 전장의 죽음과 동등한 죽음이다. 나는 지금 전장의 모습을 아내에게 보여주는 것이다.

그것은 잠깐 동안의 신비로운 환상으로 중위를 이끌었다. 전장의 고독한 죽음과 눈앞의 아름다운 아내, 이 두 차원에 발을 걸치고, 불가능한 이 둘의 공존을 구현하면서 지금 내가 죽으려 하고 있다는 이 감각에는, 말로 표현할 수 없는 감미로움이 있었다. 이것이야말로 지복(至福)이 아닐까 하는 생각이 든다. 아내의 아름다운 눈에 내 죽음의 순간순간이 비친다는 것은, 짙은 향기의 미풍을 맞으며 죽음에 이르는 것과 같다. 거기에서는 무언가가 허용되고 있다. 무엇인지는 알 수 없지만, 남들이 모르는 경지에서, 어느 누구에게도 허락되지 않는 경지가 허용되고 있다. 중위는 신부처럼 흰 예복을 입은 눈앞의 아름다운 아내의 모습에서, 자신이 사랑하고 몸 바쳐온 황실과 국가와 군기(軍旗), 그 모든 것의 화려한 환상을 보고 있는 것 같았다. 그것들은 눈앞의 아내와 마찬가지로, 어디에서도, 아무리 먼 곳에서도, 끊임없이 맑은 눈으로 나를 지켜봐주는 존재였다.

레이코 역시 죽음에 다가가려는 남편의 모습을, 이 세상에 이토록 아름다운 것은 없으리라 생각하며 지켜보고 있었다. 군복이 잘 어울리는 중위는 그 늠름한 눈썹, 꾹 다문 입술과 함께, 지금 죽음을 눈앞에 두고서, 아마도 남자로서의 최상의 아름다움을 드러내고 있었다.

"그럼, 가겠소."

드디어 중위가 말했다. 레이코는 방바닥에 몸을 깊이 숙이고 절을 했다. 도저히 얼굴을 들 수가 없다. 눈물로 화장이 망가지는 것을 원치 않았지만, 눈물을 멈출 수가 없었다.

겨우 얼굴을 들었을 때, 눈물 너머로 어른거리며 보이는 것은, 벌써 뽑아 든 군도의 끝을 대여섯 치 남겨두고 칼 전체를 흰 천으로 감고 있는 남편의 모습이다.

다 감은 군도를 무릎 앞에 놓더니 중위는 무릎을 펴고 책상다리를 한 뒤, 군복 옷깃의 단추를 끌렀다. 그 눈은 이미 아내를 보고 있지 않았다. 납작한 놋쇠 단추를 하나하나 천천히 끌렀다. 거무스름한 가슴이 드러나고, 이어서 배가 드러난다. 허리띠를 풀고 바지 단추를 풀었다. 순백의 훈도시가 보이자, 중위는 더욱 배를 느슨하게 하며 훈도시를 두 손으로 밀어 내리고, 군도의 흰 천으로 감싼 부분을 오른손으로 쥐었다. 그대로 눈을 내리깔고 자신의 배를 보면서 왼손으로 아랫배를 문질러 부드럽게 하고 있다.

중위는 칼이 잘 들지 걱정이 되어, 바지 왼쪽을 걷어올려 허벅지를 조금 드러내고 거기에 살짝 칼날을 디끄러뜨렸다. 순식간에 상처에서 피가 배어 나와 몇 줄기의 가느다란 피가 환한 불빛에 반짝이며 가랑이 쪽으로 흘러내렸다.

처음으로 남편의 피를 본 레이코는 무섭게 가슴이 뛰었다. 남편의 얼굴을 본다. 중위는 태연히 그 피를 지켜보고 있다. 잠깐의 안심인 줄 알면서도 레이코는 잠시나마 안도감을 맛보았다.

그때, 중위는 매와 같은 눈빛으로 아내를 뚫어지게 응시했다. 칼을 앞으로 돌리고 허리를 들어올린 채, 상반신이 칼끝을 덮치듯 온 힘을 주고 있는 것을, 군복의 성난 어깨로 알 수 있었다. 중위는 단숨에 왼쪽 옆구리를 깊숙이 찌르려고 생각한 것이다. 날카로운 기합 소리가 침묵의 방을 꿰뚫었다.

중위는 자신이 힘을 주었음에도 불구하고, 마치 남이 굵은 쇠몽둥이로 옆구리를 강타한 듯한 느낌이 들었다. 순간, 머리가 아찔해져, 무슨 일이 일어났는지 알 수 없었다. 대여섯 치가 드러난 칼끝은 이미 완전히 살 속에 파묻혀, 주먹에 쥐어진 천이 배에 바로 닿아 있었다.

의식이 돌아온다. 칼은 분명히 복막을 뚫었다고 중위는 생각했다. 호흡이 거칠어지고 가슴이 세차게 고동치고, 자신의 내부라고는 생각할 수 없는 머나먼 깊은 곳에서, 땅이 갈라지고 뜨거운 용암이 쏟아져 나오는 듯, 무시무시한 고통이 솟구쳐 오르는 것을 느낀다. 그 극심한 고통이 무시무시한 속도로 순식간에 다가온다. 중위는 자기도 모르게 신음이 나오려고 했지만, 아랫입술을 깨물며 참았다.

이것이 할복이라는 것인가, 하고 중위는 생각했다. 그것은 하늘이 머리 위로 떨어지고, 세상이 뒤흔들리는 듯한 엉망진창인 감각으로, 찌르기 전에는 그토록 공고해 보이던 자신의 의지와 용기가 지금은 가느다란 한 줄의 철사가 되어, 오로지 그것에 매달리지 않으면 안 되는 불안에 휩싸였다. 주먹이 끈적끈적해진다. 내려다보니, 흰 천도 주먹도 온통 피에 젖어 있다. 훈도시도 이미 진홍빛으로 물들어 있다. 이런 격렬한 고통 속에서도 여전히, 보이는 것은 보이고, 존재하는 것은 존재한다는 것이 이상하다.

레이코는 중위가 왼쪽 옆구리에 칼을 찌른 순간, 그 얼굴에서 갑자기 막이 내린 것처럼 핏기가 가시는 것을 보며, 그에게 다가가려는 자신과 싸우고 있었다. 어쨌든 보아야 한다. 끝까지 지켜보아야 한다. 그것이 남편이 레이코에게 준 직무이다. 다다미 한 장 너머에서, 아랫입술을 깨물며 고통을 참고 있는 남편의 얼굴이 선명하게 보인다. 그 고통은 한 치의 빈틈도 없는 정확함으로 눈앞에 나타나 있다. 레이코는 그것을 구할 방도가 없는 것이다.

남편의 이마에 배어 나온 땀이 빛나고 있다. 중위는 눈을 감고, 또다시 시험하듯 눈을 뜬다. 그 눈은 여느 때의 빛을 잃고, 작은 동물의 눈처럼 천진하고 공허해 보인다.

고통은 레이코의 눈앞에서, 레이코의 몸을 찢는 듯한 비탄에도 아랑곳하지 않고, 여름의 태양처럼 빛나고 있다. 그 고통이 점점 자라난다. 뻗어 오른다. 남편이 이미 다른 세계의 사람이 되어, 그의 존재 전체가 고통으로 환원되고, 손을 뻗어도 닿을 수 없는 고통이라는 감옥의 죄수가 되어버린 것을 레이코는 느낀다. 더구나 레이코에게는 고통이 없다. 비탄은 고통이 없다. 그렇게 생각하자, 레이코는 자신과 남편 사이에, 누군가가 무정하고 높은 유리벽을 세워버린 것 같은 기분이 들었다.

결혼한 후로, 남편이 존재하는 것은 자신이 존재하는 것이고, 남편의 숨결 하나하나는 자신의 숨결이기도 했는데, 지금 남편은 고통의 한복판에서 생생하게 존재하고, 레이코는 비탄 속에서 무엇 하나, 자기 존재의 확증을 붙잡지 못했다.

중위는 오른손으로 그대로 당기며 배를 그으려고 했지만, 칼끝이 창자에 얽혀 자칫하면 칼이 부드러운 탄력으로 밀려나올 것이기에, 양손으로 칼날을 배 깊숙이 밀어 넣으면서 당겨야 한다는 것을 알았다. 당겼다. 생각대로 베어지지 않는다. 중위는 오른손에 온몸의 힘을 모아 당겼다. 서너 치가 베였다.

고통은 배 깊숙한 곳에서 서서히 퍼져나가, 배 전체가 울리는 것 같았다. 그것은 난타당하는 종처럼, 호흡을 한 번 내쉴 때마다, 맥박이 한 번 뛸 때마다, 고통이 천 개의 종을 한꺼번에 두드리는가 싶을 정도로 그의 존재를 뒤흔들었다. 중위는 이제 더는 신음을 참을 수가 없어졌다. 그러나 얼핏 보니, 칼이 이미 배꼽 밑까지 가른 것을 보고, 만족과 용기를 느꼈다.

피는 점점 기세를 부리며, 상처에서 맥박이 뛰듯 솟구쳐 올랐다. 앞쪽의 다다미는 뿜어져 나온 피에 붉게 물들고, 카키색 바지의 주름에서는 고인 피가 다다미로 흘러내렸다. 끝내는 레이코의 흰 예복 무릎에 한 방울의 피가, 멀리서 작은 새처럼 날아들었다.

중위가 간신히 오른쪽 옆구리까지 당겼을 때, 이미 칼날은 조금 얕아져, 지방과 피에 미끄러지는 칼의 몸체를 드러내자, 갑자기 구토가 밀려온 중위는 갈라진 비명을 질렀다. 구토가 극한의 고통을 더한층 휘젓고, 지금껏 단단히 조여 있던 배가 갑자기 파도를 치며 상처가 크게 벌어지더니, 마치 상처가 온 힘을 다해 토하기라도 하듯 창자가 튀어나온 것이다. 창자는 주인의 고통도 모르는 듯, 건강하면서도, 징그러울 정도로 생기 있는 모습으로 희희낙락하며 미끄러지듯 나와, 가랑이 사이로 흘러넘쳤다. 중위는 고개를 숙이고 어깨로 숨을 쉬며 희미하게 눈을 뜬 채, 입에서 침을 흘리고 있었다. 어깨에는 견장의 금빛이 빛나고 있었다.

피는 사방으로 흩어지고, 중위는 자신의 피 웅덩이 속에 무릎까지 잠긴 채, 그곳에 한 손을 짚고 주저앉아 있었다. 비린내가 방 안에 가득 차고, 고개를 숙인 채 구토를 거듭하고 있는 움직임이 생생하게 어깨에 나타났다. 창자에 떠밀려 나온 듯, 칼의 몸체는 이미 칼끝까지 모습을 드러낸 채 중위의 오른손에 쥐어져 있었다.

그때 중위가 온 힘을 다해 몸을 뒤로 젖힌 모습은, 비할 데가 없을 만큼 장렬했다고 할 수 있으리라. 너무도 급격히 뒤로 젖힌 바람에, 뒤통수가 기둥에 부딪히는 소리가 명료하게 들렸을 정도다. 레이코는 그때까지 고개를 숙인 채, 그저 자신의 무릎께로 다가오는 피의 물결만을 한결같이 지켜보고 있다가, 그 소리에 놀라 고개를 들었다.

중위의 얼굴은 살아 있는 사람의 얼굴이 아니었다. 눈은 움푹하고, 살갗은 마르고, 그토록 아름답던 뺨과 입술은 메마른 흙빛이 되어 있었다. 다만 힘겹게 칼을 쥔 오른손만이 꼭두각시 인형처럼 경박하게 움직이며, 자신의 목에 칼끝을 갖다 대려 하고 있었다. 그렇게 레이코는 남편의 임종을, 그 가장 괴롭고 공허한 노력을 똑똑히 바라보았다. 피와 지방으로 반짝이는 칼끝이 몇 번이고 목을 겨눈다. 또 빗나간다. 이제 힘이 부족한 것이다. 빗나간 칼끝이 옷깃에 닿고, 금장에 닿는다. 단추가 끌러져 있는데도 군복의 단단한 옷깃은 자꾸 오므라들며 칼날로부터 목을 지켜낸다.

레이코는 더는 보고 있을 수 없어 남편에게 다가가려고 했지만, 일어설 수가 없다. 피 속을 무릎걸음으로 다가가는 바람에, 흰 예복의 옷자락은 진홍빛이 되었다. 그녀는 남편의 등 뒤로 돌아가 옷깃을 느슨하게 하는 것만 거들었다. 떨고 있는 칼끝이 간신히 맨살의 목에 닿는다. 레이코는 그때, 자신이 남편을 밀친 건가 싶었지만, 그게 아니었다. 그것은 중위가 스스로 의도한 마지막 힘이었다. 그는 갑자기 칼날을 향해 몸을 내던졌고, 칼날은 그 목덜미를 꿰뚫어, 엄청난 피가 솟구치는 가운데, 전등불 아래서 차갑고 시퍼런 칼끝을 우뚝 세우며 잠잠해졌다.

5

레이코는 피에 미끄러지는 버선발로 천천히 계단을 내려갔다. 이미 이층은 고요했다.

아래층의 불을 켜고, 불기를 살피고, 가스 마개를 확인하고, 화로에 물을 끼얹어 잿불을 꺼뜨렸다. 다다미 넉 장 반 크기의 작은 방에 놓인 몸거울 앞으로 가서 덮개를 걷어 올렸다. 피가 하얀 옷단에 화려하고 대담한 무늬를 그려놓은 것처럼 보였다. 거울 앞에 앉으니, 남편의 피에 젖은 허벅지 언저리가 몹시 차가워, 레이코는 몸을 부르르 떨었다. 그리고 오래오래, 시간을 들여 화장을 했다. 뺨에는 짙은 볼연지를 바르고, 입술도 진하게 칠했다. 그것은 이미 남편을 위한 화장이 아니었다. 남겨진 세상을 위한 화장으로, 그녀의 화장솔에는 장대한 것이 어려 있었다. 일어서자, 거울 앞의 다다미가 피에 젖어 있다. 레이코는 개의치 않았다.

손을 씻고, 마지막으로 현관의 시멘트 바닥 위에 섰다. 어젯밤 남편이 이곳의 자물쇠를 잠근 것은 죽음의 준비였던 것이다. 그녀는 잠시 단순한 생각에 잠겼다. 자물쇠를 열어둘까 말까. 만약 잠가둔다면, 이웃이 며칠 동안 두 사람의 죽음을 알아차리지 못할 수도 있다. 레이코는 자신들의 시신이 썩은 채 발견되는 것을 원하지 않는다. 역시 열어두는 편이 좋다. …… 그녀는 자물쇠를 풀고 유리문을 살짝 들어올렸다. …… 순식간에 찬바람이 불어 들어왔다. 밤이 깊어 길에는 인적도 없고, 맞은편 저택의 나무 사이로 얼어붙은 별이 반짝이는 게 보였다.

레이코는 문을 그대로 둔 채 계단을 올라갔다. 여기저기 걸어 다녀서인지, 이제 버선발이 미끄럽지 않았다. 계단 중간쯤에서 벌써 이상한 냄새가 코를 찔렀다.

중위는 피바다 속에 엎드려 있었다. 목덜미에서 솟아 나온 칼끝이 아까보다 더 두드러져 보이는 것 같다.

레이코는 피 웅덩이 속을 태연하게 걸었다. 그리고 중위의 시신 옆에 앉아, 다다미에 엎드린 그 옆얼굴을 가만히 바라보았다. 중위는 무언가에 홀린 듯이 눈을 크게 뜨고 있었다. 그 머리를 안아 올려, 소맷자락으로 입술의 피를 닦고 작별의 입맞춤을 했다.

그리고 일어나 벽장에서 하얀 새 담요와 허리띠를 꺼냈다. 옷자락이 흐트러지지 않도록 허리에 담요를 두르고, 허리띠로 단단히 동여맸다.

레이코는 중위의 시신에서 한 자쯤 떨어진 곳에 앉았다. 단도를 오비에서 빼내 맑은 칼날을 가만히 바라보다가 혀를 갖다 댔다. 잘 연마된 강철은 살짝 단맛이 났다.

레이코는 망설이지 않았다. 조금 전 그렇게 죽어가던 남편과 자신을 갈라놓은 고통이, 이번에는 자신의 것이 된다고 생각하자, 남편이 이미 영유(領有)하고 있는 세계에 함께할 수 있다는 기쁨만이 있을 뿐이다. 괴로워하는 남편의 얼굴에는, 처음 보는 뭔가 불가해한 것이 있었다. 이번에는 내가 그 수수께끼를 푸는 것이다. 레이코는 남편이 믿은 대의의 진짜 쓴맛과 단맛을 이제야말로 자신도 맛볼 수 있을 것 같다. 지금까지 남편을 통해 겨우 맛보았던 것을 이번에는 틀림없는 자신의 혀로 맛보는 것이다.

레이코는 목에 칼끝을 댔다. 한 번 찔렀다. 얕았다. 머리가 몹시 뜨거워지고, 손이 마구잡이로 움직였다. 칼날을 옆으로 힘껏 당긴다. 입속에서 따뜻한 것이 뿜어져 나오고, 눈앞은 솟구치는 피의 환상으로 짙은 붉은빛이 되었다. 그녀는 힘을 내어, 칼끝을 세차게 목 깊숙이 찔러 넣었다.

황야에서

 장마철의 어느 날 아침, 여섯 시에 밤샘 작업을 끝내고 잠자리에 들어 겨우 잠이 들락 말락 할 때쯤, 나는 머리맡의 냉방 장치를 통해 들어오는 아버지의 목소리에 잠이 깼다.

 침실 벽을 뚫어 냉방 장치 기계를 설치한 후르, 나는 종종 인근의 공사 소리나 선거 운동 소리에 잠을 설치곤 했다. 여름 겨울 할 것 없이, 이 기계는 마치 포렴처럼 외부의 소리를 잘 전달한다.

 아버지는 같은 부지 안의 별채에 살고 있다. 노인은 일찍 잠이 깬다. 때로는 내 취침 시간이 부모님의 기상 시간보다 늦을 때도 있다.

 그 아버지의 큰 목소리가 누군가에게 계속 말을 걸고 있다.

"이보게, 아직 자고 있어. 그만해."

거기에 대한 대답은 들리지 않는다.

나는 비몽사몽간에 지금이 몇 시인지도 모른 채, 가족 누군가가 목수에게 목공 일을 부탁했는데, 그 소리가 내 잠을 방해할까 봐 걱정이 된 아버지가 주의를 주고 있는 거라고 생각했다. 만약 그렇다면 주의를 주는 그 목소리가 오히려 잠이 들려는 나를 깨워버린 셈이니 성가실 수밖에 없다.

잠시, 침묵이 흘렀다. 주의를 준 것이 효과가 있었나 보다. 나는 또 잠을 청하려고 애썼다.

아버지의 그다음 목소리가 전보다 더 날카롭게 들려온다.

"이봐, 자네, 그만두라지 않나!"

그 말에도 대꾸가 없고, 뭔가 계속해서 나무를 두드리는 듯한 소리가 난다. 말을 안 듣는 사람이구나, 하고 나는 화가 났다.

"어이, 그렇게 문을 두드리면 안 돼. 문이 부서지잖아."

그제야 나는 사태가 심상치 않음을 깨달았다. 낮잠을 자려고 꼼꼼히 커튼을 쳐 놓은 탓에, 머리맡의 시계 숫자판을 읽으려면 고개를 똑바로 들어 눈을 갖다 대고 보아야 한다. 일곱 시가 다 되었다.

갑자기 날카로운 남자의 외침이 들리고, 문을 두드리는 소리가 심상치 않은 울림으로 바뀌었다. 연극에서, 문 열어! 문 열어! 하고 문짝을 두드릴 때와 똑같은 소리로, 격하게 치켜든 주먹이 눈에 보이는 듯하다.

나는 침대에서 벌떡 일어나 나이트가운을 걸치고 목검을 쥔 채, 옆방의 아내 침실로 달려갔다.

아내도 깨어 있었다. 나를 보자마자 말했다.

"얼굴을 봤어."

순간 무슨 뜻인지 알 수 없었다. 우리는 아래층으로 뛰어 내려갔다. 가정부와 하녀가 놀라서 어쩔 줄을 모르고 있다. 그 사이에도 부엌문을 계속 두드리고 있어, 자물쇠가 삐걱대고 있다.

어머니가 별채에서 이미 110에 연락했을 테지만, 아내는 부엌으로 달려가 110에 전화하려고 부엌 불을 켰다. 비가 올 것 같은 아침으로, 집 안은 어두웠다. 그때 하녀가 말했다.

"불 켜지 마세요. 그러는 편이……"

아내는 110번을 돌렸지만, 통화 중이라 좀처럼 연결이 안 된다. 그러는 사이에 부엌문을 두드리는 소리가 멈췄다. 110은 그제서야 "지금 그리고 가고 있으니까 조금만 기다려주십시오" 하고 응답해왔다.

문을 두드리는 소리가 다른 곳으로 옮겨갔다. 어느 문에서 나는 소리인지 모르겠다. 고요한 집 안에 어지럽고 격렬한 그 소리만이 계속되고 있다.

나는 다시 이층으로 뛰어 올라갔다.

두드리는 소리가 나는 곳은 아내 침실의 프랑스식 창문이다. 커튼으로 가려져 있어 두드리는 사람의 모습은 보이지 않는다.

나는 그 튼튼한 프랑스식 창문이 잿빛 아침의 침실 한구석에서 느닷없이 반란을 일으킨 것처럼 밀치락달치락 덜컹거리는 모습을 지켜보았다. 하얀 레이스 커튼이 떨리고, 문짝의 이음새가 튕겨 나갈 듯이 흔들리고 있다.

나는 다시 아래층으로 내려갔다. 계속 그 창문을 보고 있으니 참을 수 없는 기분이 들었던 것이다.

아래층에서는 아이를 어떻게 보호해야 할지, 빠른 말로 속삭이며 의논하고 있었다. 우선 숨을 곳을 생각하고, 그다음에 도망칠 곳을 생각한다면, 그에 가장 적당한 방이어야 한다.

그때 집 안 어디선가 유리가 깨지는 날카로운 소리가 울렸다.

"당신을 노리고 있어요. 내가 보러 가는 게 안전해요."

아내가 내 손에서 목검을 빼앗더니 이층으로 올라가려 했다.

나는 아내에게 그 목검을 맡길 생각으로 말했다.

"그럼 내가 빈손이 되니까. 나도 목검을 가져올게."

나는 아내를 밀치고 이층으로 올라갔다. 서재에 있는 목검을 가지러 갈 생각이었다.

그때 내 머릿속에 떠오른 서재는 이미 주인이 일을 다 끝낸 후의, 텅 비고 고요한 어슴푸레한 곳이었다. 거기서 먼저 목검을 들고, 유리가 깨진 곳을 살펴보러 가면 되는 것이다.

나는 곧장 서재로 들어가려고 했다. 그러나 문 앞에서 멈춰 섰다.

두꺼운 커튼이 쳐진 서재의 어스름한 속에, 내 책상 너머 한쪽 구석에, 사람의 얼굴이 떠 있는 것을 본 것이다.

나는 목검이 있는 곳을 알고 있었기에, 그 얼굴을 지켜보며 더듬더듬 목검을 찾아 쥐고는 자세를 가다듬었다. 그러자 마음이 차분해졌다.

서 있는 것은, 연한 색 점퍼를 입은, 깡마르고 꽤 키가 큰 청년이다. 잿빛 햇살 속에서 이쪽을 보고 있는 그 청년의 얼굴만큼 무섭도록 창백한 얼굴을 나는 본 적이 없다.

청년은 손에 커다란 녹색의 백과사전 한 권을 펼쳐 들고 있었다. 그것은 분명 책상 뒤에 나란히 꽂힌 백과사전 중에서 빼낸 한 권이다.

나는 순간, 묘한 안도감을 느끼며 이렇게 생각했다.

'어쩌면 늘 보던 문학적, 관념적 미치광이가 아닐까? 그렇다면 상황은 뻔하잖아. 무서워할 것 없어.'

나는 오른손에 목검을 쥔 채 물었다.

"무슨 일로 왔습니까?"

청년의 창백한 얼굴은 극도의 긴장 탓인지, 당장에라도 온통 균열을 일으키며 무너질 것만 같았다. 그 무표정한 얼굴과, 먹이를 응시하는 동물 같은 절실한 눈이, 나를 바라보며 떨리는 목소리로 이렇게 대답했다.

"책을…… 책을 빌리러 왔습니다."

그리고 한두 발짝 다가오나 싶었는데, 그것은 몸이 흔들리고 턱이 앞으로 나오며, 더한층 다그치는 목소리로 이렇게 말할 뿐이었다.

"진실을 말해주십시오."

"진실이라니, 무슨 말입니까?"

청년은 가쁜 숨을 내쉬면서도, 기계적으로 되풀이했다.

"진실을 말해주십시오."

나는 무슨 의미인지 알 수 없었지만, 애써 부드럽게 말했다.

"아아, 뭐든지 진실을 얘기해봅시다."

그러면서 시간을 벌려고 생각한 것이다.

그때 누군가가 뒤에서 내 어깨를 밀었다.

경찰이 들어왔다. 또 경찰 두 명이 더 들어와 청년을 에워쌌다.

"진실을 말해주십시오."

청년은 다시 한 번 열에 들뜬 듯이 외쳤다.

"그럼 조용한 곳에 가서 천천히 얘기하지."

제복을 입은 경찰 하나가 말했다.

청년은 얌전히 경찰 두 명의 보호를 받으며 서재를 나갔다. 경찰 하나가 청년의 손에서 녹색 백과사전을 빼앗아 들고 나갔다. 그 책 옆면에 작은 핏자국이 있는 것을 나는 알아차렸다.

이상하게도, 나는 경찰이 청년을 데리고 조용한 방으로 자리를 옮겨, 거기서 나와 이야기를 나누게 하려는 건가 생각했다. 하지만 경찰은 부엌문 가까이 가자, 갑자기 청년의 등을 밀며 밖으로 밀어내려고 했다. 청년은 날뛰었고, 그를 억지로 끌어내기 위해 세 명의 경찰은 순식간에 훌륭한 협동 작업을 보여주었다. 팔을 붙잡고 어깨를 누르는 방식에 숙련된 기술이 있었다. 하지만 청년의 목은 당장이라도 비틀어져 끊어질 듯이 뒤를 향하고 있었다. 나는 그때 그의 표정이 잘 기억나지 않는다. 아마도 똑바로 쳐다보기 힘든 표정을 짓고 있었을 것이다.

"미시마 씨! 미시마 씨!"

절규하는 목소리가 점점 내 귀에서 멀어져갔다.

*

여기까지가 집에서 일어난 일을 내 눈으로 본 전부이다.

나중에 부모님과 아내의 이야기를 듣고 맥락을 밝혀보니 이런 내용이었다.

맨 처음 그의 모습을 본 사람은, 외출할 일이 있어 평소보다 조금 일찍 일어난 별채의 어머니였다. 어머니는 일어나면 곧장 부엌으로 가서 뭔가 기척을 내고, 그러면 하녀가 일어나는 것이 통례인데, 그때 어머니가 아직 잠이 덜 깬 눈으로, 부엌 창 너머로 흰 그림자가 스윽 지나가는 것을 본 것이다.

어머니는 창문에 눈을 갖다 댔다. 남자 하나가 창고 문을 자꾸 열려고 하고 있었다.

잠이 덜 깬 어머니는 뒷문도 대문도 아직 잠겨 있다는 것을 잊고 있었다. 지금 집 담장 안의 그 위치에 그 남자가 있는 것이 불가능하다는 생각을 미처 하지 못했다. 아침 일찍 주문을 받으러 온 사람이라고 생각했다. 그래서 문틈으로 이렇게 말했다.

"거긴 아니에요. 미시마한테 볼일이 있으면 거기서 오른쪽으로 돌아서 안쪽 부엌문으로 가세요."

남자는 얼굴을 돌려, 소리가 새어 나오는 문을 잠깐 바라보더니, 몸을 돌려 안쪽 통로로 사라졌다.

바로 그때 어머니는 아직 문이 열려 있지 않다는 것을 깨달은 것이다.

어머니는 인터폰으로 내가 있는 곳의 하녀를 불러, 수상한 사람이 그쪽으로 갔다고 경고한 다음, 급히 아버지를 깨웠다. 아버지는 벌떡 일어나 덧문을 열고 정원으로 나갔다.

"그쪽이 아니에요. 뒤쪽이에요."

어머니가 소리쳤다. 그때 어머니의 뇌리에 비로소 그 수상한 남자의 얼굴이 선명히 떠올랐다.

그것은 분명 작년부터 두세 번 찾아와 내게 면담을 요구하고, 그때마다 부모님이 쫓아버린 편집증적인 청년의 얼굴이 틀림없었다. 그 사람이라면 아버지가 또 꾸짖어서 돌려보낼 게 분명하다며 어머니의 마음은 조금 놓였다.

뒤쪽으로 돌아간 아버지의 목소리가 들려오나 싶더니, 갑자기 아버지가 부엌문으로 돌아와 어머니를 부르며 말했다.

"여보! 110 불러!"

어머니는 사태를 깨닫고 전화기로 달려갔다.

110은 바로 응답했다. 그런데 주소는? 가는 길은? 근처에 표지가 될 만한 것은? 자물쇠는? 현재 상황은? 따위의 질문이 이어져, 어머니는 내내 전화기를 붙들고 있었다 ……

—— 한편, 정원에서 뒤쪽으로 돌아간 아버지는, 내 쪽 부엌문으로 통하는 통로 입구에서 남자에게 소리를 질렀고, 그 목소리가 내 잠을 깨운 것이다. 부엌문을 부숴버릴 것 같은 기세를 보고 아버지는 남자에게 소리쳤다.

"가택 침입이야! 큰일 날 거요! 그래도 상관없나!"

남자는 뚫어지게 쳐다보며 대답했다.

"상관없어."

"할 얘기가 뭔가? 미시마한테라면 내가 전해주겠네."

통로 입구에서 맞은편의 남자를 향해 아버지는 또 소리쳤다.

"중대한 문제가 있어서 미시마 씨를 만나러 왔습니다."

"그러니까 전해준다지 않나."

"전해주는 건 안 됩니다. 직접 본인한테 얘기해야 합니다."

남자는 그렇게 내뱉고는, 부엌문에 몸부림치듯 몸을 부딪쳐, 밀고 당기기 시작하며 큰 소리로 외쳤다.

그 모습을 보고 뭔가 보통 사람의 몸에서 나오는 것이 아닌 격렬한 폭력을 느낀 아버지가 어머니에게 전화를 걸게 하려고 급히 돌아간 것 같다.

이윽고 남자는 부엌문을 부수는 것은 포기하고 앞뜰로 돌아갔다. 그리고 내 이름을 불렀다.

잠이 깬 아내는 침실의 프랑스식 창문을 살짝 열고, 앞뜰에 서서 소리치는 남자를 보았다. 남자도 아내의 모습을 어렴풋이 보았을 것이다. 아내도 이미 보아서 그 얼굴은 알고 있었다. 몇 번인가 쫓아낸 그 청년이 이렇게 이른 아침에 뜰 안에 있는 것에 아내는 깜짝 놀랐다. 아내는 물러나 창문에 자물쇠를 걸었다.

그때 내가 목검을 들고 들어온 것이다. 아내가 나를 보자마자,

"얼굴을 봤어."

라고 말한 것이 이때다.

—— 우리가 아래층에서 상의하는 동안, 남자는 차양을 타고 이층 외벽으로 올라가, 조금 전 아내가 모습을 드러낸 프

랑스식 창문을 두드렸다.

그곳도 아무리 해도 열리지 않자, 벽을 타고 옆방인 내 침실의 창문 바깥쪽으로 옮겨갔다. 그리고 그 창유리를 주먹으로 깨고, 안으로 손을 넣어 자물쇠를 풀고, 순식간에 방 몇 개를 가로질러 내 서재로 가서는, 책상 뒤에서 백과사전 한 권을 꺼내 읽었다.

나중에 보니, 그 한 권은 제9권으로, '군'에서 '겐치'까지의 부분이었다. 그는 어느 항목을 펼쳐보려고 한 것일까? 아니면 그 제9권은 그저 우연한 선택이었을까? 그리고 제정신이 아닌 그의 마음은 그것이 백과사전일 뿐이라는 것을 인식하고 있었을까?

─── 내 침실의 창유리가 깨지는 소리는, 110이 강요하는 긴 문답에 아직도 응하고 있던 어머니의 귀에도 가 닿았다.

"큰일났어요! 유리 깨지는 소리가 났어요! 집 안에 들어온 것 같아요. 도와주세요, 빨리!"

어머니는 전화기에 대고 소리쳤다. 상대방은 그 말을 듣고 그제야 전화를 끊었다.

어머니는 초조함으로 가득 찬 긴 통화에 지쳐 있었다. 순찰차는 한참 걸린다 쳐도, 연락을 받았을 파출소 순경은 벌써 와 있어야 했다.

어머니는 초조함을 견디다 못해, 잠옷 바람으로 우산을

쓰고 집 밖으로 나갔다. 이슬비가 내리고 있었다.

모퉁이를 돌아 완만한 비탈길을 올라가서 아파트 앞까지 가서야, 겨우 얼굴만 아는, 나이 든 파출소 순경과 마주쳤다. 순경은 맞은편에서 경찰봉을 흔들며 느긋하게 걸어왔다.

"큰일 났어요! 뛰어오세요!"

어머니가 외치는 소리에 순경은 달리기 시작했다. 어머니는 그 뒤를 따라 집까지 뛰어갔다.

그때 마침 순찰차도 도착해, 순찰차에 탄 두 사람과 함께 경찰은 세 명이 되었다.

한편, 이층으로 올라가는 내 뒤를 따라오려 했던 아내는 부엌문을 두드리는 소리에 되돌아갔다.

부엌문을 거칠게 두드리며, 어이, 어이, 하고 부르는 소리가 아버지의 목소리라는 것을 바로 알아차리지는 못했다. 남자가 다시 밖으로 돌아갔다고 생각한 것이다.

겨우 아버지의 목소리를 확인하고 아내가 문을 열었다. 아버지와 함께 경찰 세 명이 들어왔다. 그들은 비옷을 벗고, 정중하게 신발을 벗었다.

"들어오세요. 신은 채로 괜찮아요."

아내가 말했지만, 구두는 가지런히 벗겨졌다. 그리고 세 명의 경찰은 아버지와 아내와 함께 서재로 올라갔다.

이제 생각해보니, 내가 남자와 대치하고 있던 시간은 1분도 채 되지 않았던 것 같다.

 아버지와 내가 경찰서에 간 것은 그러고 나서 3, 40분 뒤였다. 순찰차가 와서 그것을 타고 갔다.
 나와 아버지는 따로따로 형식적인 조서를 작성했다. 그게 두 시간 가까이나 걸렸다. 그 사이에 햇살이 비치며, 조사실 창문의 불투명 유리가 번지듯이 온통 환해졌다.
 경찰 중에는 검도를 하는 지인도 있어, 나는 시민적인 태도와 기분을 되찾았다. 경찰은 범인의 행위에 일정한 법률상의 죄명을 붙이고 소위 '사건'으로 만들어가는 과정을 다양한 서면상의 절차로 보여주었는데, 나는 거기에 조금의 이의도 없었다. 나는 범인의 행위에 인도적인 연민을 품거나 재판관의 관용을 바라거나 할 기분은 전혀 아니었다. 나야 어찌 됐든, 범인은 내 가족의 시민적 평화를 위협한 것이다.
 범인은 정해진 처벌을 받아야 하고, 또 만약 책임능력이 없는 정도의 심신상실자로 인정되면, 정신병원이 그 치료와 사회적 예방에 만전을 기해야 했다. 사건은 어쨌든 내 손을 떠난 것이다.
 조서가 끝나고 사무실을 나와 담배를 한 대 피우고 있는데, 형사 한 명이 대질 심문을 위해 범인을 데리고 왔다. 깨끗한 연한 색 점퍼를 입고, 안색도 아까처럼 창백하지 않으며, 유리를 깬 손은 이미 정성스럽게 치료를 받고 붕대가 감겨 있었다.

  범인은 정말 아무렇지도 않다는 듯 사람들이 들락날락하는 책상 사이로 이리저리 끌려다녔는데, 그 얼굴에는 뭔가 의기양양한 데가 있어, 앉아 있는 나와 눈이 마주쳤을 때도 아까처럼 필사적으로 애원하는 영혼의 절실한 번뜩임은 없었다. 나는 거기서 그저 타인의 얼굴을 보았다.

  범인이 나간 뒤, 그의 팔에 붉은 완장이 둘려 있는 이유가 뭐냐고 아버지가 물었다.

  유도를 하는 사람인지, 목이 어깨에 파묻힌 형사가 대답했다.

  "아, 요즘 피의자는 멀쩡해 보이는 얼굴이 많아서 일반 손님과 구분하기 쉽지 않아서요. 저렇게 완장으로 금방 눈에 띄게 하는 겁니다."

*

  나는 집으로 돌아와 한두 시간 눈을 붙였다. 오후에 약속이 있어서 조금이라도 잠을 자두어야 했다.

  잠이 깼을 때, 바깥은 뜨거운 여름 햇살로 가득했고, 안개비에 싸여 있던 어두운 아침은 먼 환상처럼 되었다.

  하지만 온종일 나의 뇌리에서는 어슴푸레한 서재에 떠 있던 그 무섭도록 창백한 얼굴이 떠나지 않았다.

  생각해보면, 소설가라는 것이 된 이후로, 나는 이런 이상한 방문객에게 시달린 적이 한두 번이 아니었다. 어떤 때는 밑도 끝도 없는 것을 문제 삼아 공갈하러 온 사람도 있었다. 공갈하러 오는 자는 물론 미치광이는 아니다. 어느 정도의 법률 지식도 갖고 있어, 협박죄의 구성 요건을 충족시키지 않도록 교묘하게 사람 심리의 이면을 찌르는 듯한 방식을 취한다.

이런 인간에게는 나는 격렬한 적의와 증오를 느꼈다. 그런 비열한 마음에 아주 짧은 순간이라도 닿았다는 것만으로도, 내 몸까지 더럽혀지는 듯한 기분이 들었다. 그런 날은 하루 종일 악(惡)이 마늘 같은 냄새를 내 살갗에 둔혀, 씻어도 씻어도 그 냄새가 들러붙어 있는 것처럼 느껴졌다.

그러나 이번은 달랐다. 그 창백한 얼굴에는 악의 냄새가 조금도 없었다. 그래서 내 마음에도 적의나 투지가 생기지 않았다.

서재에서 목검을 들고 대치하고 있었을 때, 나는 백과사전을 펼쳐 든 채 떨고 있는, 그 이상하고 연약한 침입자에게 달려들 마음은 전혀 없었다. 물론 그쪽에서 공격해온다면 목검으로 방어하는 것은 물론, 상대의 손목을 치는 정도는 했을지도 모르지만, 법을 어기고 남의 집에 침입한 명백한 범죄자를 내가 먼저 때려눕히려는 적의는 이미 사라져 있었다.

이것을 연민이니 휴머니즘적인 마음이니 하고 해석하는 것을 나는 좋아하지 않는다. 또한 나를 해칠 마음이 없을 뿐 아니라, 나를 유달리 영험한 인물로 착각하여 몇 번이나 거절당하면서도 나를 만나려고 하고, 그 때문에 끝내 법을 어긴 광인의 행위가 내 자존심과, 더 나아가 허영심을 부추긴 것이다, 라는 것도 맞지 않다. 나는 분열증 환자의 인기에 기댈 정도로 인기에 굶주려 있지는 않다.

내 마음은 좀 더 다른 것이었다. 남이 있어서는 안 되는 내 서재에서, 장마철 아침의 희미한 어둠 속에 떨면서 서 있는 한 청년의 극도로 창백한 얼굴을 보았을 때, 나는 나 자신의 그림자가 거기에 서 있는 듯한 기분이 들었던 것이다.

──물론 나는 지금까지 미치광이였던 적은 없다.

문학열에 들떠 있던 이십 대 초반에도, 애독하는 작가에게 소개장도 없이 면담을 요구한 적은 없다. 하물며 면담을 거부당했다고 해서 그 작가의 집에 유리창을 깨고 침입해 서재를 뒤진 끝에, 하필이면 백과사전을 펼쳐서 보는 따위의 행동을 한 적도 없다. 그런 비슷한 행동이 한순간이라도 마음속에 떠오른 적조차 없었다고 해도 될 것이다. 나는 애초에 그 정도로 타인에게 열광한 경험이 없었다.

나는 광인의 세계에 친근감을 가진 적이 한 번도 없었고, 광기를 이해하려고 노력한 적조차 없었다. 내가 어떤 사건이나 심리에 흥미를 느낄 때는, 그것이 예술 작품의 질서와 매우 유사한 논리적 일관성을 내포하고 있을 때뿐인데, 내가

'뭔가에 홀린' 작중인물을 사랑하는 것은, '홀린다'라는 것과 논리적 일관성이 나에게는 동의어였기 때문이다. 그리고 논리적 일관성은 무한히 비현실적일 수 있지만, 그것은 또한 광기와도 무한히 먼 것이다.

그러나 소설을 써서 세상에 판다는 것은 너무도 이상하고 위험한 직업이라는 것을 나는 때때로 느끼지 않을 수 없다. 나는 말을 통해, 사람의 마음에 무엇을 내보내고 있는 것일까? 예술가에게는 확실히 술을 파는 사람과 비슷한 데가 있다. 그의 작품에는 알코올 성분이 필요하고, 알코올 성분을 포함하지 않는 음료를 파는 것은 그의 직업을 스스로 모독하는 것과 같다. 말하자면 도취를 파는 것이다. 정상적인 사람은 그것이 술이라는 것을 알고 사서, 하룻밤의 취기를 즐기고, 술이 깨면 제정신으로 돌아온다. 그런데 이런 일이 일어날 수 있다. 술이라는 것을 모르고 유익한 음료라고 생각해 샀는데, 그 결과 익숙하지 않은 술 때문에 술주정을 부리는 것. 또는 처음부터 정상이 아닌 사람이 그것을 사서 일정량의 알코올 성분으로, 생각지도 못한 무서운 결과를 불러일으키는 것. ……

그건 그렇고 경찰은 청년의 생활에 대해 많은 것을 말해주지 않아, 내 귀에 들어온 것은 그의 부모가 아주 먼 곳에 살고 있고, 그는 도쿄에서 고독하게 지내며 어느 신궁사에서 일하고 있다는 정도였다.

그건 그럴 만도 하다. 이런 광기가, 비록 선천적인 기질은 있었다고 하더라도, 분명 고독에 의해 키워진 것임을, 나는 첫눈에 알 수 있었다.

다만 한 가지 분명한 것은 똑같은 광기라도 그 발현의 형태는 다양할 텐데, 지금의 이런 형태를 띠게 되었다는 것은 내 문학작품이 거기에 끼어들어 있다는 것이다. 내가 소설가가 아니라면, 내 작품에서 온갖 망상을 펼치며 나를 공격할 일도 없다.

소설을 읽는 것은 고독한 작업이고, 소설을 쓰는 것도 고독한 작업이다. 활자를 매개로 하여 우리의 고독은, 본 적도 없는 타인의 고독 속으로 스며들어간다. 그리고 나는 그 스며들어가는 기괴한 현장을 단 한 번도 본 적이 없다. 앞으로도 결코 볼 일은 없을 것이다. 하지만 이번의 침입자 덕분에, 그 광기 덕분에 나는 그 창백한 얼굴에서, 작가가 결코 볼 수 없는 '독자'의 얼굴을 본 것만 같다. 다만 그때 그가 읽고 있었던 것은 백과사전일 뿐이었지만.

그의 광기를 길러낸 그의 고독을, 나 스스로는 그것인 줄도 모른 채 내가 지탱해주고 있었다는 것은 아마도 의심의 여지가 없을 것이다. 타인의 고독을 그런 식으로 보증하는 것은 두려운 일이지만, 어느 한 작가의 작업에서 뭔가가 덩굴처럼 타고 자라나는 것이 있고, 그것이 어딘가에서 그의 고독을 지켜주고 있었음은 틀림없다.

그리고 그 정도의 광기가 자라기 위해서는 얼마만큼의 고독의 비료가 필요한 걸까. 적어도 그 비료의 얼부분을 나는 나도 모르게 공급하고 있었던 것이다. 여러 아침이 있고, 여러 낮이 있고, 여러 밤이 있었을 것이다. 고독은 곰팡이처럼 벽장 안을 꾸미고, 다다미방을 꾸미고 있었다. 거기에는 늘 내가 있었다.

나는 평소, 지나치게 고독한 인간에게는 어떤 꺼림칙함이 느껴져 피해 다니는 경향이 있지만, 나의 정령은 내 작품을 통해 밤낮으로, 고독이 넘쳐나는 사람들의 집을 찾아가는 것을 멈추지 않는다. 나는 되도록이면 밝고, 쾌활하고, 농담을 잘하는 사람들 속에서 살아가고 싶지만, 내가 모르는 나는 낡은 양복을 입은 음울한 민생 위원처럼 어두운 처마 끝을 돌아다니고 있는 모양이다.

그곳에는 고독이 창궐하고 있다. 그 청년의 창백한 얼굴에는 고독의 병균이 가득했다. 그런 인간은 뭔가 사소한 손짓, 사소한 말투만으로도 사람들의 미움을 받고, 고독을 전염시킬 우려가 있는 인간이라며, 알게 모르게 격리되어버린다. (그리고 나 자신도 일찍이 그런 고독을 모르는 건 아니다.)

그렇다. 지금 나는 약간의 경멸과 약간의 친근함을 담아 '그 녀석'이라고 부르겠다.

그 녀석이 아침에 일어난다. 아마 양치질 정도는 했을 것이다. 치약 거품으로 숨이 막힐 때, 이미 그 녀석의 입안은 고독의 재로 가득 차 있었다. (그것도 내가 모르는 건 아니다.)

 그 녀석은 손수 된장국을 끓인다. 된장국이 끓어 넘쳐 가스불에서 이상한 냄새가 난다. 그때 이미 그 녀석의 콧구멍은 고독의 냄새로 꽉 차 있었던 것이다.

 화장실 안에도, 만원 전차 안에도, 쓰레기통 속에도, 어디에도 고독이 가득했다. 그 녀석이 담배를 사면, 그 담배는 꼭 눅눅해서 좀처럼 불이 붙지 않았다. 그 녀석이 마권을 사면, 하나같이 허탕이었다. 또 그 녀석이 출근을 하면, 윤전기의 기름 냄새는 세계 종말의 냄새를 풍기고 있었다.

 그 녀석이 책상 서랍을 열면, 거기서도 고독이 바로 고개를 내밀었다. 그리고 고독과 함께 그곳에는 늘 내가 있었다.

—— 도대체 그 녀석은 어디서 온 것일까. 경찰은 물론 나에게 그 녀석의 주소 같은 건 알려주지 않았다.

 하지만 나는 점점 그 녀석이 어디서 왔는지, 그 방향을 알 것 같은 느낌이 들기 시작했다. 그 녀석은 내 마음에서 온 것이다. 나의 관념 세계에서 온 것이다.

 그 녀석이 나의 그림자이고, 나의 메아리임은 분명하지만, 내 마음이라는 것은 그 녀석이 생각하는 것만큼 한 가지 색은 아니었다. 소설가의 마음은 광대하여, 비행장도 있고 중앙역도 있다. 중앙역을 중심으로 도로는 사방으로 뻗어 있고, 빌딩가도 있고 상점가도 있다. 가로수길도 있고 주택가도 있다. 교외 전차도 있고 단지도 있다. 야구장도 있고 극장도 있다. 그리고 그 한구석의 어떤 골목길도 나는 외우고 있고, 내 마음의 지도는 언제나 정성껏 접혀서 간직되어 있다.

하지만 그 지도는 내가 평소 방치한 광대한 지역에 대해 어떤 표시도 없다. 나는 그 지역을 방치하고, 그곳에 눈길도 주지 않은 채 살아왔지만, 그것의 소재는 부정할 수 없다.

그것은 내 마음의 도시를 둘러싸고 있는 광대한 황야다. 내 마음의 일부임에는 틀림없지만, 지도에는 표시되지 않은, 미개척의 황폐한 지방이다. 그곳은 눈에 들어오는 모든 것이 황량하고, 무성한 나무도 없고, 자라나는 풀꽃도 없다. 여기저기 드러난 바위 위를 바람이 스쳐가며, 바위 표면에 모래를 희미하게 흩뿌리고는 또 어디론가 실어간다. 나는 그 황야의 소재를 알면서도 발길을 향하고 있지 않지만, 언젠가 그곳을 찾아갔던 적이 있고, 또 언젠가는 다시 찾아가야 한다는 것을 알고 있다.

분명히, 그 녀석은 그 황야에서 온 것이다. ……

무슨 의미인지 모르겠지만, 그 녀석은 나에게, 진실을 말하라고 했다. 그래서 나는, 진실을 말했다.

곶 이야기 〈岬にての物語〉 1946년

괴물 〈怪物〉 1950년

의자 〈椅子〉 1951년

나팔꽃 〈朝顔〉 1951년

히나의 집 〈雛の宿〉 1953년

시를 쓰는 소년 〈詩を書く少年〉 1954년

시가데라 고승의 사랑 〈志賀寺上人の恋〉 1954년

우국 〈憂国〉 1961년

보온병 〈魔法瓶〉 1962년

진주 〈真珠〉 1963년

표 〈切符〉 1963년

황야에서 〈荒野より〉 1966년

옮긴이의 말

  미시마 유키오는 전후 일본 문학계를 대표하는 작가 중 하나다. 일본은 물론 세계적으로도 문학적 재능을 인정받아 수차례 노벨 문학상 후보에 오른 소설가이면서, 극작가, 평론가, 영화배우, 연출가 등 다양한 이력으로도 활동했던 미시마는 늘 천재라는 수식어가 따라다닌 작가였다.
  미시마는 생애에 장편 33편과 단편 149편 등 총 180여 편의 소설을 썼는데, 소설 외의 장르에서도 많은 글을 썼으니 엄청난 다작을 한 작가다. 지금까지 국내에는 《금각사》, 《가면의 고백》, 《풍요의 바다》 4부작 등 미시마의 대표작이 꾸준히 출간되고 있지만, 단편에 대한 소개는 거의 없었다.
  시와서의 《시를 쓰는 소년》은 1946년부터 1966년, 대학 재학 중인 21세부터 만년의 41세까지 미시마가 활발히 집필

활동을 하던 시기에 쓰인 총 12편의 단편을 실었다. (각 작품의 발표 연도는 300쪽 참고) 미시마 문학에서는 보기 드문 자전적 내용이 담긴 글을 비롯해, 장편에서 보지 못한 다채로운 시도와 실험이 담긴 다양한 장르의 글을 실었다.

〈시를 쓰는 소년〉, 〈의자〉, 〈황야에서〉는 미시마 문학에서는 보기 드문 자전적 소설이다. 표제작 〈시를 쓰는 소년〉은 미시마 스스로 사소설이라고 말한 작품으로, 천재라고 자부하며 시 창작에 더없는 행복을 느꼈던 소년이 어느 순간 무의식적인 나르시시즘을 깨닫고 자의식에 눈뜨게 되는 과정이 그려진다. 미시마 자신이 "시인이 아니고 소설가가 된 계기가 여기에 숨어 있기에, 나로서는 꼭 써야만 했다"라고 말한 작품으로, 소설가로서의 문학적 출발점을 이해하는 데에 중요한 작품이다. 〈의자〉는 우연히 어머니의 수기를 읽은 주인공이 소년 시절을 회상하는 이야기로, 《가면의 고백》 첫 부분과도 이어지는 내용이다. 〈황야에서〉는 만년에 미시마가 실제로 겪은 일을 소재로 한 사소설로, 미시마의 예술관, 고독과 광기와 예술에 대한 그의 생각을 엿볼 수 있다.

미시마 문학에서 빼놓을 수 없는 〈우국〉과 〈곶 이야기〉는 작가 개인적으로도 의미 있는 작품이라고 할 수 있다. 〈우국〉은 "미시마의 장점과 단점을 모두 응축한 정수 같은 소설"이라고 스스로 평한 문제작이고, 〈곶 이야기〉는 전쟁 말기 집필 중일 때 패전을 맞이한 단편으로, "유작이라는 심정으로 쓴 잊을 수 없는 작품"이라고 말했다.

 이 선집의 또 다른 묘미는 다채로운 장르와 스카일의 미시마 문학을 읽을 수 있다는 것이다. 사랑과 신앙의 갈등을 주제로 인상적인 심리 묘사가 그려지는 〈시가데라 고승의 사랑〉, 미국 출장 중의 남자가 옛 애인을 만나 하룻밤을 보내며 펼쳐지는 에피소드를 담은 〈보온병〉, 파티에서 사라진 진주 한 알을 둘러싼 인간 군상을 풍자적으로 그린 〈진주〉, 히나마쓰리에 묘한 여학생을 만난 일을 그린 환상적인 이야기 〈히나의 집〉, 어릴 때 세상을 떠난 여동생의 꿈을 소재로 한 괴담풍 소설이지만 여동생에 대한 그리움과 슬픔이 아름답게 그려지는 〈나팔꽃〉 등이다. 판타지, 괴담, 코미디, 미스터리, 풍자 등 다양한 요소가 담긴 글들을 통해 다채롭고 폭넓은 스펙트럼의 미시마 문학을 즐길 수 있을 것이다.

 번역하면서 내내 느낀 것은, 미시마처럼 논리정연하고 단정한 문장은 번역가에게는 더없이 이상적이라는 것이다. 문장에 그토록 치밀하고 철저했던 작가의 문장을 옮길 때, 번역가는 그저 그가 고르고 배치한 말들을 꼼꼼하고 정확하게 재배치하기만 하면 된다. 물론 그것은 절대 말처럼 쉽지 않아서, 툭 하면 튀어나오는 관념적이고 난해한 문장과 마주칠 때마다 곤혹스러웠지만, 그가 하나하나 자아낸 말들을 그대로 충실히 옮긴다는 생각으로 작업했다. 나머지는 작품을 읽을 독자님들의 몫으로 남기겠다.

옮긴이 박성민

도쿄외국어대학교 대학원에서 일본어학을 전공하고 통번역사로 일했다. 번역서로《풀베개》,《풀꽃》,《심호흡의 필요》,《세상은 아름답다고》,《나쓰메 소세키 – 인생의 이야기》,《다자이 오사무 – 내 마음의 문장들》,《봄은 깊어》등이 있다.

시를 쓰는 소년

2025년 11월 1일 1쇄 찍음

지은이 미시마 유키오
펴낸곳 시와서 출판
펴낸이 송승현

출판등록 2016. 12. 6.
이메일 siwaseo@gmail.com
블로그 blog.naver.com/siwaseo
인스타그램 www.instagram.com/siwaseo

ISBN 979-11-91783-14-8

이 책의 저작권 및 출판권은 시와서 출판이 소유하며 무단복제를 금합니다.
잘못 만들어진 책은 구입하신 서점에서 교환해드립니다.